Die Zeit hat keine Bremsen
Erzählungen

Die Handlungsorte in den nachfolgenden Erzählungen sind teilweise der Phantasie entsprungen. Die Personen wurden sämtlich frei erfunden. Etwaige Ähnlichkeiten oder tatsächliche Übereinstimmungen mit lebenden oder bereits verstorbenen Menschen wären rein zufällig und waren nicht beabsichtigt. Alle Handlungsstränge sind reine Fiktion.

Bibliografische Information der Deutschen Nationalbibliothek:
Die Deutsche Nationalbibliothek verzeichnet diese Publikation in der Deutschen Nationalbibliografie; detaillierte bibliografische Daten sind im Internet über http://dnb.dnb.de abrufbar.

Illustration: Thomas Märtens
Coverbild: Thomas Märtens

Herstellung und Verlag: BoD – Books on Demand, Norderstedt

ISBN: 9783748145165

Inhaltsverzeichnis:

Vorwort

In Lancaster, einer Stadt in der heißen kalifornischen Mojave-Wüste, beobachtet der kleine Stevie Withfield auf dem Bahnhof einen mysteriösen Mann, der trotz der unsäglichen Hitze mit Hut und Mantel bekleidet ist und ohne sich zu bewegen in die Ferne starrt. Dieser Mann, der immer wieder den Lebensweg des kleinen Jungen kreuzt und in diesen Augenblicken dessen ganze Aufmerksamkeit in Anspruch nimmt, wird im Verlauf der kommenden Jahre lediglich einmal und nur ganz kurz zu ihm sprechen, derweil Stevie ihm gegenüber niemals auch nur eine Silbe äußert. Die beiden verbindet ein geheimnisvolles Band, das ein Leben lang nicht zerreißen und den älter werdenden Stevie, der diese Geschichte mit seinen Worten erzählt, nachhaltig prägen wird.

Das Schicksal wollte es so, dass sich eine Hardcore-Emanze aus Pennsylvania, ein unaufhörlich grinsender Macho aus Mexiko-City und ein dem Traum der Piraterie verfallener junger Mann aus der Bronx, dem berühmt berüchtigten Stadtteil von New York, auf einem restaurierten Kutter in der Karibik treffen. Die so ganz und gar unterschiedlichen Charaktere unternehmen eine kuriose Schiffsfahrt, in deren Verlauf zwei von ihnen auf einer einsamen Insel zurückgelassen werden und wohl oder übel aufeinander zugehen müssen, was die ohnehin verkorkste Situation für beide, die sich aus tiefstem Herzen ablehnen, nicht einfacher macht.

In der Abgeschiedenheit eines sonnigen, einsamen und menschenleeren Strandes im südlichen Texas begegnen sich eine hübsche Studentin aus Galveston und ein junger Cop aus Los Angeles, der hier seinen Urlaub verbringt. Allerdings wechseln sie kein Wort, als sie dicht aneinander vorbeigehen. Es bleibt bei einem beiderseitigen Lächeln. Wenn sie doch nur hätten ahnen können, dass dieser Moment des Schweigens ihr Leben auf dramatische Weise so sehr beeinflussen würde.

Die Literaturkritikerin Julia Andresen und der Schriftsteller Jonas von Herborn laufen sich vor einer Würstchenbude in Berlin über den Weg und verlieben sich ineinander. Beide haben in der Mitte des Lebens bereits die ein oder andere prägende Beziehungserfahrung hinter sich und gehen eher vorsichtig aufeinander zu. Alles läuft harmonisch und sie lernen ganz allmählich, einander zu vertrauen. Zumindest ein Stück weit, denn die letzte Festung des Misstrauens will besonders Julias Unterbewusstsein nicht aufgeben. Und genau diese eine Hürde wird beiden zum Verhängnis, als Julia in einem ganz entscheidenden Moment ihres Lebens etwas beobachtet, was sie als blanken Vertrauensbruch interpretiert. Nicht willens, ihre Gedanken zu hinterfragen, stolpert sie in das alte Verhaltensmuster. Wenn sie doch zuvor schon den Mut gehabt hätte, Jonas von dem Chaos in ihrer Empfindungswelt zu erzählen.

Die Erzählungen, unabhängig, was an ihnen Wahrheit oder Fiktion ist, haben in ihrer Handlung rein gar nichts miteinander zu tun und doch verbindet sie etwas Gemeinsames. Die Ereignisse werden jeweils in einem unscheinbaren Moment ausgelöst und entfalten ihre ganze Dynamik, die sich zuweilen kurios und amüsant, andererseits aber auch dramatisch, geradezu tragisch entwickelt, bevor sie am Schluss erneut nachhaltige Wendungen erfahren.

Das Tattoo

Kaum spürbar war die schwüle Hitze der letzten Tage in Bewegung geraten, hatte sich zu einem leichten Wind gemausert und wehte noch am Morgen als milde Brise aus nordwestlicher Richtung von den Tehachapi-Bergen über die Wüste. Um die Mittagszeit lebte er spürbar auf und entwickelte sich rasch zu einem heftigen Sturm, der auf seinem Weg kurz vor der Stadtgrenze von Mojave, dem Tor in die Mojave-Desert, das Bergland verließ, auf flachen, sandigen Boden stieß, eine gehörige Ladung Staub aufnahm, um sich in das zwanzig Meilen weiter südlich gelegene Lancaster aufzumachen und seine schmutzige Last im gesamten County bis runter nach Palmdale und Littlerock abzuladen. Zu Tagesbeginn war dort von dem drohenden Unheil rein gar nichts erkennbar gewesen. Nach wochenlangem Stillstand der glühend heißen Atmosphäre, brachte das morgendliche Lüftchen noch nicht einmal Abkühlung, die die Bewohner der Wüstenorte so dringend nötig hatten und herbeisehnten. Allenfalls die vielen bunten Fahnen der Tankstellen hingen zu diesem Zeitpunkt nicht mehr völlig erschlafft an den Masten, sondern taten so, als wollten sie ganz langsam aus ihrem Dämmerschlaf erwachen. Alles änderte sich jedoch, als eine große, sandfarbene Wand unaufhaltsam heranrollte und wie ein riesiges Monster, das die Stadt ganz und gar verschlingen wollte, den Himmel verdunkelte. Nicht, dass den Bewohnern von Lancaster und auch den anderen Orten dieser Region derartige Naturphänomene unbekannt waren. Nein. So etwas kam gerade im Hochsommer immer wieder vor, wenn die Temperaturen unerträglich heiß waren und sie von den Winden aus den Bergen überfallen wurden. Trotzdem war man froh, wenn die Schäden einigermaßen gering ausfielen und nicht ganz so dicke Staubschichten zurückblieben, sobald das Spektakel vorüber war. Zumeist blieben diese Erwartungen jedoch unerfüllt, denn dieser stürmische Tunichtgut hatte - wie schon früher seine hier vorbei gezogenen Kumpels oder Verwandte - so ganz eigene Ansichten von Vorsicht und Rücksichtnahme. Sie alle blähten, was das Zeug hielt und schienen lose Dachschindeln und morsche Bäume besonders zu mögen.

Als die Sturm- und Sandwalze das Blau des Himmels verdrängte und die ersten Tumbleweeds, die gemeinhin auch Steppenläufer genannt werden und als durch das Bild rollende Büsche in so vielen Western eine erstaunliche Filmkarriere hingelegt hatten, über die Stadtgrenze peitschte, wurde es rasch dunkel und die Luft kühlte jetzt unvermittelt ab. Vorbei war es auch mit der lähmenden Stille, die das ganze Jahr hindurch den verschlafenen Takt des täglichen Lebens vorgab. Das wilde Tosen des schmutzigen Gesellen aus den Bergen kam direkt über den Highway 14, schüttelte alles durch, was er zu fassen bekam und was nicht niet- und nagelfest verankert war. Er buffte kräftig an die Hausdächer, fuhr durch die Bäume, fegte über die gepflegten Gärten, nutze es schamlos aus, wenn jemand Haustüren oder Fenster nicht rechtzeitig geschlossen hatte, stürmte ungezügelt durch die Flure, veranstaltete Chaos in allen Räumen, zu denen er sich Zugang verschafft hatte, nur, um sich nach seiner kurzen und verheerenden Stippvisite wieder durch die Hintertür davonzuschleichen (obwohl der Begriff des Schleichens reichlich untertrieben war) und Ausschau nach weiteren Opfern zu halten oder weiteren Möglichkeiten, irgendwelchen Unfug anzurichten. Für einen respektablen Wind war es ohnehin kleinlich genug, seine miese Laune an gefahr- und wehrlosen Dingen wie zum Beispiel den zum Trocknen aufgehängten Mieder von Mrs. Cunningham, der kritischen und immer aufmüpfigen Nachbarin des Bürgermeisters, dem sie zu allen möglichen und unmöglichen Tageszeiten ihre Meinung über seine politischen Entscheidungen ins Gesicht blähte, auszulassen. Die Kleidungsstücke brutzelten schon seit Stunden in der Sonne, um sich jetzt dem Unwillen dieses völlig verdreckten Aufschneiders ausgesetzt zu sehen. Allerdings blieb diesem auch nichts anderes übrig, als sich an der Unterwäsche besagter Dame und anderer Gegenstände zu versuchen, denn alles lebende, dem er hätte zusetzen können, war in den Häusern und Ställen verschwunden. Wo sich während dieser Zeit die Vögel verborgen hielten, konnte nicht in Erfahrung gebracht werden. Die Zuvor erwähnten Steppenläufer waren neben all den vielen anderen Dingen, die der raue Prahlhans zusammengesammelt hatte, bis hin zum südlichen Ende der Stadt gleichmäßig auf den Straßen, in den Gärten aber auch an manch anderem skurrilen Plätzchen verteilt worden. In der Regel dauerte dieser Spuk nicht lange. So plötzlich, wie er gekommen war, vergingen zumeist kaum dreißig Minuten, bis sich der wild gewordene Rabauke weit draußen in der heißen Sierra vermutlich mit gleichgesinnten, missmutigen Spießgesellen aus den anderen Himmelsrichtungen traf, um eine lustige Nacht zu veranstalten.

Seine Hinterlassenschaften, die Unordnung aber auch die Schäden an Gebäuden, Autos, in den Gärten und Mrs. Cunningham's Mieder allerdings waren erheblich. Das Aufräumen, die erforderlichen Reparaturarbeiten, das Beseitigen des Sandes und das neuerliche Waschen besagter Unterwäsche nahmen so manchen Tag in Anspruch. Der Bürgermeister konnte einem jetzt schon leidtun, denn Mrs. Cunningham würde ihn sicherlich bei der nächsten Gelegenheit mit der Frage konfrontieren, wie er sie in Zukunft vor solchen Veranstaltungen beschützen wollte.

Für die Kinder der Stadt war dieser Sturm halb so tragisch, denn er brachte tags darauf so manch gut zu gebrauchendes, wertvolles und herrenloses Fundstück zutage. Lancaster war für sie dann ein einziges Paradies. Man brauchte nur die Augen aufmachen, sich bücken und aufheben, was einem gefiel. Wenn die neuen Schätze dann zu Hause in der Garage verstaut werden sollten, gab es hin und wieder ob des väterlichen Widerspruchs ein paar Lagerungsprobleme. Die kleinen Sachen aber fanden gut Platz unter dem eigenen Bett, zumindest solange, bis die Mütter auch hier sauber machten.

Irgendwann aber war Lancaster wieder so, wie es immer war. Blauer Himmel, das ganze Jahr über warmes oder heißes Wetter, geschäftiges Treiben und ein immer freundliches Miteinander. Es war ein gemütliches und hübsches Städtchen inmitten einer großen Wüste, in dem es sich trotz einiger Widrigkeiten durchaus zu leben lohnte.

Gerade ist es später Nachmittag. Draußen scheint die Sonne aus allen Knopflöchern und die Hitze bringt den Asphalt wie so oft fast zum Schmelzen. Diese Stunden des Tages verbringt man am besten in der Nähe einer wohltuenden Klimaanlage, bis es am Abend vielleicht etwas weniger heiß ist. Dass es mit dem Dunkelwerden abkühlt, muss man hier nicht erwarten. Das geschieht nicht. Die Hitze lässt nur etwas nach und erlaubt es, sich mit einem kühlen Drink nach draußen zu wagen, vielleicht im Garten zu sitzen oder in den Park zu gehen, um sich mit Freunden zu treffen oder anderes zu unternehmen. Denn eines sollte jedem klar sein. Wüsten sind keine toten Gegenden. Sie sind ein ganz eigener, hochinteressanter und wunderschöner Lebensraum. Gerade die Abende sind hier etwas ganz besonderes. Die Blumen und Bäume versprühen in den späten Tagesstunden einen Duft, der von den milden Winden weit über das Land getragen wird. Auch die artenreiche Tierwelt ist hier etwas ganz außergewöhnliches. Wer also wirklich meint, es gäbe hier nur Klapperschlangen, Trockenheit und Hitze, irrt gewaltig.

Ich sitze wie so oft in Sammy's Restaurant am Sierra Highway, schaue aus dem Fenster, in den Händen eine Tasse Kaffee und betrachte mein Spiegelbild in der riesigen Glasscheibe. Mir fällt dabei nicht erst heute auf, dass ich langsam in die Jahre gekommen bin. Die Dinge werden schon einige Zeit immer schwieriger und anstrengender für mich. Der Elan braucht oftmals den halben Tag, um sich in mir bemerkbar zu machen. Alt bin ich aber noch nicht. Es ist eben nicht mehr so, wie es einmal war. Bereits seit meiner Kindheit lebe ich in Lancaster. Unsere Stadt ist während meiner frühen Jugend ein recht kleines, verschlafenes Nest in der weiten, trockenen Ebene gewesen, wuchs aber in den vergangenen zwanzig Jahren stark an, sodass es heute nicht mehr möglich ist, jeden einzelnen Bewohner zu kennen. Trotzdem sind mir die wichtigsten Personen gut bekannt, ich habe sehr viele Freunde und auch meine Familie fühlt sich hier zu Hause. Sicherlich. Ich war in meinem Leben an vielen Orten, doch zog es mich immer wieder zurück in die Wüste. Die großen Städte geben mir nichts. Es ist so hektisch, unpersönlich und anonym. Man sieht und erlebt dort viele interessante und schöne Dinge, ich aber brauche für mein Leben die Wüste, ihre Hitze, das gemäßigte Tempo und die netten Gespräche auf der Straße.

Nun soll aber nicht davon berichtet werden, warum ich gerade hier lebe. Vielmehr möchte ich eine Geschichte erzählen, die, wenn ich es richtig betrachte, bereits begann, als ich noch ein kleiner Junge war und bis zum heutigen Tag in mir lebt. Die Ereignisse, die immer wieder unser aller Lebensweg kreuzen, nehmen wir häufig gleichgültig hin, gerade so, wie sie uns begegnen und schenken ihnen fahrlässiger Weise kaum Beachtung. Zuweilen erkennen wir nicht deren wirkliche Bedeutung und Wichtigkeit. Das wird uns oftmals – wenn überhaupt - erst viel später klar. Warum also soll es mir anders gehen als so vielen Menschen. Die Einzelheiten zu dem, was ich berichten will, sind mir noch sehr gut in Erinnerung und vor meinem geistigen Auge so klar zu sehen, dass ich alles wesentliche wiederzugeben in der Lage bin, wie es damals geschehen ist. In diesem Fall trifft es nicht zu, dass Erinnerungen manchmal sehr weit von der Wahrheit entfernt sind. Um zu verstehen, warum ich von den damaligen Geschehnissen erzählen will, muss man lesen, was ich zu sagen habe. Von daher wird es sich wie bei allen Geschichten als das beste erweisen, wenn ich ganz von vorn anfange.

Damals, als ich noch der kleine Stevie Withfield aus Lancaster/ Kalifornien war, sieben Jahre alt, voller Neugier auf jeden neuen Tag, denn das Leben für so einen Knirps ist ein einziges großes Abenteuer und mit der Geduld, das täglich neu kommende zu erwarten, war es weder bei mir noch bei meinen Freunden weit her. Damals wohnten Mom, Dad und ich in einem hübschen kleinen Haus in der West Milling Street Ecke Sierra Highway und aus meinem Schlafzimmerfenster hatte ich einen freien Blick auf den Bahnhof der Amtrak-Station, der sich weitläufig auf der anderen Straßenseite ausbreitete. Von hier aus, hatte mir mein Dad erzählt, führen alle Gleise nach ganz Nord- und Südamerika, was ich damals noch nicht richtig und vollständig erfassen konnte. Ich versuchte mir die Wichtigkeit und das Ausmaß dieser Information bildlich vorzustellen, war damit aber reichlich überfordert, denn ich hatte keine Ahnung, wo Kanada lag oder wie weit es nach New York City sein konnte, fragte für den Moment jedoch nicht weiter nach, sondern gab mich damit zufrieden, dass der Bahnhof von Lancaster der Mittelpunkt der Welt zu sein schien und ich aus meinem

Schlafzimmer direkt und so oft ich nur wollte auf diesen Ort sehen oder dorthin gehen konnte. Von daher fühlte ich mich wie ein König und morgens, bevor ich zur Schule ging, begleitete ich meinen Vater hinüber zum Bahnsteig, denn er fuhr täglich nach Mojave, wo er als Ingenieur bei der Mojave Air & Space Port Flight Line tätig war. Und das war enorm spannend. Dad hatte mir oft erklärt, wie er am Bau neuer Flugzeuge tüftelte, um sie schneller und sicherer zu machen und dass das eine extrem wichtige Aufgabe war. Mom war richtig stolz auf ihn und ich auch. In den Ferien durfte ich immer wieder mal mitfahren und ihn zur Arbeit begleiten. Erst konnte ich an diesen Tagen im wichtigsten Zug der Welt fahren und dann fand ich es unglaublich aufregend, aus dem Fenster in die vorbeisausende, brüllend heiße Wüste sehen zu können, ohne selbst schwitzen zu müssen, weil es in den Wagons schon Klimaanlagen gab. Auf der Airbase übergab mich mein Vater seinem Freund und Kollegen Jimmy Moore, der in der Vergangenheit wiederholt bei uns zum Essen war. Wir verstanden uns gut und waren bei meinen Besuchen den ganzen Tag zusammen, um mir alles, was wichtig war, zu zeigen. Wie soll ich es sagen. Für so einen Steppke wie mich war praktisch alles wichtig, von der kleinsten Schraube bis zum größten Flugzeug.

Als ich mit Jimmy im Cockpit einer ausrangierten Propeller-maschine saß, sagte er zu mir: »Von hier aus kannst Du nicht nur alle Flughäfen Amerikas erreichen, sondern auch über die Ozeane in die ganze Welt fliegen!«

Ich bekam meinen Mund nicht mehr zu. In Lancaster war der wichtigste Bahnhof der Welt und mein Vater arbeitete auf dem wichtigsten Flughafen des ganzen Planeten. Diese Erkenntnisse erfüllten mich vollends und ich kam aus dem Staunen nicht mehr heraus. Als Dad am Nachmittag mit der Arbeit fertig war und Jimmy mich mit Schokoeis, Coca-Cola, Hamburgern und vielen tollen

Flugzeuggeschichten vollgestopft hatte, fuhren wir wieder mit dem Zug zurück. Mom wartete bereits auf dem Bahnhof, um uns abzuholen. Das war auch gut so, denn ich musste ihr sofort und ausführlich berichten, was ich alles erlebt hatte. Von dem vielen Eis, den Hamburgern und der Cola erzählte ich aber nichts aus Furcht, dass sie mit mir schimpfen und künftige Besuche in der Airbase verbieten könnte. Meine Eltern aber kannten mich und sie kannten vor allem Jimmy -! Wenig später zu Hause angekommen, mochte ich an diesen aufregenden Tagen nichts mehr futtern, knusperte beim Abendessen gleichgültig an – wie Mom immer sagte – gesundem Salat herum und verschwand bald im Bett, um in aufregende Kinderträume von Zügen, Flugzeugen und viel Schokoeis zu fallen.

Als ich meine Erlebnisse einmal in der Schule erzählte, haben meine Freunde nur noch gestaunt. Zuerst meinten vor allem die Jungs, dass ich wohl spinnen würde, doch hielten sie ihre Klappe, als die Airbase unsere Klasse einen ganzen Tag lang zu Besuch eingeladen hatte. Danach gaben sie Ruhe und zweifelten auch in den folgenden Jahren nie wieder an meiner Glaubwürdigkeit. So schön der Ausflug auch war, der nächste Tag brachte die Quittung dafür. Wir mussten nämlich in den ersten beiden Stunden einen mindestens fünfseitigen Aufsatz über den Besuch schreiben. Aber mir machte das alles nichts, denn einerseits wusste ich genug über das Thema und außerdem ging ich sehr gern zur Schule. Es machte mir Spaß, zu lernen, mit den Jungs und Mädels Sport zu treiben, aber auch die Spiele in den Pausen auf dem Schulhof gefielen mir. Nachmittags, gleich nach dem Essen, traf ich mich immer mit meinen Freunden. Es gab vieles zu erforschen und zu entdecken, wir spielten Football, fuhren mit den Rädern, gingen Schwimmen, zählten die vorbeifahrenden Autos auf dem Highway und ganz viele andere Sachen, bis ich Dad am Abend wieder vom Bahnhof abholte. Zu Hause angekommen, hatte Mom wie immer das Essen vorbereitet. Gemeinsam saßen wir am Tisch und erzählten alles mögliche. Sie war der Mittelpunkt unseres Lebens. Sie versorgte »ihre beiden Männer«, wie sie immer zu sagen pflegte, auf dass es an nichts fehlte. Am Abend, wenn Dad noch in der Zeitung las, brachte sie mich ins Bett, setzte sich einen Moment zu mir und lauschte meinen aufregenden Erzählungen des Tages, lächelte mild und freundlich, deckte mich richtig zu und beendete meinen Tag mit den leisen Worten: »So, jetzt ist es aber Schluss. Nun wird geschlafen!« Anschließend beugte sie sich zu mir, gab mir einen Kuss auf die Stirn, strich mir mit ihrer Hand beruhigend durch die Haare und wünschte mir schöne Träume.

All die vielen kleinen Gesten, die Fürsorge und Liebe meiner Eltern, ihr Verständnis und ihr ganzes Sein sorgten dafür, dass ich eine sehr behütete und wunderbare Kindheit erleben durfte, die ich als kleiner Junge einfach so hinnahm, weil ich ja auch nichts anderes kannte. Erst später, als ich beide hergeben musste, war der Verlust unerträglich und mir wurde sehr spät offenbar, was ich wirklich an ihnen hatte. Doch bis dahin sollten noch viele glückliche Jahre an ihrer Seite vergehen.

Es war ein heißer Freitag, als ich am Nachmittag wieder einmal auf den Zug wartete, mit dem mein Dad nach Hause kommen würde. Ich war immer sehr pünktlich auf dem Bahnhof, weil ich es gern mochte, einen Moment warten zu dürfen. Ich nutzte diese Zeit, um die vielen Menschen zu beobachten, die wie ich auf jemand warteten oder mit dem bald eintreffenden Zug fortfahren würden. Es war aber auch noch viel mehr los, was es zu erforschen galt. Zum Beispiel die Lieferanten, die mit ihren Fahrzeugen auf den Bahnsteig kamen und die Shops mit Waren versorgten, es wurden Lokomotiven und Anhänger rangiert und da waren auch die vielen Angestellten von Amtrak, die ich gut kannte, weil ich ja häufig hier war. Der Bahnhofsvorsteher David Miller, ein Freund unserer Familie, nahm sich fast immer etwas Zeit für mich. Wir unterhielten uns über dieses und jenes, er fragte nach der Schule, ich nach allen Zügen, die noch kommen würden und an besagtem Nachmittag ging es in unserem Gespräch um die »San Francisco 49er's«. Wir waren beide Fans dieser Footballmannschaft und rätselten ausführlich über die Spiele und möglichen Ergebnisse am kommenden Wochenende. Beide hofften wir auf einen Sieg, damit die mögliche US-Meisterschaft nicht in weite Ferne rückte. Als wir fertig waren und Mr. Miller wieder an die Arbeit musste, spendierte er mir noch eine Schoko-Vanille-Eiscreme, ich setzte mich auf eine schattige Bank, schleckte das Eis aufgrund der Hitze einigermaßen zügig und ließ schweigend meine neugierigen Blicke über das Gelände streifen. Ich beobachtete Mrs. Cunningham mit einer anderen Frau, die nicht aus Lancaster war, denn sonst hätte ich sie ja gekannt. Beide begaben sich zum Ausgang. Ich meinte, es könnte ihre Schwester gewesen sein und schenkte ihnen keine weitere Beachtung. Es liefen andere Menschen durch mein Blickfeld, die aber auch nichts Interessantes taten. Die Kehrmaschine bot da schon etwas mehr Spannung. Der Fahrer lenkte die große Maschine gekonnt direkt an den Schienen entlang. Ich dachte mir, dass er besser nicht zu dicht an die Gleise fahren sollte, sonst könnte es gefährlich werden und sah dem leise surrenden Fahrzeug nach, wie es elegant einigen Passanten auswich, enge Kurven fuhr und weiter nach links auf das Ende des Bahnsteigs zurollte, als plötzlich hinter der Kehrmaschine ein großer schlanker Mann stand und mein Interesse weckte. Ich ließ die Reinigungsmaschine ohne weitere Beachtung davonfahren und heftete meine neugierigen Blicke an diese Gestalt. Seine Größe und Figur waren nicht das, was mich lockte. Seine Kleidung war viel spannender. Er trug einen schwarzen Hut mit Krempe und einen ebenso schwarzen, langen

Mantel, den er allerdings nicht zugeknöpft hatte. Der Mann stand wie versteinert einfach und reglos da, drehte nicht einmal seinen Kopf und rührte auch keine Hand, sondern schaute mit unbeweglichem Blick entlang der Schienen in die Ferne, als ob er etwas suchte oder erwartete. Wie alt er war, vermochte ich nicht zu sagen, aber älter als Dad war er schon. Ich fragte mich, wie man in dieser Hitze, in der jeder nach Kühlung und Schatten suchte, auch noch Mantel und Hut tragen konnte und ob er eine Frau hatte, die vielleicht besser auf ihn achten sollte, damit er nicht noch einen Hitzschlag bekommt. All das fesselte mich, aber was mich am meisten beschäftigte war, dass ich ihn nicht kannte. Wenn er aus unserer Stadt kam, hätte ich ihn doch sicherlich schon längst einmal gesehen. Und wenn nicht ich, dann eben meine Freunde, die mir ganz bestimmt davon erzählt hätten, denn für uns blieb in der Stadt nichts länger verborgen. Wir tauschten uns über alle Neuigkeiten aus und planten dementsprechend unsere Freizeit, um alle Beobachtungen genauer unter die Lupe zu nehmen. Dieser Mann hätte mit Sicherheit dazu gehört, denn er passte so gar nicht nach Lancaster und in die Wüste. Ich gestand mir ein, dass ich ein klein wenig Furcht verspürte, obwohl er mich noch nicht einmal gesehen, geschweige denn, irgend etwas Angst einflößendes getan hatte. Da er sich aber um rein gar nichts kümmerte, niemanden beachtete und ich einen guten Platz in sicherer Entfernung hatte, stellte ich das mit der Angst erst mal zurück und wurde auch gleich vom eintreffenden Zug aus Mojave abgelenkt, denn die Einfahrt dieser riesigen Maschine mit den vielen Anhängern war immer wieder aufs neue ein fesselndes Schauspiel, zumindest für mich. Ich wusste zu genau, aus welchem Wagon und aus welcher Tür mein Vater aussteigen würde, stürmte auf ihn zu, sprang ihm in die Arme, ließ ihm keine Chance, auch nur einen Satz vollständig auszusprechen und blabberte ihn mit meinen Erlebnissen und

Abenteuern des heutigen Tages voll. Er hielt mich ganz fest auf seinem Arm und lachte über jedes Wort, das ich ihm aufgeregt erzählte. Als wir den Bahnsteig verließen, trottete ich bereits eiligen Schrittes an seiner Seite, hielt ihn an der Hand und drehte mich noch einmal zu diesem mysteriösen Mann um, erhaschte einen letzten Blick von ihm und wollte meinen Eltern aber erst beim Abendessen davon berichten. Zunächst musste ich die Beobachtung in meinen Gedanken sortieren und wusste zu genau, dass ich in der Schule mit meinen Freunden darüber reden würde.

Dass der Mann aber von diesem Tag an nie wieder aus meinem Bewusstsein verschwinden und mein Denken nachhaltig beeinflussen sollte, war für mich damals keinesfalls zu erahnen. Wie auch, ich war ja noch ein kleiner Junge.

Als ich später mit Mom und Dad wie jeden Abend zusammensaß und mich über das lecker zubereitete Essen hermachte, als hätte ich drei Wochen nichts zwischen die Zähne bekommen, war es meine Mutter, die mich ansprach und fragte: »Na, meine Junge, was geht Dir denn den ganzen Nachmittag durch den Kopf?«

Sie kannte mich eben zu genau und hatte eine äußerst sensible Antenne dafür, wenn ich mich darum bemühte, etwas nicht zu erzählen, wenn mich etwas beschäftige oder gar bedrückte.

Als hätte ich darauf gewartet sprudelte es aus mir heraus: »Wie ich heute auf Daddy's Zug gewartet hatte, stand da ein Mann, den ich hier noch nie gesehen habe. Er hat nur da gestanden, in die Ferne gesehen und sich nicht bewegt. Das verrückteste war, dass er bei dieser Hitze einen langen schwarzen Mantel trug. Den Hut gegen die Sonne konnte ich ja noch verstehen, aber wer trägt in der Wüste einen Mantel?«

Gespannt sah ich zu Dad, weil er ja immer etwas wusste und wartete ungeduldig auf seine Reaktion. Dass er sich zunächst nicht rührte, noch in aller Ruhe einen Schluck Eistee trank und das Glas anschließend ohne Hast auf den Tisch stellte, machte alles noch spannender. Endlich aber blickte er mir in meine weit aufgerissenen, erwartungsvollen Augen, in denen mindestens einhundert Fragezeichen leuchteten und sagte: »Oh, das ist sicher Sam Harrison. Wie ich unlängst vom Bürgermeister erfuhr, kam er vor einigen Monaten aus Mitteleuropa, ich meine aus Deutschland, hierher, um sich in unserer Stadt niederzulassen!«

»Ja, aber was macht er hier und wo wohnt er«, ließ es mir keine Ruhe.

»Was er arbeitet, kann ich Dir auch nicht sagen, sicher ist jedoch, dass er auf dem Lancaster Boulevard wohnt. Wo genau, ist mir aber nicht bekannt«, gab mir mein Vater zu verstehen.

»Du musst Dich aber nicht vor ihm fürchten, nur weil er etwas anders gekleidet ist, als wir alle«, beruhigte mich meine Mutter.

»Von wegen«, ging es mir durch den Kopf, »als ob ich jemals vor irgend etwas Angst gehabt hätte«, sagte ich zu mir, erinnerte mich aber sehr genau an die Situation auf dem Bahnsteig. Zugegeben hätte ich das jedoch niemals.

»Aber warum ist er hier hergekommen«, fragte ich meine Eltern und hätte die Erklärung, weil wir hier den wichtigsten Bahnhof und in Mojave den tollsten Flughafen der Welt haben, uneingeschränkt akzeptiert. Dad sagte darauf:

»Ich habe mit ihm noch kein Wort gewechselt und die Leute einfach anzusprechen wäre nicht in Ordnung. Du musst Dich also noch gedulden, bis er hier zu Hause ist und ein paar Bekanntschaften geschlossen hat. Irgendwann werden wir mehr über ihn erfahren!«

»Geduld. Was für ein gemeines Wort. Warten ist auch kein besserer Ausdruck, jedenfalls nicht für mich«, war meine innere Reaktion auf Dad's Antwort. Ich musste also meine Freunde am nächsten Morgen alarmieren. Es war ja Samstag, keine Schule und wir könnten uns beraten, was in dieser Sache zu unternehmen war. Für den Moment tat ich so, als hätte ich ausreichende Erklärungen bekommen und beschloss, nicht weiter nachzufragen. Insgeheim aber ließ mir Mr. Harrison keine Ruhe. Später, als ich zu Bett gegangen war und mein Buch über Tom Sawyer und Huck Finn ausgelesen hatte, kam Mom wie immer an mein Bett, um zu sehen, ob es mir gut ging. Wir wechselten wie jeden Abend noch ein paar Worte. Ihr gutmütige, ruhige Art stoppte ganz schnell die Gedankenflut in meinem Kopf und ließ die Müdigkeit übermächtig werden. Wieder strich sie mir sanft durch die Haare, wünschte mir schöne Träume und es dauerte nur Sekunden, bis ich eingeschlafen war.

Am nächsten Morgen erwachte ich wie so oft vom Gezwitscher der Vögel, vom leichten Wind, der durch das geöffnete Fenster meines Schlafzimmers wehte und sanft mit den Gardinen spielte. Die Sonne beteiligte sich daran und warf passend dazu bewegliche Schatten an die Wand, an der eine Reihe Poster der »49er's« hingen. Langsam erwachend beobachtete ich aufmerksam das Schauspiel und vernahm erste Geräusche aus der Küche, in der das Frühstück für Dad und mich zubereitet wurde. Noch etwas schlaftrunken stolperte ich ins Bad, meinte, dass eine Katzenwäsche am Samstag- morgen genug wäre, kroch in meine Kleidung und saß wenig später zusammen mit meinen Eltern am Tisch. Mom machte die besten Pancakes der Welt und freute sich darüber, wenn ich ordentlich aß. Dad las wie immer in der Zeitung, trank einen Kaffee und fragte, was ich den heute alles auf die Beine stellen würde.

»Ich treffe mich mit Michael Edwards und Benjamin Carter. Wir wollen auf dem Sportplatz Football spielen«, war meine Antwort.

Das wir uns aber auf Forschertour Richtung Lancaster Boulevard machen würden, verschwieg ich, davon ausgehend, dass Michael und Bennie auch noch nichts von Mr. Harrison gehört hatten. So dauerte es nicht lang, bis das Frühstück weggeputzt war, mein Vater mir noch drei Dollar zusteckte, damit wir uns ein Eis kaufen konnten und ich durch die Haustür verschwand, verfolgt von den Worten: »Pass auf Dich auf, geh nicht auf die Straße, mach dies nicht, mach das nicht … !«

Ich rief ein flüchtiges »Ja, wird gemacht« zurück und lief davon.

Michael und Bennie waren echte Footballfans und warfen bereits die ersten Bälle, als ich am Sportplatz eintraf. Sie hatten schon auf mich gewartet und riefen mir entgegen: »Wo warst Du denn so lange?«

»Ich hatte noch was zu erledigen«, erwiderte ich, ließ mein Fahrrad umfallen, rannte auf das Feld und war sofort im Spiel. Die beiden unversehens mit den Informationen und Beobachtungen über Sam Harrison zu überfallen, machte keinen rechten Sinn. Da ich genauso verrückt nach Football war wie die beiden, mussten wir uns erst einmal ordentlich austoben, was bei der deutlich ansteigenden Hitze der voranschreitenden Morgenstunden nicht so sehr lange dauerte. Nach einer knappen Stunde lief dann nichts mehr. Ausgepumpt und restlos erschöpft saßen wir im Schatten eines Baumes, schütteten kühlende Getränke in uns hinein und pusteten ordentlich durch, bis Michael wieder Luft zum Quasseln hatte und irgendwelches Zeug von zu Hause erzählte. Als wir uns nach einiger Zeit umfangreich ausgetauscht hatten, fragte Bennie, was wir bis zum Mittagsessen noch unternehmen wollten. Dies war der richtige Moment, um meine Geschichte zu erzählen und vorzuschlagen, dass wir herausfinden sollten, wo dieser seltsame Mann wohnte. Meine Information war für die zwei so spannend, dass sie mich mit aufgerissenen Augen anklagten, nicht sofort davon berichtet zu haben. Also schilderte ich ausführlich, was sich tags zuvor auf dem Bahnhof zugetragen hatte. Wenig später verließen wir radelnd den am Westrand der Stadt liegenden High

School Sportplatz, der – direkt am Eagle Way liegend – unmittelbar an den Lancaster Boulevard grenzte und hielten Ausschau nach Sam Harrison. Wir mussten fast bis zu Einmündung Sierra Highway nahe des Bahnhofs fahren, als wir den gesuchten vor Olive's Mediterranean Café stehen sahen. Wieder war er mit Hut und Mantel unterwegs und auch meine Freunde dachten, dass er sich doch die Hacken abschwitzen müsste, wenn er so gekleidet durch die Hitze spazierte. Mir fiel auf, dass Mr. Harrison im Vergleich zu den an ihm vorbeigehenden Menschen ziemlich groß und hager war, fast schulterlanges Haar trug und irgendwie verunsichert wirkte, verlegen um sich schaute und wieder diesen suchenden Blick hatte. Er stand einen kleinen Moment vor dem Café, öffnete die Tür und verschwand im Innern, sodass er für uns nicht mehr zu sehen war. Wir blieben einen Block entfernt auf der anderen Straßenseite und hielten uns hinter dem US Post Office versteckt. Allerdings glühte hier aufgrund fehlenden Schattens die Sonne unbarmherzig und wir hielten es nicht mehr sehr lange aus. Ich erzählte den beiden, dass ich von meinem Dad ein paar Dollar bekommen hatte. Das musste ich nicht zweimal erzählen. Flugs schwangen wir uns auf die Räder und fuhren in die Eisdiele auf dem Gelände des nahen Bahnhofs. Dort war es schön kühl und bei leckerem Schokoeis ließ sich die ganze Sache ausführlich besprechen, bis es dann langsam Mittag wurde und alle pünktlich zu Hause zu sein hatten.

In den nächsten Wochen und Monaten passierte um diesen Mann nichts Auffälliges. Die Zeit verging, wir sahen ihn hier und da in der Stadt und gewöhnten uns langsam an seine Erscheinung. Gesprochen hatten wir nie mit ihm und wenn er uns begegnete, versuchten wir, auszuweichen. Er blieb weiterhin mysteriös, weil wir trotz verschiedentlicher Bemühungen einfach nichts über ihn herausbekommen konnten. Das Leben für die Jungs und mich ging aber weiter. Es war eine Zeit, in der viele fremde Menschen aus aller Herren Länder in unsere Stadt kamen und sich hier niederließen. Da waren aber auch andere Ereignisse, die sich in den Vordergrund unseres Bewusstseins drängten. Ich konnte und wollte es zumindest vor mir selbst nicht leugnen, dass der seltsame Mr. Harrison jedes Mal meine ganze Aufmerksamkeit fesselte, sobald ich ihn sah.

Es wurde Winter in Lancaster, obwohl, die Jahreszeit kann man eigentlich nicht wirklich so nennen, denn die wahnsinnigen Tagestemperaturen sanken von durchschnittlich vierzig auf äußerst angenehme zwanzig Grad Celsius. Wenn in nördlichen Ländern Kälte herrschte und Schneestürme wüteten, hatten wir bei uns eine wunderbar milde Zeit, in der es zuweilen auch regnete und die Wüste binnen Stunden zu einem unglaublich duftenden Blütenmeer erwachen ließ. Es gab hier keinen Dauerregen oder heftige, alles überschwemmende Regengüsse, nein, allenfalls kleine Nieselregen, die – wenn man Glück hatte – eine halbe Stunde dauerten. Das aber reichte den Blumen und Gräsern, um ihre ganze Schönheit für nur wenige Tage zu entfalten.

»Wie zerbrechlich alles Leben ist«, dachte ich so oft bei mir. Da ist von dieser Pracht oft mehrere Jahre nichts zu sehen. Niemand würde vermuten, dass es hier so etwas gibt und dann erwacht das Leben der Pflanzen, als ginge es um das letzte Blühen auf dieser Welt.

In dieser Zeit waren wir den ganzen Tag draußen und ließen uns von nichts aufhalten. Unsere Footballspiele dauerten nicht nur eine Stunde, lange Fahrradtouren gehörten zur Tagesordnung und auch die Schule, die ich für mein Leben gern besuchte, wurde nicht mehr von der unerträglichen Sommerhitze unterbrochen, gegen die unserer Klimaanlagen oftmals nicht ankamen. In dieser Zeit hatte ich Geburtstag und meine Eltern planten für mich etwas ganz besonderes. Mom und Dad machten ständig nur ein paar Andeutungen davon und beendeten ihre Sätze immer dann, wenn es wirklich spannend wurde. Zum Schluss war es kaum noch auszuhalten und ich war froh, als ich am Tage meines Wiegenfestes endlich aufstehen konnte. »Heute«, ging es mir durch den Kopf, »werde ich es endlich erfahren, was ich zum Geburtstag bekomme!« Ich stand auf und stürzte voller Ungeduld in die Küche, in der meine   Eltern schon auf mich warteten. Da stand ein großer Kuchen mit noch gar nicht so vielen Kerzen, eine bunte Girlande mit meinem Namen baumelte an der Decke, ein paar Grußkarten von meinem Onkel und Tanten lagen auf dem Tisch und zwischen einigen großen Paketen stand eher unauffällig ein kleines Flugzeug, an dem eine weitere Karte angeheftet war. Als ich mich durch die Geschenke gewühlt und alles ausgepackt hatte, wusste ich noch nicht, was die Sache mit dem Flieger bedeuten sollte, die ich bis zuletzt aufhob. Und was sich dahinter verbarg, war das größte, was man einem Jungen wie mir schenken konnte. Für das kommende Wochenende hatte mein Vater beruflich in San Francisco zu tun. Meine Eltern und ich wollten freitags in die Metropole an der Bay fliegen, Tante Mary – die Schwester meiner Mutter – besuchen und wir Männer am Samstagabend zusammen mit Onkel David, Mom's Schwager, das für mich so wichtige Meisterschaftsspiel der National Football League zwischen den »San Francisco 49ers« und den »Los Angeles Riders« im Stadion ansehen. Mir verschlug es den Atem. Ich war noch nie in einem Flugzeug geflogen, war nie in San Francisco gewesen, nie in einem Football-Stadion und dann noch bei meiner Lieblingsmannschaft. Mom hatte bereits mit meiner Lehrerin besprochen, dass ich am Freitag nicht zur Schule musste. So waren meine Eltern zu mir und für alles, was sie mir in all den Jahren ermöglicht hatten, war ich ihnen unendlich dankbar. Meine Schulfreunde, insbesondere aber Michael und Bennie, wurden neidisch und verdonnerten mich, viele Fotos zu machen und alles haarklein und genauestens zu erzählen, wenn ich wieder zurück war. Bis es aber so weit war, schleppten sich die Tage der nächsten Woche nur so dahin und wollten überhaupt nicht vergehen, als wir dann endlich mit dem Zug zur Air Base nach Mojave fuhren. Ich war so aufgeregt, dass ich – als wir die Stadtgrenze von Lancaster passierten – nur noch aus den Augenwinkeln sah, dass Mr. Harrison in seiner ewig gleichen Kleidung zu Fuß auf dem Sierra Highway die Stadt nordwärts verließ. Ich hatte ihn schon eine ganze Zeit nicht mehr gesehen und fragte mich, was er da draußen in der Einöde suchen mochte, ließ diesen Gedanken aber sogleich wieder fallen, weil der Zug direkten Kurs auf ein großes Abenteuer nahm.

Wie sollte ich das Erlebnis beschreiben, wenn ein Flugzeug startet, den Boden verlässt und sich mit enormer Kraft in den Himmel erhebt. Natürlich hatte ich einen Fensterplatz und drückte meine Nase an der Scheibe platt, um ja alles sehenswerte zu erfassen. Meine Eltern hatten daran ihren hellen Spaß und wussten ganz genau, dass sie ihren Sohn glücklich machten. Das Leben hat allerdings auch Schattenseiten und manchmal muss man bereits als kleiner Junge Enttäuschungen hinnehmen. Als wir nach etwa einer Stunde über dem International Airport in San Francisco zur Landung ansetzten wurde mir klar, dass die Air Base in Mojave nicht der größte Flughafen der Welt war. Das riss mich aus all meinen Träumen und brachte mein Weltbild ins Wanken. Was ich da unter mir sah, war schier unglaublich. Ich konnte nicht einmal vom Anfang bis zum Ende der Landebahn sehen. Da standen so viele große Flugzeuge, waren so viele Menschen, die Gebäude riesig groß, dass ich es nicht zu beschreiben vermochte. Ungläubig starrte ich meinen Vater an, der meine Gedanken bereits erraten hatte.

Er sagte: »Natürlich ist dieser Flughafen etwas ganz anderes als unserer in Mojave. Aber unsere Air Base ist enorm wichtig, denn wir testen für all die großen Flieger, die Du da unten siehst. Wenn wir unsere Arbeit nicht richtig erledigen würden, könnten die großen Airports dieser Welt nicht funktionieren!«

Das konnte ich gelten lassen. Aus dem größten Flughafen der Welt ist ganz einfach nur der wichtigste geworden. Damit konnte ich gut leben. Sollten die hier und anderswo doch noch längere Startbahnen bauen. Ohne meinen Daddy liefe rein gar nichts.

Das Wochenende war überwältigend. Die Stadt zeigte sich kunterbunt, die vielen Menschen kamen aus aller Herren Länder, trugen die verrücktesten Kleider und waren ohne Unterlass in Bewegung. Einen Moment dachte ich an Sam Harrison, der hier ganz gewiss nicht aufgefallen wäre, wie bei uns zu Hause und fragte mich, warum er sich ausgerechnet in Lancaster niedergelassen hatte. Dafür musste es doch eine Erklärung geben!

Als ich mit meiner Familie auf der Golden Gate Bridge stand, blieben mir die Worte im Halse stecken. Ich hätte mir nicht in den wildesten Träumen vorstellen können, wie groß dieses Bauwerk war. Das Staunen nahm kein Ende, als Onkel David die Größe des vor uns liegenden Pazifischen Ozeans beschrieb. Ich hatte das Meer noch nie gesehen und kannte nur die künstlich angelegten Trinkwasserreservoirs bei uns zu Hause. Jetzt stand ich hier und blickte in die von Wasser erfüllte Unendlichkeit. Aber es gab noch soviel mehr zu erforschen. Alcatraz, das Gefängnis in der Mitte der San Francisco Bay, Sausalito, die kleine Hausbootstadt am Rande der Bucht, das Muir Woods National Monument, dem Schutzgebiet der letzten und riesigen Küstenmammutbäume, die Cable Cars, Fishermann's Wharf. Ich könnte noch lange von dieser unglaublichen Stadt berichten, doch was mich am meisten beeindruckte, war der Besuch des Candlestick Park's, dem damaligen Stadion der »49er's«, in dem übrigens die Beatles ihr letztes großes Konzert vor fast siebzigtausend Menschen gaben.

Die Arena war brechend voll und ich habe nie wieder eine derart große Menschenmenge gesehen. Von der ersten bis zu letzten Minute war der Abend eine einzige, riesige Show mit einem hoch spannenden, geradezu nervenzerfetzenden Spiel, das letztendlich meine Lieblingsmahnschaft als Sieger hervorbrachte. Ich hätte sonst was dafür gegeben, wenn Michael Edwards und Benjamin Carter dabei gewesen wären. So aber würde ich ihnen anhand der vielen Fotos, die wir an diesem Wochenende machten, alles erklären. Am Sonntagnachmittag verabschiedeten wir uns von Tante Mary und Onkel David, die uns zum Flughafen brachten und flogen wieder nach Hause. Ich war so voller Eindrücke, dass ich während des Fluges nur stumm aus dem Fenster schaute und die unter uns vorbeiziehende Landschaft beobachtete. Dad fasste mich vorsichtig auf die linke Schulter, um mich zu fragen, ob es mir denn in San Francisco gefallen hatte. Ich konnte nicht antworten, konnte nichts sagen, brachte kein Wort heraus und war mir sicher, dass meine Eltern meinen dankbaren Blick zu deuten wussten, drehte mich, als mir beide zulächelten, wieder zum Fenster und sah bis zur Landung in die Ferne. Dass wir bereits zwei Stunden nach dem Start in San Francisco wieder vor unserer Haustür standen, musste ich erst mal verarbeiten. In meinem noch so jungen Leben hatte ich heute gesehen, wie dicht die Menschen und Städte doch zusammengerückt waren, dass man sehr zügig auch in die Länder auf der anderen Seite der Welt gelangen konnte. Ich war trotz allem froh, wieder in meiner mir vertrauten, überschaubaren Welt zu sein. Später kam Mom wie jeden Abend an mein Bett. Wir unterhielten uns noch eine kleine Weile über die Erlebnisse des vergangenen Wochenendes und vermutlich hatte sie wie so oft mit der Hand durch meine Haare gestrichen. Das aber habe ich nicht mehr mitbekommen, denn ich war sehr schnell sehr tief eingeschlafen.

Tags darauf war wieder Unterricht und in der ersten Stunde habe ich meiner gespannt zuhörenden Klasse ausführlich über alles berichtet. Die Bilder konnte ich noch nicht zeigen, da sie erst entwickelt werden mussten. Das holte ich dann ein paar Tage später nach und genoss es ein zweites Mal, dass ich von allen ein klein wenig beneidet wurde. Nachmittags erzählte ich Michael und Bennie vom Footballspiel, von dem riesigen Stadion, vom Tosen der Zuschauermenge und beobachtete, wie sie mit ihren Augen an meinen Lippen klebten, um ja kein Wort und keinen Hinweis zu verpassen. Anschließend warfen wir noch ein paar Bälle, verabredeten uns für den nächsten Tag zum Schwimmen und langsam nahm mein normales Leben wieder Fahrt auf. Die Wochen gingen dahin, bald stiegen draußen die Temperaturen wieder an und die heiße Jahreszeit, die sich anfühlte, als säße man in einem Backofen, umklammerte die Wüste aufs neue. Auch des Nachts ließ die Glut kaum nach, aber es gab so gut wie keine Luftfeuchtigkeit, sodass das Wetter durchaus zu ertragen war.

Wie immer, wenn es mir möglich war, stand ich nachmittags auf dem Bahnsteig. Der Aufenthalt wurde mir nie langweilig, so oft ich auch auf den Zug wartete, denn das Leben auf einem Bahnhof ist ständig in Bewegung. So auch an dem Tag, der sich mir fest in die Erinnerung graben sollte. War es auf dem Bahnsteig noch so heiß, konnte man die Luft im Bahnhofsgebäude sehr gut ertragen, denn hier regierten die Airconditiones, die die Temperatur derart abkühlten, dass einem bei längerem Aufenthalt im Gebäude schon mal etwas kühl werden konnte. Es wurde sorgsam darauf geachtet, dass niemand die Außentüren offen stehen ließ, um diesen Mikrokosmos im Bahnhof stabil zu halten. An diesem Tage war ich etwas zeitiger dran, weil ich mir in der Eisdiele noch ein Schokoeis kaufen wollte. Also lief ich zielstrebig durch die Vorhalle, vorbei am

Zeitschriftenladen und hinter dem Friseur gleich rechts um die Ecke befand sich das Eiscafé »Mario's Frozen Hell«.

Mario Giancomelli war der Inhaber des Cafés, etwa fünfunddreißig, in Italien aufgewachsen und erst vor wenigen Jahren in die USA eingewandert. Er beherrschte unsere Sprache bereits recht gut, hatte aber einen lustigen Akzent, von dem er selbst vermutlich gar nichts wusste. Er war ein sehr netter Typ, groß, schwarze Haare, hatte einen wunderbar dicken und kugelrunden Bauch, der eigentlich immer in eine mit Eisflecken bekleckerte, ehemals weiße Schürze gehüllt war und erzählte ständig mit Händen und Füßen. Wann immer er etwas von sich gab, versuchte er, seine Worte mit rotierenden Armen nachzuzeichnen und in Bilder umzusetzen, auf dass er auch ja vollständig und richtig verstanden wurde. Wenn ich mit meinen Freunden hier auftauchte, erzählte er ständig Geschichten aus seiner Heimat, die er offensichtlich liebte und sehr vermisste. Dabei ging es zumeist um die Mafia, die man Camorra nannte, um Pizza, einen Vulkan namens Vesuv, um seine Familie, das schöne Wetter zu Hause, den Wein und ganz viele andere Dinge. Sobald er mitbekam, dass wir vor staunen die Augen weit aufgerissen hatten und mit gespitzten Ohren zuhörten, uferten seine Erzählungen zusehends aus. Bald entwickelten wir ärgste Zweifel an der Wahrheit zumindest einzelner Geschichtsteile. Gesagt haben wir das aber nie. Wenn er fertig war, drückte er jedem von uns eine Kugel Waffeleis in die Hände und ließ uns auch mal zu Wort kommen. Er war ein gutmütiger und freundlicher Mensch.

In Erwartung einer wie immer überschwänglichen italienischen Begrüßung, lief ich - gesenkten Hauptes und auf das sich als reichlich schwierig gestaltende Herauskramen meines Taschengeldes konzentriert – um die Ecke hinter dem Friseur und erstarrte, als ich eine fröhliches »Hallo, Mario« herausbringen wollte, das mir allerdings im Munde stecken blieb. Ich hatte ihn schon einige Zeit nicht mehr gesehen und vor allem in diesem Moment überhaupt nicht mit ihm gerechnet. Wie angewurzelt stand ich vor Sam Harrison, der in seiner gewohnten Erscheinung mit Mario redete und mich nicht sofort wahrgenommen hatte. Als Mario mir ein freundliches: »Hallo, mein kleiner Freund« zurief, drehte sich auch Mr. Harrison um und schaute mich einige Sekunden prüfend an, was mir doch etwas Furcht einflößte. Wie oft haben Michael und Bennie, aber auch meine Eltern von ihm erzählt. Nie habe ich erfahren, dass jemand mit ihm gesprochen hatte oder ihm nahegekommen war. In diesem Augenblick stand er direkt vor mir. Ich warf einen scheuen, Hilfe suchenden Blick zu Mario, der mir wie immer vertraut zuzwinkerte und sicherlich nicht verstanden hätte, wovor ich mich überhaupt fürchtete.

Mr. Harrison wandte sich jetzt zu mir, beugte sich – weil er so riesengroß war – herunter, lächelte mich freundlich an und sagte: »Hallo, Stevie. Wir haben uns ja schon lange nicht mehr gesehen!«

Diese Worte verschlugen mir den Atem. Ich war mir sicher, dass er mich oder meine Freunde nie hatte sehen können, wenn wir ihn beobachteten. Es fiel mir beim besten Willen auch keine Situation ein, wo ihm das möglich gewesen sein konnte und woher wusste er überhaupt meinen Namen? Erst in späteren Lebensjahren erfuhr ich von Mario, dass sich Sam Harrison sehr bald, nachdem er in unsere Stadt gekommen war, bei ihm nach meinem Namen erkundigte. Ohne viel von mir erzählt zu haben, erfuhr Mario, dass Mr. Harrison mich und meine Freunde mehrfach in der »Frozen Hell« gesehen hatte und dass ich ihm bereits damals auf dem Bahnhof wegen meiner neugierig forschenden Blicke aufgefallen war. Wer war dieser große, hagere Mann, der mich stets unsicher werden ließ und – als ich mich noch immer erstaunt und nach-denklich über diese unvorhergesehene Begegnung wunderte – mir ein Schokoladeneis, das er von Mario gereicht bekam, in die Hand drückte, sich wieder aufrichtete, mit der rechten Hand seinen Hut anhob, bei Mario und mir verabschiedete, um sogleich durch die Tür des Haupteinganges nach draußen zu gehen.

»Na, wo willst Du drauf los«, fragte Mario, als wir allein waren. Er hatte ganz offensichtlich nichts von meiner Verlegenheit mitbekommen.

»Ich will meinen Vater wieder vom Zug abholen«, gab ich zurück und sah zum Haupteingang, durch den der schwarz gekleidete Mann ruhigen Schrittes in das grelle Sonnenlicht trat, sogleich von der glühenden Hitze verschlungen wurde und aus meinem Blickfeld verschwand.

Sam Harrison blieb für mich mysteriös und würde es auch mein ganzes Leben lang bleiben, denn ich sah ihn nicht, wie die anderen Menschen, sondern meinte, etwas anderes an oder in ihm wahrnehmen zu können, das ich mir jedoch nicht erklären konnte. Es war nur so ein Gefühl, eine Ahnung, die sich mir nicht erschloss. Zwischen ihm und mir würde es erst viele Jahre später noch einmal zu einem direkten aber tief bewegenden Kontakt wie an der Eisdiele kommen. Das alles lag jedoch noch weit in der Zukunft.

Bald lief der Zug ein, Daddy stieg aus und nahm mich wie immer in die Arme, erkundigte sich nach meinen Abenteuern und freute sich auf den Feierabend. Von meiner Begegnung bei Mario erzählte ich nichts. Darüber musste ich erst in Ruhe nachdenken. Mir wurde aber in der folgenden Zeit immer klarer, dass ich nicht nur die Gedanken zu Mr. Harrison besser für mich behielt, sondern auch andere Dinge mit und in mir ausmachte.

Die Jahre gingen vorüber und ich war von der Sierra Elementary School auf die Lancaster High gewechselt. Michael und Bennie waren noch immer an meiner Seite. Wir blieben selbstverständlich und für immer dicke Freunde, spielten in der Freizeit nach wie vor häufig Football und starteten auch sonst viele spannende und abenteuerliche Unternehmungen. Meinen Dad holte ich jetzt nicht mehr so häufig ab, konnte es mir aber hin und wieder nicht verkneifen, zum Bahnhof zu gehen und auf ihn zu warten. Ich aß noch immer gern Schokoladeneis, besuchte die »Frozen Hell« und Mario, dessen Haare sich langsam grau färbten, hin und wieder. Seine Schürze war nach wie vor mit Eisflecken übersät und das ausschweifende Reden hatte er nicht verlernt. Allerdings gab er jetzt keine zusammen gesponnenen Räuberpistolen mehr von sich, die uns noch als Kinder so fasziniert hatten, sondern regte sich jetzt mehr über die Politik sowohl in Amerika als auch in seiner Heimat auf. Ich freute mich immer, ihn zu sehen und ihm zuzuhören. Wenn Dad aus dem Zug stieg, nahmen wir uns nach wie vor in die Arme und begrüßten uns herzlich. Er hatte seinen kleinen Stevie groß werden sehen und ging jetzt mit mir zuweilen vom Bahnhof nicht direkt nach Hause, sondern in Sammy's Restaurant, das nur fünf Minuten zu Fuß entfernt war. Dort tranken wir eine Cola und unterhielten uns. Es gefiel ihm offensichtlich, seinen Jungen auf dem Weg des Erwachsenwerdens in diesen Momenten für sich allein zu haben. Er behandelte mich entsprechend und diskutierte auch ernstere oder politische Themen mit mir. Es lag in der Natur der Sache, dass wir nicht immer die gleiche Meinung vertraten, doch war er nach wie vor mein Vater und lehrte mich in diesen Tagen, Toleranz zu üben und andere Ansichten zu akzeptieren. Tatsächlich habe ich ihn auch niemals anders erlebt, als dass er versucht hatte, anders denkende zu verstehen. Ich liebte ihn für die Art, mit der er mich durch die Jahre meiner Kindheit begleitet hatte, mir meine kleinen und großen Sorgen nahm, Geschichten erzählte und immer für mich da war. Jetzt spürte ich seinen Respekt, den er mir für mein Denken und Handeln entgegenbrachte. Ich hoffe heute, dass er damals spürte, welche Achtung ich vor ihm hatte, obwohl meine Entwicklung noch lange nicht abgeschlossen war. Ich ging noch oft zu ihm, um mir Rat zu holen und dieser Weg, der mir keinesfalls schwerfiel, war niemals vergebens.

Sam Harrison war immer noch in Lancaster und Umgebung unterwegs, allerdings sah ich ihn nach wie vor nur aus der Ferne, wie er eilig seiner Wege ging, ohne auch nur die geringste Vorstellung zu haben, worauf er immer zumarschierte, wo sein Ziel lag, was er zu erledigen hatte und was ihn antrieb. Dann aber beschlich mich jedes Mal das gleiche Gefühl irgendeiner undefinierbaren inneren Verbindung zu diesem Mann. Seine Kleidung hatte sich nie geändert. Mit Hut und Mantel war er das ganze Jahr unterwegs. Bennie und Michael nahmen seine Erscheinung lediglich noch zur Kenntnis. Er gehörte nach Lancaster, war ein Teil des gewohnten Stadtbildes geworden und weckte bei ihnen kein weiteres Interesse mehr. Ich aber sah ihm häufig noch einen Moment lang nach und versuchte vergebens, hinter dieses Geheimnis zu kommen, das meinen Blick und meine Gedanken so an ihn fesselte. Das endete allerdings wie immer im nichts. Ich konnte es mir beim besten Willen nicht erklären, nahm es irgendwann auch so hin und ließ es, wie es war. Seit der Begegnung in Mario's Eisladen bin ich ihm nicht mehr gefolgt, habe mich nicht mehr versteckt und ihn auf den Straßen oder dem Bahnsteig beobachtet. Ich wünschte mir nur, dass sich der Vorhang zwischen ihm und mir irgendwann lichten würde.

Die Schule und das Lernen, ich hatte es schon einmal erwähnt, waren für mich nie eine quälende Last, wie es für viele meiner Mitschüler war, die sich lieber auf ihre Freizeit konzentrierten. »Wenn man so denkt wie sie, dann kann ich das verstehen«, ging es mir einmal durch den Kopf. Ich aber sah das so ganz anders. Schule war für mich Schule und Freizeit kam danach. Außerdem erfüllte es mich, immer wieder neues zu erfahren. Die Vorstellung, dass mir in meiner Heimat Kalifornien unendlich viele Möglichkeiten der Fortbildung praktisch in den Schoß gelegt wurden und in anderen Teilen der Welt kein Zugang zu Bildung möglich war, deprimierte mich zuweilen. Von daher war die Schulzeit ein Privileg, das ich sehr zu schätzen wusste. In diesen Jahren begann ich darüber nachzudenken, was ich einmal mit meinem Leben anfangen wollte und zog es unter anderem in Erwägung, das Wissen zu Kindern in benachteiligte Regionen unseres Planeten zu bringen, denn die Welt konnte sich meiner Vorstellung nach nur in eine friedliche Richtung entwickeln, wenn jeder Zugang zu Büchern hatte und diese zu lesen in der Lage war. Wie der Weg in die andere Richtung aussah, hatten wir gerade durchgenommen. Geschichte war eines meiner Lieblingsfächer. Als wir uns durch die faszinierende Antike, das Mittelalter, die Renaissance und das beginnende Industriezeitalter des sehr ereignisreichen Neunzehnten Jahrhunderts vorgearbeitet hatten, erfuhren wir gleich zu Beginn der neuen Epoche, wozu der Mensch auch in diesem Jahrhundert seine Fähigkeiten missbrauchte, wenn ihm Bildung verborgen blieb oder er sein Wissen nutzte, um andere zu manipulieren. Es konnten in meinen Augen nur diese Mängel Grund dafür sein, dass man immer wieder diese wahnsinnigen Kriege entfesselte. Die blutigen Auseinandersetzungen der vorangegangenen Epochen waren für die Menschheit offensichtlich noch nicht schlimm genug. Durch die Entwicklung der Technik wurden die Konfrontationen zwischen den Völkern zusehends vernichtender. War der 1. Weltkrieg bereits dramatisch genug, trug das Inferno des Nazireiches die Gewalt und den Tod um den gesamten Erdball. Doch zu allen Zeiten der Dunkelheit gab es kleine Lichter der Hoffnung. Ich war von

Ehrfurcht erfüllt, als ich über Widerstandsgruppen und -kämpfern des 2. Weltkrieges wie der »Weißen Rose«, den Geschwistern Scholl oder Claus Schenk Graf von Stauffenberg und der »Operation Walküre« las. Angetrieben von Verzweiflung oder Überzeugung bezahlten sie ihre Absicht, die Welt vor dem Untergang zu retten, mit dem Leben. Es kostete mich Kraft und Überwindung, ich konnte aber nicht umhin, die endlos lange Liste gleichgesinnter zu studieren und mich mit den Lebensläufen all dieser mutigen Menschen zu beschäftigen. Ich war zutiefst schockiert, als ich das »Tagebuch der Anne Frank« ausgelesen hatte. Als ihre Erzählungen im Buch abrupt endeten, jagte es mir einen Schauer über den Rücken. Oft habe ich mit meinen Eltern, die diese Zeit hautnah erlebt hatten, darüber gesprochen.

Mein Vater, der selbst in diesem Krieg am »D-Day« in der Normandie gekämpft hatte, mochte nicht immer die Erlebnisse und Bilder der Vergangenheit zurückholen und mahnte mich: »Das schlimmste, was künftige Generationen begehen könnten, ist das Vergessen, obwohl es für so manchen Veteranen ein Segen wäre, wenn er wenigstens für einen Moment von seinen schlimmen Erinnerungen loskäme!«

Auch Dad hätte zu diesem Zeitpunkt nicht ahnen können, dass mich in meinem weiteren Leben einmal das Echo des Holocaust einholen würde.

Was aber geschah in der jüngeren Geschichte nach dem Krieg. Es begann das Zeitalter, in dem man Atomkerne spaltete und miteinander verschmolz, daraus Bomben baute, die Urkraft des Universums auf die Erde holte und binnen Sekunden zwei Großstädte in Japan zerstörte. Es blieb mir bis heute die ewige unbeantwortete Frage: »Warum?« Dad wurde bei diesem Thema sehr nachdenklich, legte die Stirn in tiefe Falten und sagte mit traurigem, nachdenklichem Ton kopfschüttelnd: »Einerseits ist der

Mensch derart intelligent, eine solche Bombe bauen zu können, anderseits ist er so dumm und tut es auch! Das Schlimme daran erscheint mir, dass er das vermutlich immer wieder machen wird!«

Ich hatte mir damals so sehr gewünscht, dass er sich mit dieser Vermutung irrt -!

Die Schulzeit ging irgendwann zu Ende. Ich hatte ein glänzendes Abitur gemacht, war an das Antelope Valley College, ebenfalls in Lancaster, gewechselt und absolvierte das anstrengende aber hochinteressante Studium der Wirtschafts- und Energiewissenschaften, denn die Erhaltung der Umwelt wurde nach und nach ein wichtiger Bestandteil meines Denkens. Auch das Bewusstsein der Abhängigkeit von irdischen Ressourcen, die sich in nicht allzu ferner Zukunft deutlich verknappen und sicherlich zu weiteren Auseinandersetzungen zwischen den Völkern führen würde, gab mir den ersten inneren Anstoß, dass ich mich beruflich mit der nachhaltigen und umweltschonenden Energiegewinnung befassen sollte. Nachdem ich mein Studium beendet hatte, wurden gerade die ersten Solarkraftwerke bei uns errichtet, da die Intension der Sonneneinstrahlung und die jährlichen Sonnenstunden meiner Heimat beste Voraussetzungen dafür bot. Die Zukunft für diesen Wirtschaftszweig ließ extrem positive Aussichten erkennen und schnell wurde die Mojave-Wüste zur bedeutendsten Solar-Region der Welt. Ich ging in meiner Berufung auf und unsere Forschungs- arbeiten sollten einige Jahrzehnte später solarthermische Kraft- werke mit den dazu gehörenden »Sonnentürmen« und die Inbetriebnahme des größten Sonnenwärmekraftwerks der Welt, dem »Ivanpah« südlich von Las Vegas, hervorbringen. Meinen El- tern gefiel meine Berufswahl sehr. Sie hatten das Gefühl, dass sie ihrem Sohn alle Möglichkeiten aufgezeigt und ihn für den Start ei- nes   unabhängigen, selbstbestimmten Lebens ausreichend unterstützt hatten. Bis zum Ende des Studiums hatte ich noch bei ihnen gewohnt, war dann aber in ein kleines Apartment nahe am College gezogen. Mein Auszug erschien mir damals, wie das Durchtrennen einer Nabelschnur. Sicher war ich noch häufig zu Besuch und sehr dankbar, dass Mom meine Wäsche machte, ich immer ordentlich durchgefüttert wurde und viel Zeit mit meinen Eltern verbrachte. Gelegentlich, aber sehr selten, holte ich Dad am Nachmittag noch vom Bahnhof ab, doch war es nicht mehr zu verleugnen, dass ich nun auf eigenen Beinen stand, für mich selbst verantwortlich war. Oft lag ich des abends im Bett und dachte vor dem Einschlafen an die beiden, wie sie sich jetzt wohl allein und ohne mich in ihrem Haus fühlen würden. Aber die Dinge waren so, wie sie waren und das hieß für mich, dass ich mein Frühstück selbst machen musste und mein Apartment sauber zu halten hatte, obwohl Mom sich von ihrer Fürsorge nicht so recht lösen konnte, am Wochenende vor der Tür stand und mein kleines Reich auf den Kopf stellte. Sie war halt meine Mutter. Ich half ihr nur zu gern, mein männlich jugendliches Wohnchaos zu ordnen und saß anschließend mit ihr bei einer Tasse Kaffee am Tisch in der kleinen Küche, um über alles mögliche und unmögliche zu erzählen. Irgendwann aber gewöhnten wir drei uns an die neue Situation und mein eigenständiges Leben nahm Schwung auf.

Was meine Schulfreunde anging, so waren viele von ihnen in Lancaster geblieben und nur wenige hatten sich in andere Städte aufgemacht, um dort ihr Glück zu suchen. Aber auch die zog es dann und wann in die Gluthitze der Wüste zurück, um die alten Bande nicht ganz abreißen zu lassen und aus den Augen zu verlieren. Während der Schulzeit und des Studiums war zwischen uns allen doch mehr gewachsen, als wir vermuteten. Zunächst wollten natürlich alle das erste Geld verdienen und tausend tolle Dinge unternehmen. Dazu boten vor allem die kalifornischen

Großstädte, aber auch das nicht sehr weit entfernt liegende Las Vegas ausreichend Möglichkeiten. Sobald der erste Unternehmensdurst aber gestillt war, meldete sich fast bei jedem die fehlende Vertrautheit der alten Freunde.

Michael Edwards war Pilot geworden und hatte durch meinen Vater, der ihn sehr mochte, eine Anstellung bei der Mojave Air & Space Port Flight Line gefunden, die ihn reichlich forderte und ausfüllte. So lange Dad, der langsam älter wurde und graue Haare bekam, noch arbeiten musste, fuhren die beiden allmorgendlich gemeinsam mit dem Zug nach Mojave. Das hatte den Vorteil, dass ich auch meinen alten Kumpel traf, wenn ich mal wieder auf dem Bahnsteig saß und den Zug erwartete. Wir drei gingen dann oftmals noch auf eine Cola in die »Frozen Hell« und hatten bei unseren Gesprächen immer viel Spaß, zumal Mario, wenn es seine Zeit erlaubte, sich zu uns setzte und das tat, was er am besten konnte, nämlich seine Geschichten mit Händen und Füßen überschwänglich zu untermalen und ihnen pulsierendes Leben einzuhauchen. Dad liebte es, mit »seinen Jungs« eine kleine Rutsche zu starten, wie er es damals immer vor seiner verständnisvoll und nachsichtig lächelnden Frau rechtfertigte, weil er mal wieder zu spät nach Hause kam.

Benjamin Carter hatte sich in den letzten Schuljahren neben Football mehr und mehr für die Fotografie interessiert, nach dem Abschluss eine entsprechende Ausbildung absolviert und war wenige Jahre später ein gefragter Fotograf geworden, dessen Lieblingsthemen - wie konnte es anders sein – die amerikanischen Trockengebiete, besonders aber die Mojave-Wüste war. Er hatte sich in Lancaster selbständig gemacht und ein kleines Geschäft eröffnet, in dem zuweilen auch Ausstellungen seiner neuesten Aufnahmen stattfanden. Natürlich waren diese Veranstaltungen für uns alle ein Muss. Nicht nur aus freundschaftlicher Verbundenheit, sondern auch wirklich wegen der tollen Bilder unserer Heimat. Es war sehr erstaunlich, mit welchem Auge er die Wüsten betrachtete und wie er seinen wunderbaren Blick auf die Dinge in den Fotos umsetzte. Ein großer Verlag aus L.A. war bald auf ihn aufmerksam geworden und veröffentlichte immer wieder Bildbände, die sich sehr gut verkauften. Michael und ich waren sehr stolz drauf, dass wir vor jeder Neuerscheinung ein handsigniertes und probe gedrucktes Erstexemplar geschenkt bekamen, denn was konnte man einem Freund schöneres schenken, als ein eigenes Buch, sei es geschriebenen Textes oder voller wunderbarer Fotos. Im Anschluss einer der Ausstellungen, als alle nicht zu unserer Truppe gehörenden Besucher gegangen waren, kehrte die gesamte Rasselbande in Sammy's Restaurant ein, um den gelungenen Tag entsprechend zu Feiern, denn Bennie hatte fast alle ausgestellten Bilder verkaufen können und einen netten Verdienst eingestrichen. Nachdem wir uns ausgiebig durch die Speisekarte gekämpft und einige von uns sehr bald den Heimweg angetreten hatten, wechselte der harte Kern in den hinteren, etwas abgelegenen Bereich des Restaurants, in dem ein paar Billardtische standen. Nachdem wir einige Runden Pool gespielt hatten und so mancher Drink durch unsere Kehlen geflossen war, fand auch dieser Abend zu später, oder besser gesagt, zu reichlich früher Stunde sein Ende. Ohne, dass es einer von uns mit Worten zum Ausdruck gebracht hatte, war Sammy's Restaurant seit damals unser fester Treffpunkt geworden. All jene, die in Lancaster wohnten, und das galt insbesondere für Bennie, Michael und mich, kamen fortan auch unter der Woche nach getaner Arbeit häufig vorbei, um etwas zu trinken, Billard zu spielen oder ganz einfach nur ein paar Worte zu wechseln. Und die anderen, wenn sie einmal wieder in der Stadt waren, kamen einfach auf blauen Dunst vorbei. An der Theke hatten wir ein kleines Buch hinterlegt, in dem unsere nächsten

Veranstaltungen und Treffen terminiert wurden. Auf diesem Weg konnte jeder, wenn er oder sie mal niemanden antrafen, sehen, wann wieder was los sein würde. Wie bereits erwähnt, wurden Bennie, Michael und ich so etwas wie Stammgäste. Regelmäßig kehrten wir ein und waren mittlerweile recht gute Billardspieler geworden.

Eines Tages aber traute ich meinen Augen nicht, als ich am späten Nachmittag die Eingangstür öffnete und das Restaurant betrat. Ich sah ihn gleich mit dem ersten Blick, weil er so gar nicht in die Szenerie passte. Ganz am Ende des Gastraumes, kurz vor dem Eingang zum Billardbereich, saß Sam Harrison an einem Tisch. Er aß nichts, hatte lediglich ein Glas Limonade vor sich stehen und schaute wie immer reglos aus dem Fenster. Auch hier hatte er noch seinen Mantel an, allerdings lag sein Hut jetzt neben dem Glas auf dem Tisch. Ich bemerkte, dass er zwar älter geworden war, jedoch noch immer eine dichte, wenn auch grau gewordene, halblange Kopfbehaarung hatte, die er nach hinten gekämmt trug. Es war das erste Mal, dass ich sein ganzes schmales Gesicht sah. Für einen Moment verharrte ich in der Tür, ging aber gleich weiter in Richtung der Billardtische. Da ich nun an seinem Platz vorbeimusste, behielt ich ihn im Blick und hätte ihm einen Gruß entgegengebracht, sobald sich seine Augen mir zugewandt hätten. Dazu aber kam es nicht. Mr. Harrison wirkte wie immer abwesend und entrückt, eingeschlossen in seiner eigenen Welt des Beobachtens und des Schweigens. So lang hatte ich nur wenig an ihn gedacht und manchmal aus der Entfernung durch die Straßen gehen sehen, doch auch jetzt beschlich mich wie immer, wenn mein Weg den seinen kreuzte, dieses seltsame Gefühl des mysteriösen und nicht greifbaren, das meine Gedanken- und Empfindungswelt in den Bann zog und mich - auch wenn ich längst erwachsen geworden war - etwas verlegen und unsicher werden ließ. Ich ging an ihm vorbei, sah ihn weiterhin direkt an, doch er bewegte sich keinen Millimeter und starrte aus dem Fenster, den Sierra Highway hinunter auf irgend etwas Unsichtbares, was nur er zu sehen vermochte. Wer ihn das erste Mal so zu Gesicht bekommen hätte, würde wie ich damals auf dem Bahnsteig annehmen, er wartete auf etwas oder jemanden. Das konnte aber nicht sein, denn ich hatte ihn nie anders gesehen als so. Verborgen blieb mir aber weiterhin, was mit ihm los war. Die Furcht aus den Kinderjahren, die ich damals verspürte, war jetzt einem warmen Mitgefühl gewichen. Sam tat mir aufrichtig leid, so allein, gefangen in seinem seltsam einsamen Inneren. Als ich bei den Billardtischen ankam, warteten meine Freunde bereits auf mich. Bevor ich aber in ihr alles überflutendes Wortgewirr eintauchte, wandte ich mich noch einmal um und sah erneut zu Sam Harrison. Wie in Wachs gegossen saß er an seinem Platz, bewegte sich nicht und hatte auch mich offensichtlich überhaupt nicht bemerkt ... dachte ich. Vermutlich waren es die inzwischen fortgeschrittenen Lebensjahre, die es ihm nicht mehr erlaubten, dauernd durch Lancaster zu gehen, ging es mir in späteren Tagen durch den Kopf, denn ich suchte einfach eine plausible Erklärung dafür, warum ich ihn in der kommenden Zeit immer hier antreffen sollte. Jedes mal saß der hagere Mann auf dem gleichen Platz, immer ein Glas Limonade vor sich und seinen Blick regungslos nach draußen gerichtet. Ich hatte es auch in diesen Tagen nie erlebt, dass er mit irgend jemandem gesprochen hätte, was sich aber ändern sollte, als einmal Michaels Cousin aus Los Angeles zu Besuch war und einen Abend mit uns verbrachte.

David Jennings lebte in L.A., war wie wir etwas über dreißig Jahre alt und betrachtete Lancaster, das inzwischen fast fünfzigtausend Einwohner hatte, als Provinznest, was zumindest von der Größe her und im Vergleich zu anderen amerikanischen Städten auch stimmen mochte. Er war ein großer, kräftiger Kerl, gut aussehend mit langen, blonden Haaren und einer mächtig großen Klappe. Mir war er von Anfang an unsympathisch und ich unterhielt mich auch nicht viel mit ihm. Da wir an diesem Tage zehn Leute waren, fiel dieser Aufschneider im Kreise meiner Freunde nicht allzu sehr auf und für einen Abend sollte es schon funktionieren, dachte ich, nicht ahnend, dass seine großkotzige Art noch in der nächsten Stunde der Auslöser für die Veränderung meines Lebens sein sollte.

Wir spielten also ein kleines Turnier Billard, tranken ein paar Biere, hatten gute Laune und genossen das unterhaltsame Beisammensein. Wann immer eine Gesprächslücke auftauchte, ergriff David die Initiative und füllte sie mit Leben. Ich dachte mir, dass das ein Gendefekt sein musste, sich permanent in den Mittelpunkt zu drängen. Um abermals vor uns zu glänzen begann er, von seinen Tattoos zu erzählen, die er sich in Los Angeles im Studio eines versierten Holländers hatte stechen lassen. Auch große Filmstars und bekannte Rockmusiker, die in L.A. zu Hauf unterwegs waren, traf man dort an, hörten wir David erzählen. »Einige kenne ich persönlich«, prahlte er durch den Raum, was allerdings auch mein Interesse weckte. Als er einige Namen genannt hatte, gestand ich mir ein, dass meine Heimatstadt diesbezüglich tatsächlich provinziell wirken musste. Hier gab es weder Filmschauspieler noch Rock Stars, ganz und gar aber keinen Tattoo-Laden. Diese Mode war bis hier noch nicht vorgedrungen. David hätte viel überzeugender und weltoffener auf mich gewirkt, wenn ihm das Wort Understatement bekannt gewesen wäre. Trotzdem waren wir natürlich interessiert, seine Tattoos zu sehen und so dauerte es keine drei Sekunden, bis er mit entblößtem Oberkörper vor uns stand. Das Billardspielen war für den Moment völlig nebensächlich geworden. Ich konnte es nicht verschweigen, dass ich seinen durchtrainierten Oberkörper, auf dem eine ganze Reihe ineinander fließender und verschiedenfarbiger Bilder zu sehen waren, durchaus attraktiv fand. Vermutlich würden das die Mädels in Venice-Beach drüben in Los Angeles genauso sehen. Da waren verwirrende, undefinierbare, medusenhafte Bildnisse sichtbar, die sich von der linken Brustseite, über die Schulter bis hin zur Wirbelsäule ausbreiteten. Wir alle konnten uns die Bedeutung nicht erklären, sodass Bennie der erste war, der danach fragte. Das waren Momente für Davids Ego. Alle standen um ihn herum, konzentrierten sich auf ihn und er führte das Wort. Geduldig erklärte er uns die Hintergründe und die Sinnhaftigkeit, der ich nicht immer ganz folgen konnte oder wollte. Für mich blieb es unerklärlich, wie man seinen Körper für so etwas hergeben konnte, auch wenn mich die handwerkliche Arbeit dieser Kunst durchaus beeindruckte. Nach etwa einer halben Stunde war er durch mit seinen Ausführungen, unsere Wissensgier gestillt und Michael versuchte unversehens, uns wieder an den Billardtisch zu locken. David aber wollte unsere Aufmerksamkeit noch einen weiteren Moment für sich haben, um seinen ewig durstigen Narzissmus mit reichlich Honig zu bekleckern und suchte, als wir uns langsam von ihm abwandten, nach einer Möglichkeit, noch einmal den Mittelpunkt in unserer Runde einnehmen zu können.

Mit Beifall heischendem Blick und breitem Grinsen drehte sich David zu uns, dokumentierte mittels zwinkernder Augen und schnippischem Kopfnicken, was er gerade für eine coole und mutige Aktion gestartet hatte, sah erneut zu Sam und wartete auf dessen Reaktion. Ich hielt den Atem an und dachte, was sich dieser Rotzlöffel von der West Coast erlaubte. Auch wenn er nicht wissen konnte, was es mit seinem Gegenüber auf sich hatte, sprach man doch keinen Menschen auf diese Weise an. So etwas wie Respekt hatte David wohl nie gelernt. Sam Harrison blieb ganz ruhig stehen, schien sofort zu wissen, wo ich saß, wandte mir sein Gesicht zu, blickte mir anhaltend und tief in die Augen, ohne auf die anderen um sich herum zu achten. Die schien er in diesem Moment überhaupt nicht mehr wahrzunehmen. Mich überkam das Gefühl, als wollte er mir etwas mitteilen. Ich erwiderte seinen Blick und verspürte jetzt seltsamerweise weder Scheu noch Furcht. Ganz im Gegenteil. Ein beruhigender Schauer durchflutete mich und schärfte meine Wahrnehmung.

Sam Harrison wirkte aus mir unerklärlichem Grund nicht mehr so sehr entrückt oder verstört. Sein immer so zerstreutes Wesen schien er einem unliebsamen Kleidungsstück gleich einfach abgelegt zu haben. So vergingen einige Momente und wir alle beobachteten gespannt, was nun geschehen würde.

Was jetzt kam, dauerte nur wenige Sekunden, in denen nichts gesagt wurde. Sam Harrison fasste sich entschlossen mit der rechten Hand an den linken Arm, vergewisserte sich meiner Aufmerksamkeit, schob den Ärmel hoch und offenbarte, was sich darunter verbarg.

War es das, was er gerade mir in all den Jahren vermitteln wollte? Und wenn ja, warum gerade ich? Schlagartig verstand ich den Grund seines seltsamen Wesens, konnte nur ahnen, was dieser Mann durchgemacht haben musste und warum es ihn in die Abgeschiedenheit der Mojave-Wüste gezogen hatte.

Etwas verblasst wurde auf der Innenseite des Unterarmes eine schlecht tätowierte, fünfstellige Ziffernfolge sichtbar - !

Es ist weiterhin zu heiß, um vor die Tür zu treten und auf die Straße zu gehen. Also werde ich noch ein Weilchen in Sammy's Restaurant sitzen und vielleicht noch einen Kaffee bestellen. Die Sonne hat ihren weiten Weg über den wolkenlosen Himmel längst hinter sich gelassen und versteckt sich jetzt unter dem Horizont. Es ist diese magische blaue Stunde, in der das Abendlicht aufzieht und sich mit den restlichen Sonnenstrahlen des Tages vermischt. Noch immer schaue ich aus dem Fenster, sehe aber wegen des schwächer werdenden Lichts mein Spiegelbild nicht mehr darin, was mich aber auch nicht sehr traurig macht. Vielmehr faszinieren mich die Lichter der Wüste, die sich in diesen Minuten permanent ändern, den Beobachter in ihren Bann ziehen, ihn sehr bald und viel zu schnell allein und erstaunt mit seinen Eindrücken zurücklassen, um den Tag an die Nacht weiterzureichen und im Nichts zu verschwinden. Jetzt, da ich alles noch einmal erzählt habe, fällt mir auf, dass ich in all den Jahren nie ein einziges Wort zu Sam Harrison gesagt und er in »Mario's Frozen Hell« gerade mal einen Satz an mich gerichtet hatte. An dem Abend im Billardraum hatte er sich, nachdem er seinen Unterarm wieder bedeckt hatte, wortlos umgedreht, seinen Mantel genommen, den Hut aufgesetzt und war fortgegangen. Seit dem habe ich ihn nie wieder gesehen oder etwas von ihm gehört. Er verließ Lancaster und ich habe überhaupt keine Ahnung, wo er abgeblieben ist oder ob er noch lebt. Vergessen habe ich diesen seltsamen Mann und sein Tattoo aber nie.

Wie ich am Anfang bereits sagte. Ich sitze hier in Sammy's Restaurant am Fenster und es ist leicht zu erraten, auf welchem Platz. Mein Name ist Stevie Withfield, aber das hatte ich ja bereits erwähnt.

Cannatopia

Wer hat nicht schon mal davon geträumt, auf einer einsamen Insel in der Karibik zu leben, an weiten Sandstränden unter Palmen zu dösen, die ewige Sonne, das endlose süße Nichtstun, ohne Stress, keine Verpflichtungen, ohne Zeitlimit, nie wieder grauer November, die Nachbarn – zuweilen auch der eigene Ehepartner – möglichst auf der anderen Seite der Welt, zumindest aber nicht auf dieser Insel. Dafür vielleicht den passenden Ersatz aus der Karibik, der dem oder der so verwöhnten kühle Drinks reicht, den Rücken mit Sonnenöl einreibt und auf Geheiß einfach mal in Ruhe lässt oder, wenn es Herrn oder Frau Müßiggang gefällig ist, sagen wir mal entsprechend unterhält. Einerseits kämpft man für seine Träume und andererseits mag man es fürchten, dass sie eines Tages Gestalt annehmen und zum Leben erwachen. Vielleicht hat der geneigte Leser schon mal eine derartige Erfüllung erlebt und sich erschrocken, wie sich das dann anfühlt. Die Schönheit aus der Karibik spricht eine seltsame Sprache, die kein Schwein versteht, Kokosnussdrinks sind auf Dauer nichts für den, dessen Leber auf Kölsch oder Warsteiner geeicht ist, Samstag kommt keine Sport-schau und die beste Ehefrau von allen kann weder mit der nervenden Nachbarin noch mit der Schwiegermutter tratschen oder zum Friseur gehen, nur um ein paar Beispiele zu nennen. Ich bleibe dabei. So schön ein ausgedehnter Urlaub auf besagtem auch Eiland wäre, bereits die ersten spontanen Gedanken an ein dauerhaftes Leben unter den erträumten Umständen wäre vielleicht die Hölle auf Erden. Aber wollen wir ehrlich bleiben. Das, was uns wirklich aus der Bahn werfen würde, wäre nicht die sonnenverwöhnte Gegend, sondern der radikale Abschied aus unserer vertrauten Umgebung in diese so ganz andere Welt. Dort aufgewachsen hätten wir gar keine Sportschau, die Bundesliga, die Nachbarin oder den Friseur um die Ecke kennengelernt. Da wären wir am Wochenende halt zum Fischen gefahren und zögen uns des abends Calypsorythmen bei einigen Gläsern Cuba Libre rein. Zumindest diesen Feldversuch wird ja der ein oder andere bei uns schon durchgeführt und mit - lasst mich raten – brummenden Schädel überstanden haben. Es ginge schon mit dem Leben dort, man müsste es nur wollen. Aber, wer will das schon in letzter Konsequenz?

William Baker aus New York wollte. Und wie er das wollte. Radikal, absolut und endgültig. Aufgewachsen war er in der Bronx im Herzen der riesigen Metropole New York und mit seiner Mutter in der Fillmore Street nahe dem Zoo zu Hause. Seinen Vater hatte er nie kennengelernt und als kleiner Bub seine Mom einmal nach ihm gefragt.

Unvermittelt bekam sie rote Flecken im Gesicht, plusterte sich auf wie eine vom Hahn überrumpelte Henne und erklärte nachdrücklich: »Dieser fantasielose Schweinehälftenträger hat sich mit einer grässlichen Straßenzecke aus Harlem davongemacht, als er von seiner Vaterschaft hörte. Dem gestrandeten Suffkopp müssen wir keine Träne nachweinen, denn auch den Unterhaltszahlungen ist er zielstrebig und dauerhaft ausgewichen. Das letzte, was ich von ihm gehört habe war, dass er ein Apartment in »Sing Sing« sein Eigen nennt. Da er nie auf dem rechten Weg des Lebens unterwegs war, konnte er auch nicht davon abgekommen sein. Nun hängt er im Gefängnis ab und vergnügt sich mit anderen Spießgesellen seiner Zunft. Also, warte nicht und suche nicht nach ihm!«

William war das ohnehin egal. In seinem zu Hause gab es nur seine Mutter, die sich ganztägig in einem übel designten Morgenmantel kleidete und darin einer bizarren Vogelscheuche glich, viel zu große Lockenwickler in die Haare drehte und die Kippen, die sie in ihrem Mundwinkel spazieren zu tragen pflegte, niemals ausgehen ließ, es sei denn, sie ging zu ihrem Psychiater. Da brezelte sie sich auf wie eine Bordsteinschwalbe, verschwand bereits zur Mittagszeit aus dem Haus und kam erst spät am Abend zurück. Der damals noch kleine William hatte keinen Dunst davon, was so ein Psychiater machte und warum das bei seiner Mutter so lang dauerte. Jedenfalls kam sie immer recht aufgekratzt zurück und er gelangte zu der Überzeugung, dass das alles gut für sie war. Nicht aber für William, denn der bekam an den häufigen Tagen ihrer Abwesenheit nicht wie gewohnt sein Abendessen. Irgendwann begann er, sich selbst zu versorgen, quirlte, rührte und mixte, wenn er vom Spielen kam, alles mögliche aus dem Kühlschrank zusammen, briet es oder jagte es durch die Mikiwelle und stellte fest, dass das Kochen wohl nicht zu seinen Talenten gehörte. Sonst aber fühlte er sich zu Hause recht wohl. Seine Mutter verbot ihm nichts, machte keine großen Vorschriften und ließ ihn tun und lassen, was er mochte. Unnachgiebig zeigte sie sich aber am Morgen, wenn er zur Schule musste. Alles Quengeln half nichts, auch wenn es mit den Freunden auf den Straßen der Bronx etwas Besseres zu erledigen gab, als sich den Hintern auf den harten Bänken der blöden Queens Paideia Elementary School, Long Island City, platt zu sitzen. Mrs. Baker ließ keinen Zweifel daran, dass William pünktlich zu sein und fleißig zu lernen hatte.

Eddy, sein bester Kumpel, sagte einmal auf dem Weg zum Unterricht, als er wie so häufig keine Lust darauf hatte: »Der Mensch wird frei geboren und dann eingeschult. Die Penne ist das Grab der Jugend!«

William hatte ihn darauf gefragt, wie er sich denn die ideale Schule vorstellte.

»Geschlossen«, war Eddy's emotionslose Antwort.

Es half alles nichts. Sie konnten nicht dauernd schwänzen und immer war es in der Schule auch nicht schlecht. In den Pausen spielten die beiden oft Tinte verspritzen. Dazu nahmen sie vor allen die Patronen aus den Füllfederhaltern der Mädels, klemmten sie zwischen zwei Tischkanten und stießen diese anschließend mit einem feste Ruck zusammen, sodass die Tinte bis unter die Decke des Klassenzimmers spritzte. Dass dabei die ein oder andere Klamotte einiger Mitschüler versaut wurden, machte es nur noch lustiger. Die Flecken an den Wänden waren noch Jahre später sichtbar. Das Lesen, Schreiben und Rechnen fand William prima. Es konnte ja nicht angehen, dass die Jungs aus der Bronx ihn bei der Gewinnberechnung seiner zumeist dubiosen Straßengeschäfte am Nachmittag hinters Licht führten. Auch die Abmachungen zu den besagten Agreements und Friedensverträge zwischen den Banden der Bronx mussten irgendwie geschrieben werden. Also passte er in diesen Stunden genauestens auf, denn die Verscheissertour auf der Straße war ihm zuwider, wurde aber in allen Gangs intensiv praktiziert und wenn er dabei schon mitmachen musste, wollte *er* die anderen aufs Kreuz legen. Die Klausuren allerdings lagen ihm und seinen Mitschülern überhaupt nicht. William konnte gar nicht nachvollziehen, wofür das nütze sein sollte. Dazu hätte er ja in der Freizeit die Schulbücher erneut aufschlagen und lernen müssen. Das konnte keinesfalls angehen. Der Vormittag in der Schule war völlig genug. Also versteiften sich alle auf eine Arbeitsweise, die die Lehrer als abschreiben einstuften. Die Horde seiner Klasse nannte das einfach nur Teamwork. Weil zumeist Eddy dabei nicht nur erwischt, sondern auch mit einer schlechten Note unter seiner

Arbeit bedacht wurde, war seine Wut anschließend kaum zu bändigen.

»Wenn Spaßbremsen fliegen könnten, wäre das Lehrerzimmer ein Flughafen«, pölkte er über den Flur, direkt in die Ohren des Klassenlehrers.

Der wusste zu antworten: »Eddy, man soll den Morgen nie vor dem Elternabend loben!« Anschließend ging er einfach weiter.

Das reizte Eddy's Wut um so mehr. Er suchte erneut das Wortgefecht mit dem Lehrer und rief: »Was ist der Unterschied zwischen unserer Schule und einem Irrenhaus ?«

»Na, sag schon«, äußerte der Lehrer vorgetäuscht neugierig.

»Die Telefonnummer«, keifte Eddy mit großer Klappe.

Der Pauker aber schloss die Tür zum »Flughafen«, ohne eine Reaktion zu zeigen. Er kannte die Schüler zur Genüge und begegnete ihnen mit unendlicher Geduld, denn die Kinder aus der Bronx hatten es in seinen Augen nicht leicht. Erst viele Jahre später erkannte William die Größe dieses Mannes und dankte ihm im Geiste für diese Jahre, denn er hatte trotz aller Widrigkeiten nur das Beste für die Kinder gewollt. Dass man das als Schüler, und besonders, wenn man Eddy hieß, so ganz anders sah, lag in der Natur der Sache.

Das Leben in diesem verrufenen Stadtteil ist nicht so entspannt, wie in Manhattan, und es ist auch nicht gerade ein Kinderspiel, sich hier zu behaupten. Ganz sicher hatte John Carpenter mit seinem düsteren Sciencefiction-Film um den ehemaligen Elite-Soldaten Snake Plissken im verrotteten New York der Zukunft, in dem ganz Manhattan zu einem riesigen Knast umfunktioniert und mit einer gewaltigen Mauer abgeriegelt worden war, übertrieben. Allerdings war auch nicht alles an den Haaren herbeigezogen, denn tatsächlich gab es Clans, Banden und Gangs in den düsteren Straßenzügen, die ihre Reviere klar abgesteckt hatten. Es galt, diese Grenzen nicht unerlaubt zu überschreiten. Wer es doch tat, stellte seinen Fehler sehr schnell fest. Zart war man in der Bronx noch nie zueinander. Jeder gehörte zu einer dieser Gangs. Praktisch wurde man dort hineingeboren. Das entschied ganz einfach die Straße, in der man wohnte. Angst vor der Polizei musste hier niemand haben. Die traute sich nur in Kolonne bei größeren Ereignissen in diese Gegend, was dazu führte, dass jeder seinen Geschäften ungehindert nachgehen konnte, so lange nicht gegen den Zaun einer anderen Bande gepinkelt wurde. Auch Verwaltungsbeamte würden sich hier nicht sehen lassen, sodass niemals erhoben wurde, wie viele Menschen in die diesem Stadtteil wohnten, weil eine Volkszählung praktisch nicht durchgeführt werden konnte. Das aber machte nichts. Die Bewohner regelten ihren Kram selbst und man kannte sowohl Freund als auch Feind. Innerhalb dieser Grenzen erlebten Eddy und William in diesem Mikrokosmos mitten in New York eine wunderbar freie Kindheit und Jugend. Ihr Leben fand ausschließlich auf der Straße statt. Das begann schon, als sie gerade laufen konnten. Nach Hause gingen sie nur, um zu essen, zu schlafen oder die Wäsche zu wechseln. Das Elternhaus hatte sozusagen kaum Einfluss auf die Erziehung. Die bekamen sie in der Gang und was sie dort lernten, lag auf der Hand. Erstaunlich, dass im späteren Leben beide keine Schwerverbrecher wurden. Sehr früh erkannten sie ihr handwerkliches Talent, denn was sie am Tage so alles klemmten, wurde bereits am Abend wieder verlötet und darin waren sie Lichtgestalten. Sie schacherten mit allem möglichen Krimskrams, vertickerten irgendwelches Zeug auch an andere Banden und erlangten dabei nicht nur eine Menge Respekt, sondern auch so manchen Dollar. William legte seine Kohle immer zu Seite und verbrauchte nur das nötigste, den schon frühzeitig hatte er andere Ziele, als sein Leben in der Bronx zu verbringen. Das Problem war nur, wo versteckte man sein Geld, bis der Tag des Verschwindens endlich erreicht wurde. Er war recht findig und hatte im Keller seines Wohnhauses eine nicht leicht zu entdeckende Nische gefunden, in der sein Schotter sicher gelagert werden konnte. Von diesem geheimen Versteck erfuhr niemand etwas, auch nicht Eddy. Die Bronx allein war ihm nie genug gewesen. Freiheit war für ihn auch nicht die Statue da unten vor Manhattan auf Liberty Island im Hudson River. Bereits als Kind faszinierte ihn die Weite der Meere und zwangsläufig wurde der Junge von der Welt der Piraten angezogen, wie die Bienen vom Honig. Je länger er sich damit beschäftigte, desto mehr wollte er sein wie die rauen Gesellen, die sich mit ihren oftmals heruntergekommenen Kaperschiffen auf die See hinaus wagten und dort ihr Unheil trieben. In seiner Fantasie wollte auch er Schiffe kapern, stehlen, rauben, plündern und auf einer einsamen Insel einen Unterschlupf haben. Was er toll fand war, dass die Piraten sogar eine Art Rente für alte oder verletzte Weggefährten eingerichtet hatten, und wer so fürsorglich dachte, konnte ja nicht nur schlecht sein. Er hatte alles gelesen und in sich aufgesogen, was über berühmte Freibeuter wie Sir Francis Drake, Jack Sparrow, Käpt'n Hook, Edward Teach, auch »Schwarzbart« oder »Blackbeard« genannt, und Klaus Störtebeker geschrieben wurde. Mehr und mehr versteifte er sich darauf, irgendwann einmal in die Karibik zu gehen, um ein solches Leben zu führen.

Die Jugend verging im ständig gleichen Rhythmus. Die Schule war vorbei, das Militär hatte sich wegen der fehlenden Verwaltung nie bei ihm, seinen Freunden oder überhaupt jemandem aus der Bronx gemeldet. Er übernahm hier und da verschiedene Jobs, trieb seine kleinen Geschäfte voran und hatte über die Jahre in seinem Versteck ein kleines Vermögen zusammengekratzt. Eines Tages dann, er war inzwischen einundzwanzig Jahre alt, machte er sich auf. Eddy war noch immer sein bester Freund. Er war der einzige, von dem er sich schweren Herzens verabschiedete, sagte seine Mutter goodbye und verschwand. Weder von ihr noch von seinen Freunden hörte er später einmal etwas. Er kehrte auch nie wieder nach New York zurück.

William landete, nach dem er kurzentschlossen auf einem abgetakelten Frachter angeheuert hatte, bald auf den British Virgin Ilands in der Karbik östlich der Dominikanischen Republik und ließ sich in Spanish Town nieder. Das Wetter war hier ganzjährig herrlich warm, es roch nach Meer, nach Piraten und nach Freiheit. Das Lebenstempo schaltete auf diesen Inseln mindestens zwei Gänge zurück, was so ganz seiner Mentalität entsprach. Als er das erste Mal seinen Fuß in die Stadt setzte, vergeudete er keine Zeit und stolperte direkt in die in einer kleinen Nebenstraße unmittelbar am Hafen gelegene »Taverna Diplomatica«, die ihn anzog, wie eine Mücke das Licht. Als er nämlich durch die Altstadt schlenderte, musste er plötzlich und dringend für kleine Piraten, riss unvermittelt die Eingangstür der reichlich übel aussehenden Kaschemme auf, rannte auf die Toilette und saß wenig später an der Bar, um ein Bier zu bestellen. Da an diesem Nachmittag nicht viel Betrieb war, gesellte sich Oliver Morales, der Chef des Hauses, der die Spelunke bereits in der siebten oder achten Generation führte, zu seinem unbekannten Gast. Nach den ersten neugierigen Fragen und dem ein oder anderen Bier erfuhr er von William, dass sich dieser hier niederlassen, zunächst eine Wohnung suchen und sich später einmal ein kleines Schiff anschaffen wollte. Olli, wie er von allen genannt wurde, fand den Fremden sehr sympathisch und bot seinem Gast sogleich zwei Zimmer in unmittelbarer Nähe der Taverne an, die William erst am nächsten Morgen bezog, denn den ersten Abend verbrachte er an der Bar, wurde reichlich mit Getränken versorgt, bekam am Abend eine Portion Tacos zu essen, lernte alle möglichen schillernden und seltsamen Kariben kennen, erfuhr, dass die

Taverna der Dreh- und Angelpunkt auf dieser Insel war und dass nichts ohne Olli lief. In dieser Kneipe führten alle Wege zusammen und von hier aus wurde das Leben auf dem Eiland geregelt. Hier traf man sich, hier erfuhr man alles, was wichtig war und hier vertraute man sich. Der Oberkaribe Olli hatte nur drei Regeln aufgestellt, die in seinem Schuppen zu beachten waren. Es wurde nicht geklaut, es wurde nicht beschissen und es wurde nicht geprügelt oder gestänkert. Diese Vorgaben verstanden auch jene, die zu später Stunde (manchmal auch früher) ordentlich betrunken waren. Wer sich nicht dran hielt, lernte durch Olli's eigene Hand, dass der Mensch zwar fliegen, aber eben nicht landen kann. So mancher, der es versucht hatte, war in der Gosse vor dem Lokal hart aufgeschlagen. Hinter dem Tresen war die hübsche Carmen Redon, sie mochte fünfundzwanzig Jahre jung gewesen sein, fleißig, in dem sie die Luft aus den Gläsern der Gäste ließ. Am Vormittag arbeitete sie bei der Post und hebelte auf Olli's Geheiß das Briefgeheimnis aus, in dem sie die interessanten Schreiben mit warmen Wasserdampf öffnete und nach Studium des Inhalts mittels eines heißen Bügel-eisens wieder verschloss, ohne dass der rechtmäßige Empfänger Verdacht schöpfen konnte. Am Nachmittag berichtete sie bei Dienstantritt in der Kneipe von ihren Erkenntnissen, sodass Señor Morales über alles wichtige informiert war, bevor die Nachrichten ihren eigentlichen Empfänger erreichten. So war es auch mit dem ortsansässigen Schreiner José Luis, der als Sarglieferant für ein bis zwei kostenlose Tequilla's gern und vorauseilend berichtete, wer gerade gestorben war, sodass Olli auf diesem Wege als erster wusste, was es bei wem zu vererben gab, wie die Erben hießen und auf welchem Amt er bei wem aktiv werden musste, um der Hinterlassenschaft zumindest in Teilen habhaft zu werden. So war er in allen Dienstleistungsbetrieben und allen Ämtern eingebunden und, damit nicht doch noch irgendwas in die Hose gehen konnte, zählte er den örtlichen Polizeichef nebst all seiner uniformierten Handlanger zu seinen Stammgästen, die aus verständlichen Gründen aber immer erst gegen Mitternacht in der Taverna aufkreuzten, dafür aber bis zum Morgen blieben. Oftmals torkelten sie aus dem »Diplomatica« direkt zum Dienst in die örtliche Polizei-wache, wo sie die Ausnüchterungszellen häufig selbst für Stunden belegten, weil sie zur Arbeit nicht in der Lage waren. All jene, die kein Zellenbett abbekamen, mussten auf den harten Schemeln ihr Rückgrat verdrehen, bis sie wieder nüchtern waren.

Nach nur wenigen Wochen zeigte sich William sehr zufrieden, in Spanish Town gelandet zu sein. Hier ließ es sich gut leben und gefahrlos kleine und größere Kungelgeschäfte machen. Sehr bald hatte er viele Freunde und kannte fast alle Inselbewohner. Das war seine neue Heimat. Keine Bronx, keine Straßenkämpfe und keine kalten Winter mehr. Aber die Piratenseele in ihm war unstillbar durstig. Er musste raus auf die See. Nach einiger Zeit ergatterte er von Olli einen alten Nordseekrabbenkutter, der vor Jahren durch einen verrückten Skipper aus Deutschland quer über den Atlantik in die Karibik überführt und wenig später dem Oberkneiper zum Verkauf angeboten worden war.

Dieser reichlich ungepflegt aussehende, runtergekommene Seelenverkäufer präsentierte trotz heftiger Gebrauchsspuren noch etwas wie längst vergangene, romantische Schifffahrtsgeschichte und hatte unverkennbar eine Seele, die mit feinem Auge betrachtet lediglich verschüttet war und nur freigelegt werden musste.

Ole Hansen war alles andere, nur nicht spontan. Gemächlichen Gemüts brauchte er so einige Zeit, bis er sich auf etwas festlegte, sich eine eigene Meinung bildete, die dann aber bis in alle Ewigkeit galt und unumstößlich war. Insoweit war er ein verlässlicher Fels in der Brandung, auf den man unbedingt vertrauen konnte. Auch wenn man ihm logische und noch so überzeugende Argumente vorhielt, die seine Ansichten von einer anderen, besseren und richtigeren Einstellung hätten überzeugen können, war er weder willens noch in der Lage, über seinen einmal gezogenen Zaun zu springen und eine andere Haltung einzunehmen. Nicht, dass er irgendwie starrköpfig war, aber eigentlich war er es doch und zwar so sehr, dass er mit seiner nicht zwangsläufig als hübsch zu bezeichnenden Murmel jede noch so dicke Mauer hätte einreißen können. Diese und andere nicht für jedermann leicht zugänglichen Wesensarten hatte er von seinem verstorbenen Vater geerbt, die dieser von seinem Vater und der wieder von seinem und so weiter mit auf den Weg durch das Leben bekommen hatte. Ole war ein Familienmensch wie alle Hansen's und lebte ein klar geregeltes Leben. In dem Dorf an der Nordsee, über das in einer anderen Geschichte noch ausführlich zu sprechen sein wird, führten die Ehefrauen den Haushalt und die Männer fuhren zur See. Nicht etwa auf große Fahrt, vielmehr war das Krabbenfischen vor der eigenen Küste schon seit Alters her der Broterwerb. Wagte man sich früher noch mit wackeligen Nussschalen auf die reichlich unsanfte Nordsee, um wenigstens einen kleinen Fang einzufahren, fuhr Ole bereits früh mit seinem Vater auf einem komfortablen Kutter hinaus und die Erträge waren damals, als es noch keine Überfischung gab, reichlich. Nach getaner Arbeit machten sich die Fischer des Dorfes vor einer der Nordseeinseln klar zum Gefecht und feierten den erfolgreichen Tag, indem reichlich »Küstenmotorschiffe mit   Beibooten« die Runde machten. Übersetzt war das nichts anderes, als eine große Flasche Bier mit drei Schnäpsen. Andere nannten das ein »Herrengedeck«, das sowohl auf See als auch in den Kneipen an Land als Standardbestellung galt und serviert wurde, auch wenn man es gar nicht geordert hatte. So wurde Ole schon sehr früh an die harten Seiten des Lebens herangeführt und genoss die Sauferei mit den Klabautermännern, die sich draußen zwischen den Wellenbergen abseits jeglichen häuslichen Gemeckers eine lustige Zeit machten. Ole gehörte dazu und wurde für seine Arbeit entlohnt. Nicht sehr großzügig oder gar fürstlich, aber doch erhielt er eine kleine Heuer.

Ole aß gern Apfelkuchen mit Schlagsahne, die zu Hause immer noch von Hand geschlagen und nicht immer richtig fest wurde. Und da er - ganz anders als der Vater- seine Mutter sehr liebte, kaufte er ihr von seinem ersten Lohn aus nicht ganz uneigennützigen Gründen einen elektrischen Mixer, der ihr die Arbeit erleichterte. Als er diese Nummer einmal voller Enthusiasmus im Dorf erzählte, begriff er etwas zu spät, dass er das besser hätte sein lassen sollen, denn neben lautem Gelächter seiner rustikalen Freunde erntete er sogleich einen neuen Namen. Fortan nannten ihn alle nur noch Mixer.

Nach einigen Jahren, als sein Erzeuger auf die andere Seite des Himmels abberufen wurde, erbte er die »Odysseus«, die sein Vater so getauft hatte, weil sie ihn bei schlechtestem Wetter und auch bei Nebel immer sicher in den Hafen gebracht hatte. Mixer hatte inzwischen geheiratet und es war gute Tradition bei den Kumpanen, sein Schiff nach der zu Hause wartenden, aber nicht immer geliebten Ehefrau zu benennen. Dass er den Kutter allerdings auf »Die kalte Grete« umtaufte, hatte seinen tieferen Grund.

Er kannte seine angetraute seit der Schulzeit und es machte für ihn keinen Sinn, in anderen Orten nach einer Frau zu suchen, wenn doch im eigenen Dorf genügend wohnten. Das hätte ja bedeutet, dass er sich nach der Arbeit auf dem Meer am Abend noch mit dem Trecker zur Brautschau hätte aufmachen müssen. Erst als es zu spät war begriff er nach einiger Zeit, dass sich das vielleicht doch gelohnt hätte.

Die pralle Grete Janssen hatte ihm bereits im früh jugendlichen Alter mit ihren aufgeschwemmten Glubschern schon während des Unterrichts in der Dorfschule schöne Augen gemacht. Das hielt sie tapfer durch, bis beide groß und alt genug waren, vor den Traualtar zu treten. Soweit, so gut. Aber warum sollte es Mixer anderes gehen, als den anderen Fischern. Als Grete sich im ver- sorgten Ehehafen wähnte, war es nicht mehr weit her mit den schönen Augen. Vielmehr neigte sie sehr schnell dazu, ihrem Gatten permanent Hammelbeine zu machen, die Bratkartoffeln zu versalzen und nicht mehr so penible auf ihre ohnehin verkorkste Figur zu achten. Kurzum. Mixer verstand mit jedem Tag zuneh- mend die Saufgelage der Fischer nach ihren Beutezügen, warum sie nicht gar so schnell nach Hause wollten und fand, dass der neue Name des Dampfers sehr wohl dem Wesen seiner Frau entsprach.

Als sich die häuslichen Wolken im Lauf der Zeit immer mehr verdunkelten und sich der so geschundene irgendwann auf einen seelischen Malstrom zusteuern sah, fasste er eines Tages einen für ihn gänzlichen untypischen, nämlich spontanen Entschluss, fuhr eines Morgens auf die Nordsee hinaus und bog in Höhe einer der vorgelagerten Inseln einfach links ab, nahm Kurs Richtung Ärmelkanal und trug sich mit der Absicht, später auf den weiten Atlantischen Ozean hinauszufahren.

»Soll die Nebelkrähe doch zusehen, wie sie ohne mich auskommt«, ging es ihm durch den Kopf.

Wohin die Reise gehen sollte, war ihm allerdings nicht ganz klar. Unverrückbar fest stand aber, dass er lieber auf große Fahrt gehen wollte, als sich von der ollen Kratzbürste weiterhin schikanieren zu lassen. Schließlich war er auch nur ein Mann, aber einer mit Stolz.

Er hatte sich ausführlich über die vielversprechende Wetterlage erkundigt, den Kahn bis unter die Ladeluke mit Proviant vollge- stopft und ausreichend Dieseltreibstoff getankt, um bis ans Ende der Welt zu gelangen. So machte er sich bei ruhiger See auf und hatte wenige Stunden später zwischen dem französischen Calais und dem englischen Dover ordentlich mit den kreuzenden Fähren zu kämpfen und meinte, dass zumindest einige der Kapitäne besoffen gewesen sein mussten oder sonst wie unter Strom standen, so gurkten die maritimen Leerlaufbeschleuniger mit ihren Dampfern herum.

»Beim Klabautermann! Navigation ist, wenn man trotzdem ankommt«, blökte Mixer mit den Händen wild fuchtelnd einem Camembert am Steuerrad eines französischen Seelenverkäufers entgegen und ergänzte, »Geht die Sonne auf im Westen, musst Du mal den Kompass testen!« Wohl wissend, dass der Gemeinte nichts von diesen Flüchen mitbekam.

Als er sich in Höhe der Scilly-Inseln befand und der Schiffsverkehr abnahm, dachte Mixer: »Auf hoher See und vor Gericht sind wir in Gottes Hand!«

Sagte es, spuckte nach Lee, öffnete sich ein weiteres Bier und nahm Kurs auf die Kanaren, die er etwa sieben Tage später erreichte, wo er auf La Palma vor Anker ging. Nach zwei Tagen im sicheren Hafen von Santa Cruz machte er sich auf, um gute zwei Wochen lang allein über den Ozean nach Westen zu fahren. Während der Überfahrt in die Karibik, die er sich inzwischen als Ziel gesetzt hatte, war der Seegang ruhig, die Sonne schien ohne Unterlass vom wolkenlosen Himmel und während der Nacht funkelten die Sterne. Mixer dachte an die alten Seefahrer früherer Epochen, die mit nichts anderem als den Gestirnen navigieren mussten und sich trotzdem auf die damals unerforschten Meere hinauswagten. Auf halbem Weg, als »Die kalte Grete« gerade den fünfundvierzigsten Längen- und dreißigsten Breitengrad passiert hatte, stoppte Mixer das Schiff und schaltete die Motoren ab. Es war mitten in der Nacht, die See glatt wie ein Sardinenbuckel und am

Himmel leuchtete ein unbeschreibliches Sternenzelt. Jetzt war es ganz still. Leichtes glucksen der Wellen am Bug und ein milder Wind aus Südwest. Eine halbe Stunde sog Mixer diese Szenerie reglos in sich auf und gestand sich ein, dass er noch nie in seinem Leben auch nur annähernd einen ähnlich schönen Moment erlebt hatte. Bald aber warf er den Diesel wieder an, der Kutter nahm Fahrt auf und näherte sich wenige Tage später der Karibik.

»Schnarcht der Skipper in der Koje, rammt das Boot fröhlich 'ne Boje«, ging dem Käpt'n durch das Oberstübchen, als es an einem frühen Morgen am Bug laut rummste und ein heftiger Ruck durch das Schiff vibrierte. Erschrocken und fluchend wie ein Rohrspatz stellte Mixer wenig später fest, dass er keine Boje, sondern einen im Wasser schwimmenden Container gerammt hatte, der keinen größeren Schaden angerichtet zu haben schien. Später aber offenbarte sich, dass »Die kalte Grete« in Höhe der Wasserlinie inkontinent geworden war. Zwischen zwei Planken drang langsam Wasser in den Laderaum, was für den Moment wenig gefährlich war, aber den Schiffsführer aufgrund mangelnder Reparatur-möglichkeiten zwang, den nächstgelegenen Hafen anzusteuern. Und so erreichte er in bereits leichter Schräglage Spanish Town. Als er im Hafen vor Anker und von Bord ging, ahnte er nicht, dass er das Schiff nie wieder betreten würde. Er hielt sich einige Zeit in die-ser Gegend auf, knüpfte reichlich Kontakte, verkaufte den Kahn an Olli Morales und verschwand irgendwann nach Venezuela. Das Letzte, was man von ihm hörte, war, dass er dort eine florierende Yogaschule für demente Seefahrer mit schmerzfreier Tauchglo-ckentherapie und reichlich Bierausschank für das geschundene Seelenheil eröffnet hatte.

Über zwei Jahre hinweg restaurierte William das Schiff, baute die alten Laderäume zu einer Wohnung um, verpasste ihm einen neuen Anstrich und erschuf schließlich einem Blickfang zwischen all den modernen Jachten und Seglern im Hafen. Der überholte, inzwischen wieder sehr attraktive Kahn war für William zumindest eine Anlehnung an die Piratenzeit, und er achtete immer peinlichst genau darauf, dass auf dem Schiff Ordnung herrschte. Bereits vor Fertigstellung der Renovierungsarbeiten hatte er seine kleine Wohnung aufgegeben und wohnte in den behaglichen Räumen des Kutters. Was aber schließlich noch fehlte, war ein passender Name.

Als er darüber nachdachte, erinnerte er sich eines Abends an das alte irische Volkslied Whisky in the jar, das ursprünglich aus dem 17. oder 18. Jahrhundert stammte. Es handelte davon, dass ein Räuber in den Bergen von Kork und Kerry einen Captain namens Farrel überfiel und diesem das ganze Gold klaute, später jedoch von seiner Freundin Jenny, einer verkommenen, schlimmen Seele, verraten wurde. So etwas würde William niemals mit sich machen lassen. Er stammte schließlich aus der Bronx. In Anlehnung an diese Gedanken und die Geschichte des Liedes taufte er sein Schiff auf den Namen »Captain Farrel«.

Während der Instandsetzung des Kutters hatte William eines Tages einen Besucher, der wenige Meter abseits saß und ihn mit smaragdgrünen Augen und reichlich hochnäsigem Blick beobachtete. William, der eigentlich gern allein war und niemanden so richtig an sich heranließ, ignorierte den stillen Gesellen, der tage- und wochenlang nichts anderes tat, als dazusitzen und ihn unentwegt anzustarren. Das heißt, irgendwann hatte er wohl etwas Vertrauen gefasst und lag nun häufiger auf dem von der Sonne gewärmten Holzstapel nahe am Schiff, machte dann und wann ein Nickerchen, hielt seine Ohren aber immer auf »on«. Ihm entging nichts, auch wenn es so schien, als wäre dieser schwarzgrau gestreifte Schlaumeier weit weg im Land der Träume. Irgendwie hatte William das Gefühl, dass der Herr mit den Samtpfoten in ihn hinein- oder durch ihn hindurchsehen konnte. Er ließ ihn jedoch gewähren, beachtete ihn nicht weiter, machte aber auch keine Anstalten, den Zaungast zu verscheuchen. Genau darauf baute der schweigende Geselle. So vergingen einige Wochen, ohne dass sich an diesem Bild etwas änderte. Irgendwann aber machte William einen Fehler, denn er gab ihm ein Stückchen Fleisch von seinem Essen und musste sich später eingestehen, dass er genau in diesem Moment jegliche Distanz zu diesem geduldigen kleinen Viech verloren hatte. Als sich das Tier auf seine Mahlzeit zubewegte, stellte William fest, dass das linke Hinterbein zwar ordentlich ramponiert, aber verheilt und versteift war. Vermutlich hatte er sich die Verletzung bei einem Scharmützel unter seinen nicht sehr sanften Artgenossen zugezogen und humpelte wie ein alter Pirat, schien dabei aber keine Schmerzen zu haben. Jetzt war es William, der seinen neuen Nachbarn genauestens beobachtete und beim Fressen zusah. Da er inzwischen auf seinem halbfertigen Schiff wohnte, vernahm er eines Nachts unter Deck in seiner Koje liegend ein leises rhythmisches Klopfen über sich. Es dauerte nur wenige Sekunden, bewegte sich von achtern zur Schiffsmitte und weiter zum Bug. Dann war es stumm. William dachte nach, konnte es aber nicht zuordnen und hatte keine Erklärung, was das gewesen sein konnte. Also schlich er auf leisen Sohlen die Treppe hinauf, steckte den Kopf in die Nacht, schielte einer Nachteule gleich in alle Richtungen und sah auf der Bugreling seinen neuen Freund sitzen, der in diesem Moment das Kommando des Schiffes übernommen und es zu dem Seinen gemacht hatte, was der bisherige Kapitän erst einmal nicht so wahrnahm. Ein leises »Miau«, das alles hätte bedeuten können, sagte ihm, dass der kleine Streuner sein neues zu Hause gefunden hatte, William nur noch die zweite Geige an Bord spielte und jetzt noch zu klären wäre, wo der Fressnapf zu stehen hatte und wann beziehungsweise mit welchen Inhalt er in ansprechend kurzen Intervallen aufzustellen wäre. Das erledigte sich aber sehr schnell von selbst, denn William mochte den kleinen, jetzt und künftig am Bug Hof haltenden Gauner, der sich in seinem Kapitän das ihn zu bedienende Personal (oder sollte man besser sagen, seinen Sklaven) ausgesucht hatte.

Hinsichtlich der Namensfindung für den neuen Schiffseigner wurde William von der Geschichte des »Mobby Dick« inspiriert, in der Hermann Melville den vom Wahnsinn getriebenen Käpt'n Ahab mit einem Holzstumpf als Ersatz des linken Beines über die Decksplanken seines Schiffes humpeln ließ. Dabei entstanden ähnliche Geräusche, wie sie zuvor nur etwas leiser von der Fellnase ver-ur-sacht worden waren. Der Vergleich schrie geradezu danach, dass der kleine Kerl fortan Ahab hieß.

Beide wurden im Verlauf der Zeit dicke Freunde. William moch-te die stille Gesellschaft des unaufhörlich entspannt wirkenden Chauvi's, der praktisch immer auf der Bugreling herumlungerte und lernte schnell die unterschiedlichen Bedeutungen des für Außenstehende immer gleich klingende »Miau«. Wenn er einmal nicht an seinem Platz saß, geriet William geradezu in Panik und sorgte sich sofort um dessen Wohlbefinden. Die Seelenruhe trat erst dann wieder ein, wenn seine Majestät unter einem Stapel Schiffstampen oder sonst wo hervorkroch und seinen Thron besetzte. Mit anderen Worten, Ahab hatte seinen Diener vollends um den Finger gewickelt und dieser, ein verlässlicher und fürsorglicher Kumpel, der für einen immer gefüllten Futternapf sorgte, ließ sich das gerne gefallen.

Bald übernahm William den Job, die kleinen Nachbarinseln, die anders nicht zu erreichen waren, mit Post, Nahrungsmitteln und anderem notwendigen zu versorgen. So kam er seinem Jugendtraum immer näher, da er jetzt ständig auf dem Meer unterwegs war. Zwar kaperte er nichts, hatte aber sein Auskommen, war unabhängig und restlos frei.

Man sagt, dass die Träumer gefährlich sind, die ihre Träume verwirklichen. Allerdings ging von William so manches aus, nur nichts Gefährliches. Was er in der Mitte seines Lebens nicht wissen konnte, war, dass er in seinem romantisch verklärten Weltbild von Freiheit und Unabhängigkeit auf dem Meer bis an das Ende seiner Tage leben und so niemals den Fuß aus der Tür seiner Kindheit nehmen würde.

Unter »anderem notwendigen für die Inseln« allerdings verstand er natürlich auch etwas Spezielles. Ein etwa drei Hektar großes, unbewohntes Eiland, das er bei seinen Ausfahrten entdeckt hatte und welches vermutlich nie von anderen Menschen betreten wurde, war sein geheimer Zufluchtsort geworden. Gut geschützt und hinter dichtem Dschungel gab es zwischen zwei großen Felsvorsprüngen eine kaum erkennbare Durchfahrt zu einem romantischen kleinen Naturhafen. Immer wieder kam er hier vorbei, ging vor Anker und durchstreifte den von Sonnenlicht durchfluteten Dschungel. Da ihm aber das Umherlaufen auf seiner Insel auf die Dauer zu langweilig war, ließ er am Rande einer kleinen Lichtung bald eine verschwiegene Plantage entstehen. Naheliegend, was er in diesem wunderbaren Klima und der Abgeschiedenheit zunächst nur für den Eigenbedarf heranzüchtete, daraus Zigarren drehte, diese aufgrund des gewaltigen Ertrages zu vertickern begann, für seine karibischen Freunde in den Größen »Smal«, »Medium«, »Large« und »Super XXL Special Edition« herstellte und sozusagen für jeden Geldbeutel das passende Angebot liefern konnte. Bevor er die geniale Geschäftsidee hatte, paffte er den ersten Glühstengel selbst und war erstaunt von der Qualität und Wirkung dieses Stoffes. Im Schatten einer Palme ließ er sich im warmen Sand nieder, zündete die erste Zigarre an und segelte sogleich in eine andere Welt, aus der er am liebsten nicht wieder zurückgekommen wäre. Er hatte keinen blassen Schimmer, wie lang er im Nirwana, dem Land der Glückseligkeit, unterwegs war, freute sich aber um so mehr, dass seine Tabaccos keinerlei Nach- oder Nebenwirkungen hatten, als er aus der fernen Welt erwachte. Nichts war mit Übelkeit oder Kopfschmerzen. Die Wirkung verpuffte nach einiger Zeit einfach.

Der Zigarrenhandel sprach sich in Spanish Town wie im Schweinsgalopp herum und für William wurde daraus ein mehr als einträgliches Geschäft. Um Verschwiegenheit unter seinen Kunden musste er sich nicht sorgen, denn es gehörte zur karibischen Tradition, dass die örtliche Polizei zu allen interessanten Inselereignissen aus den Reihen der Bevölkerung rein gar nichts erfuhr. Es dauerte aber nicht lang, bis die ersten Stumpen auch von Polizisten gepafft wurden, denn am Ende waren sie alle Kariben und pflegten den gleichen relaxten Lebensstil. Die Belieferung der Ordnungshüter musste allerdings auf Umwegen erfolgen. Wer sich einmal die Mühe machte, den privaten karibischen Handel unter die Lupe zu nehmen, konnte praktisch nichts anderes als Umwege erkennen, denn jeder kungelte mit irgendwelchen Sachen immer schön an den Ordnungs- und Steuerbehörden vorbei. Warum sein Geld dem korrupten Sumpf staatlicher Organe zuschustern, wenn man es selbst viel besser gebrauchen kann, war die allseits gültige Devise.

Um möglichen Lieferengpässen vorzubeugen und immer genügend Vorrat zu haben, hatte sich William neben der Plantage eine kleine Hütte gebaut, in der seine umfangreichen Reserven untergebracht waren. Allerdings hatte er während der Erntezeiten mit der recht arbeitsintensiven Bewirtschaftung seiner Plantage ganz schön zu schuften und war drauf und dran, sich Hilfe zu besorgen. Es siegte aber der Gedanke, hier einen Platz für sich ganz allein zu haben. Also nahm er die Arbeit in Kauf, denn er wurde ja auch sehr ordentlich belohnt.

Als Pirat trank man Rum. Zumindest stand das so in allen Geschichten und sah man es auch in den Filmen. William konnte dieses Gesöff aber nicht ertragen und machte einen Kompromiss, in dem er auf Whisky umstieg. Er dachte sich, seine gleichgesinnten Vorfahren hätten da auch nicht reingespuckt und würden ihm diese Haltung nachsehen. Den Whisky genoss er über die Jahre genauso, wie seine Zigarren und die Kombination aus beiden hatte zuweilen eine ganz spezielle Wirkung auf ihn. Angesäuselt war er häufig auf dem offenen Meer unterwegs und prahlte seine Piratenlieder laut in den Wind, weil niemand zuhören konnte und sein Gesang die Fische in Ermangelung von Ohren ja ohnehin nicht störte.

Seine geschäftlichen Unternehmungen wurden noch ausgeweitet, indem er Touristen zu ausgedehnten Tagesrundfahrten durch die Welt der kleinen Inseln mitnahm. Die Leute mochten den aufpolierten Kutter und gerade die Kinder genossen das Schiff und Williams spannende, wenn auch zumeist unwahren, blumig erzählten Geschichten aus einer längst vergangenen Zeit. »Cannatopia« ließ er dabei immer Steuerbord liegen und erzählte niemandem von seinem Kleinod.

Er hatte diesen wunderbaren Ort in Anlehnung an die äußerst gewinnträchtige Cannabis-Plantage und des 1516 erschienenen Romans »Vom besten Zustand des Staates« mit dem Untertitel »Von der neuen Insel Utopia« des englischen Staatsmanns Thomas Morus benannt, der darin ein Eiland beschrieb, auf dem die Mitglieder der idealen Gesellschaft lebten. Williams Insel hatte für ihn etwas Reines, genauso, wie die Geschichte in Morus' Buch beschrieben wurde und so ergab sich aus den Worten Cannabis und Utopia das Wortspiel und der Inselname »Cannatopia«.

Es war Samstag und die »Captain Farrel« lag im Hafen von Spanish Town. William wartete auf zwei Reisende, die für die heutige Tour gebucht waren. Im Moment war keine Urlaubszeit und die Anmeldungen spürbar zurückgegangen. Ihm war es egal, denn die Ausflüge waren dann auch entspannter. Hauptsache die Kohle stimmte. Er machte wie immer Ordnung an Deck und sortierte gerade ein paar Tampen an Achtern, als ein kleiner mexikanischer Charro geradewegs auf ihn zusteuerte.

»Was für eine irre Gestalt. Sieht aus wie ein Don Juan für Arme«, dachte William, als er den krummbeinigen Mann zielstrebigen Schrittes auf sich zukommen sah, der bei seiner überschaubaren Größe von vielleicht einhundert sechzig Zentimeter eine recht ansehnliche Wampe vor sich her schob. Das Hemd schien zumindest eine Nummer zu klein und spannte um den Bauchnabel herum gehörig. Zu den Jeans trug er ein Paar überdimensionierte, bunt bestickte Westernstiefel und der kleine runde Kopf steckte unter einem mehr als auffälligen Panamahut. Die schwarzen langen Haare waren zu einem Zopf zusammengebunden und das breite Grinsen, bestehend aus einer Riege strahlend weißer Zähne, das beiden Ohren gerade einen Besuch abstattete, wurde lediglich von einer dicken Zigarre, die durchaus mit Pinocchios Lügennase verglichen werden konnte, unterbrochen.

Pablo Figueras hätte die Bezeichnung »Don Juan für Arme«, so sie in sein Gehör gedrungen wäre, milde belächelt. Er sah sich mehr als einen schillernden No-Limit-Risk-Zocker, einen verruchten Desperado, einen Vollblutzampano, einen Globalplayer. Er wähnte sich als der wahrhaft genetischer Nachfahre Emilano Zapata's, er zog die Fäden (und ließ sie zuweilen an der falschen Stelle auch wieder los, was seinen Geschäften nicht immer zuträglich war), er hatte die Lösungen, auch wenn die nicht immer zu seinen Problemen passten und die Frauen liebten ihn, meinte er zumindest. Er war es, der auf eine Party ging und sich unter die einzige dort brennende Lampe stellte. Sein Selbstbildnis war grandios und kunterbunt. Was andere von ihm hielten, war völlig egal. Hauptsache, das Leben bewegte sich vornehmlich um seine Interessen, die Geschäfte liefen und er hatte eine Menge Spaß.

Zu Hause war er in Mexiko-City und betrieb im Stadtteil Benito Juárez ein kleines Unternehmen, das (angeblich) mit Mais handelte. Dort war allerdings nur sein Firmensitz, in dem er wenigstens am Morgen erreichbar war. Soweit die offizielle Variante. Er war Mexikaner, ein mittelamerikanischer Heißblüter, und das verlangte von ihm weit mehr, wenn er sich Ansehen unter seinen Geschäftspartnern, Freunden und Bekannten sowohl verschaffen als auch bewahren wollte. Seine eigentlichen Geschäfte, die ihn tatsächlich ernährten und sein zuweilen ausschweifendes Leben ermöglichten, machte er auf der Straße mit allen möglichen Kungeleien, kaufte und verschacherte Sachen, die oftmals ihren rechtlichen Besitzern ohne deren Wissen nächtens zwangsenteignet und Pablo zum Verkauf angeboten wurden. Hier hatte er durch jahrelange Erfahrung ein Näschen für lohnende Deals und machte regelmäßig einen satten Schnitt. Allmorgendlich, so gegen 09.00 Uhr, lief er in seinem Unternehmen auf. Dort hatte er vier junge Mexikanerinnen angestellt, die ihm - sobald er mit dem ihm angeborenen Dauergrinsen durch die Tür kam – um den Bart gingen. Sie täuschten ihm dabei operative Hektik und angestrengte Geschäftigkeit vor, was allerdings nur so lange dauerte, bis er den Laden wieder verließ.

Luisa, die ausschließlich aufreizende Minniröcke trug, welche kaum breiter waren als ein Gürtel, brachte ihm unaufgefordert seinen Kaffee negro, schwarz und stark. Wenn sie sich - ihren

Hintern schwingend wie ein Model auf dem Catwalk – von ihm abwandte, grinste sie um den jetzt stieren Blick ihres Chefs wissend - vor sich hin. Es war ein tägliches Ritual, das Pablo in diesem Moment seine Tasse in den Händen hielt und sich nicht eine dieser wunderbaren Sekunden entgehen ließ.

»Teufelsweib«, dachte er bei sich und atmete mit einem innigen Seufzer aus, als sie den Raum verlassen hatte.

Penélope kontrollierte den Bestand feiner kubanische Zigarren, die der Chef immer zum Kaffee qualmte und mit denen er die Luft seines recht feudal eingerichteten Büros vermiefte. Auch sie war eine mexikanische Schönheit, die Pablo mit ausgesuchter Freund- lichkeit begegnete und sich mütterlich um ihn sorgte. In ihrer Nähe fühlte er sich immer wie ein kleiner Junge, der Schutz in Mama's Arme suchte. Sie war etwas für seine geschäftige Seele.

Catalina war die dritte im Bunde. Sie regelte das nicht sonderlich ertragreiche Maisgeschäft. Sie war die eigentliche graue Eminenz und hielt den Laden am Laufen. Catalina gab sich etwas strenger und hätte Pablo sich einmal ernsthaft um das Maisgeschäft gekümmert, wäre ihm aufgefallen, dass sie die einzige mit echten Aufgaben war.

Rosa, lasziv und rotzfrech, erwartete ihren Boss immer in seinem Büro und informierte ihn über die Korrespondenz, bei der es zumeist um Forderungen des Finanzamtes und einiger Gläubiger ging, die schon lange auf die angemahnten Zahlungen warten mussten und es auch in Zukunft würden tun müssen. Dabei saß sie entspannt mit auf den Tisch ausgestreckten Beinen und feilte oder lackierte sich wie immer die Nägel. Beim Reden die Kippe aus dem Mundwinkel zu nehmen, kam ihr nicht in den Sinn. Auch sie nippte an einem Kaffee und schilderte einigermaßen gleichgültig die wichtigsten Infos. Aktuell ging es um eine neuerliche Anfrage der landesweit geliebten Steuerbehörde, wie es möglich sein konnte, dass die Aufwendungen und Kosten für eine größere Whiskylieferung, die zuvor aus den USA geordert und nach Kolumbien weiter verschoben wurde, über den Maishandel abgerechnet werden konnte. Unerklärlich war dort ebenfalls der Antrag auf sehr umfänglichen, finanziellen Zuschuss für die gewaltigen Transportkosten, andererseits aber um das Verschweigen der vermutlich erheblichen Gewinneinnahmen. Dass in gleichem Steuerantrag aber auch Grundstücksverkäufe im Nobelurlaubsort Acapulco auftauchten, die laut örtlichem Katasteramt alles andere nur nicht Pablo Figueras' Eigentum waren, ohne dass die rechtlichen Besitzer im Vertragswerk auftauchen, weckte besonderes Interesse. Man orakelte in der Behörde völlig zurecht, die verschaukelten wussten nicht einmal davon, dass ihre Grundstücke unter den Hammer eines Maishändlers aus Mexiko-City gekommen waren und dass ihr Einverständnis für den Verkauf keinesfalls vorlag.

»Womit sie unbedingt recht hatten«, ergänzte Pablo im Stillen. Es war schon erheblicher Aufwand in Form von Bestechungen und anderer Überzeugungsarbeit in so mancher Amtsstube erforderlich, das alles so zu deichseln, bis schließlich die nötigen Siegel auf den Dokumenten das zweifelhafte Geschäft für rechtmäßig und abgeschlossen erklärten. Was den Whisky betraf, nervte das Finanzamt schon länger.

»Die können sich aber auch anstellen«, sagte Pablo zu Rosa, die wie immer mehr als gelassen zu ihm aufsah.

Wohl wissend, dass ihr Chef sich niemals um irgend etwas sorgte, antworte sie:»Immer ruhig mit den wilden Caballos de la Azteke und meinte als Pferdeliebhaberin damit eine sehr junge Pferderasse, die in Mexiko-City gezüchtet wurde.»Wir haben den zuständigen Sachbearbeiter, Señor Miguel Suarez, bereits zu einem klärenden Gespräch am kommenden Mittwoch eingeladen!«

Es war gelebte Geschäftspraxis, dass der Herr des Hauses an diesem Tage besser nicht im Büro erschien und das, was Pablo jetzt mit wohliger Ruhe zu seinen Zigarren und Kaffee greifen ließ, sollte besagtem Finanzbeamten wirkliches Kopfzerbrechen bereiten. Doch vermutlich war Catalina am Telefon mal wieder zuckersüß gewesen, sodass auch der verstaubteste Amtsbruder reichlich euphorisch mit den angenehmsten Erwartungen auf das Besuchsangebot eingegangen wäre. Genau das war der Trick. So gefiel es dem Zampano. Die Mädels waren um ihn besorgt, kümmerten sich um sein Wohlergehen und gaben ihm das Gefühl, es würde so laufen, wie er es wollte. Pablo hatte die vier, die sich untereinander prima verstanden, natürlich mit Bedacht ausgesucht und eingestellt, denn, sie waren weniger zum Arbeiten da sondern, um allzu penetrante Kunden - vor allem Finanzbeamte - aufs Glatteis zu locken. Das Quartett Invernale sollte dazu seine offensichtlich erkennbaren körperlichen Vorzüge einsetzen, den jährlich aufkreuzenden Steuerprüfer von den nur in Teilen vorhandenen Akten, die vermutlich nie auch nur im Ansatz korrekte Unterlagen und Werte wiedergaben, abzulenken. Das war den Mädels bislang immer im Sinne ihres Chef's gelungen. Noch war jeder, den sie ins Visier genommen hatten, am Nasenring durch die Manege geführt und erpressbar gemacht worden. Kein Prüfer schlug freiwillig ein zweites Mal in diesen Räumen auf. Pablo hatte keine Ahnung, wie sie das anstellten und was den armen Burschen widerfuhr, wenn er über die - sagen wir mal – Aktivitäten seiner Mädels nachdachte. Dagegen wirkte eine Nierenkolik vermutlich wie ein Wellnessprogramm. Für den Moment, wenn er über ihr grausiges Schicksal nachdachte, bedauerte er die Bürohengste. Letztendlich war es ihm aber auch sehr recht. Die jährlichen Steuerprobleme wurden auf diesem Wege elegant gelöst und schafften ihm Freiraum für wichtigeres. Dafür liebte er die vier. Für ihn war das Leben ein

Nehmen und Geben. Er fühlte sich für seine beschäftigen sowie deren Familien verantwortlich, zahlte ausgesprochen großzügige Gehälter, machte nie irgendwelchen Stress und fragte nicht, was sie so alles trieben, wenn er am späten Vormittag die Firma verließ, um den wirklich wichtigen und einträglichen Geschäften nachzugehen. Da er sich über den ganzen Tag bis zum späten Abend in den Cafés und Bars der riesigen Metropole herumtrieb, blieben die Damen sich selbst überlassen, was sie - so seine Vermutung – auch reichlich ausnutzten. Alles in allem lief es und das war das wichtigste.

Señor Suarez kam durch die Tür und stand in seinem offensichtlich kostengünstigen, grauen und zerknitterten Anzug mit unter den Arm geklemmten Akten etwas unbeholfen im großen, schick eingerichteten Empfangsraum. Seine Brillengläser wirkten wie die Böden von Coca-Cola Flaschen, ließen seine Augen aussehen, als wäre er der Gnom Gollum aus dem Herren der Ringe und gaben ihm hinter der Hornbrille etwas irres, was man als Finanzbeamter sicherlich ein Stück weit auch in sich tragen musste. Auf seine nach hinten gekämmte, schlecht geschnittene und nur noch in Teilen vorhandene Haarpracht wollen wir an dieser Stelle nicht weiter eingehen. Catalina nahm ihn in Empfang, führte ihn in einen der Besprechungsräume und vertröstete ihn mit dem Hinweis, dass die erforderlichen Geschäftsunterlagen sogleich herbeigeschafft würden. Bis dahin sollte er sich doch bitte am bereitgestellten Buffet bedienen und etwas trinken, um sich die Wartezeit zu verkürzen. Die reichlich dünn bekleidete Luisa bediente ihn, ohne dass er eine Chance hatte, das Angebot abzulehnen oder bei den Getränken zu zaghaft zuzugreifen. Das führte dazu, dass er bereits vor den ersten Tacos drei Tequilas im Bauch hatte, die ihn als passionierten Antialkoholiker reichlich aus der Bahn warfen. Wie aber hätte er wissen sollen, dass das erst der Anfang war und er heute noch im Krebsgang durch den Flur seiner Behörde krabbeln würde. Der an sich spröde und schüchterne Suarez, der in jungen Jahren schon mal eine Freundin hatte und inzwischen nur in seiner Arbeit aufging, entdeckte nach zwei weiteren Gläsern des mexikanischen Nationalgetränks seine Urinstinkte. Mit leicht bohrendem Blick glotzte er Catalina in den nicht sehr verdeckten Ausschnitt, war inzwischen weit weg von seinen Aktenprüfungen, dafür aber nahe dran, seinen unruhigen, gierigen Händen freien Lauf zu lassen, ohne aber sein Ziel je erreichen zu können, denn so weit ließen es die Mädels bei ihren Gästen nicht kommen. Penélope war inzwischen mit von der Partie, setzte sich dicht zu ihm, legte ihre Arme um seine Schultern und flößte ihm einen Tequila nach dem anderen ein. Es dauerte so etwa eine Stunde, als sich Miguel langsam aber sicher seiner Bewusstseinsgrenze näherte. Die schon angesprochene schlechte Passform seines Anzuges war – genau wie seine Haartracht – völlig aus dem Ruder geraten und die Fähigkeit zu sprechen längst verloren gegangen. So kroch er sehr bald lallend unter dem Tisch herum und sang irgendwelche unverständlich schrägen Sauflieder. Später wurde er in ein Taxi verfrachtet, das ihn auf Firmenkosten zum Finanzamt kutschierte und dort vor die Tür setzte. Unfähig zu gehen, kroch er durch den Eingang. Sein Büro   erreichte er an diesem Tag aber nicht mehr und wurde von seinen Kollegen nach Hause gebracht, wo er dann am nächsten Tag mit brummenden Schädel erwachte und nicht wusste, wie ihm geschehen war. Als er nach Arbeitsbeginn auf einem harten Stuhl vor seinem Chef saß, legte dieser ein paar eindeutige Fotos, die ihm auf kurzem Dienstweg von unbekannten zugesteckt wurden, vor die Nase. Miguel, der sich an überhaupt nichts erinnerte, beteuerte seine Unschuld. Die Bilder waren jedoch eindeutig und hatten zur Folge, dass er innerhalb des Hauses strafversetzt wurde. Genau das war das Ziel, dass man in Pablos Firma angestrebt hatte, denn jetzt

würde sich ein völlig neuer, für den Maishandel zuständiger Sachbearbeiter erst einmal durch die Aktenberge seines Vorgängers
kämpfen müssen, um irgendwann auf die undurchsichtigen Unterlagen von Pablos Unternehmen zu stoßen und sich dann der
bereits geschilderten Tortur zu unterziehen. Irgendwann würden
dann auch die Verjährungsfristen greifen und die desolate
Personalwirtschaft der Steuerbehörde aushebeln.

Als Pablo Figueras am nächsten Tag wieder in seinem Büro saß,
war der Besuch des blutarmen Behördenmuffels nur noch eine
Randnotiz.

Seine Frage, wie es gelaufen war, beantwortete Luisa gleichgültig: »Wie immer!«

Pablo fragte sich, wie es Miguel Suarez nach der Unmenge
Alkohol jetzt wohl ginge. Das Mitleid währte aber nicht lange.

Mit besonderem Stolz aber erfüllten ihn seine beiden reichlich
frequentierten Etablissements, die er ebenfalls in Benito Juárez
betrieb. Allein diese beiden Geschäfte, untergebracht in zwei sich
gegenüberliegenden und einigermaßen suspekt wirkenden
Garagenhallen in einer eher verdächtigen Nebenstraße, die un-
wissende nicht so schnell freiwillig betreten hätten, servierten ihm
täglich derart satte Gewinne, die sich selbst Pablo in seiner einzigartigen (un)moralischen Denke nicht beim Finanzamt anzumelden
traute. Es sollte an dieser Stelle erwähnt werden, dass der Chef der
Steuerbehörde Mexiko-City zur ständigen Laufkundschaft gehörte,
der aber aus ganz eigennützigen Gründen nicht zu viel steuerrecht-
liches zum Geschäftsbetrieb wissen wollte. Offiziell handelte es sich
um normale Lokale, in denen Alkohol ausgeschenkt und Tapas
gereicht wurden. Aber was ist schon normal, vor allem, wenn man
mit Pablos Elle zu messen gezwungen ist. Unser mexikanischer
Freibeuter interessierte sich auch nicht wirklich für andere
Maßbänder, denn nur das Seine beinhaltete automatisch einge-

arbeitete Toleranzwerte, mittels derer man ohne Probleme auch mal aus recht schrägen Ergebnissen einen geraden und damit stimmigen Wert entwickeln konnte. Das führte dazu, das allabendlich die Abrechnungen in den Kassen automatisch passig waren, obwohl man bei dem von ihm eingesetzten Personal ärgste und im höchst Maße berechtigte Zweifel haben durfte, ob es in der Lage war, überhaupt etwas zu berechnen oder nachzuzählen. Vielleicht hätten die Damen und Herren es unter Zuhilfenahme ihrer Finger gerade noch hinbekommen, die tagsüber von ihnen selbst getrunkenen Tequilas aufzuzählen. Da sie jedoch nur zehn Finger hatten, wäre das ein   extrem schwieriges Unterfangen geworden. Pablo hatte es einmal versucht und anschließend nie wieder gewagt. So strapazierfähig waren seine Nerven auch wieder nicht.

Viel bedeutungsvoller war, was sich in den Hinterzimmern abspielte. Dort nämlich waren Damen angestellt, die der gefälligen Unterhaltung dienten. Nun, so etwas gab es häufig in Mexiko-City, Pablo aber warb undercover damit, dass die Ladies bekannten Schauspielerinnen sehr ähnlich sahen und so lockte er eine durch Mundpropaganda stetig wachsende Vielzahl neugieriger Gäste und andere versprengte Seelen an, die meinten, ob der häuslichen Monotonie mit einer ihrer Lieblingsacteusen das ein oder andere aufregende Schäferstündchen verbringen zu dürfen. Bereits der erste Laden warf so viele Pesetas ab, dass Pablo geradezu stündlich vorbeikommen und die Kassen leeren musste, bevor sich seine Angestellten dazu aufgefordert sahen, entsprechend Platz zu schaffen. Da sie aber jeweils zu Arbeitsbeginn mehr daran interessiert waren, ihren in der Freizeit gesunkenen Tequilapegel wieder auf Vordermann und sich so in einen Zustand zu bringen, der sie an alles andere, nur nicht an das viele Geld in den Kassen denken ließ, bot Pablo dem Treiben auch keinen Einhalt. Die eingesammelte Kohle brachte ihn in gewisse, aber durchaus angenehme

Nöte, was die Lagerung des Geldes betraf. Auf die Bank bringen ging nicht und zum Ausgeben war es viel zu viel. Am Ende einer Gedankenkette war er bereits vor längerer Zeit zu dem Schluss gekommen, es vorübergehend in seinem eigenen Keller zu stapeln. Den Begriff »vorübergehend« strapazierte er inzwischen schon einige Jahre, sodass er zeitnah dazu übergehen musste, einen weiteren Keller freizuräumen, den die für ihn logische und richtige Schlussfolgerung war, dass das Geschäftsprinzip, welches so prima für die Herren der Schöpfung funktionierte, auch in der Damenwelt Anklang finden würde, womit er praktisch nicht die Nadel im Heuhaufen, sondern – was viel schwieriger war – die Nadel im Nadelhaufen gefunden hatte. Der Rubel rollte also ohne Unterlass, auch wenn es während der Öffnungszeiten in den Lokalitäten drunter und drüber ging. Glaubte man den Statistiken, war der Betrieb, in denen männliche Schauspieler »zur Verfügung« standen, deutlich ertragreicher. Es wurde erheblich mehr gesoffen, es kam erheblich mehr Schotter rein, es ging aber auch weitaus mehr Mobiliar zu Bruch und einige »Schauspieler« klagten sehr häufig über gewalttätige Orgien und suberotischer Übergriffe seitens der weiblichen Kundschaft. Trotzdem. Alle machten mit und hielten durch, weil Pablo sehr großzügig bezahlte, was in erster Linie dem Problem der Geldlagerung geschuldet wurde, denn der Geschäfts-führer wusste einfach nicht mehr wohin mit den Tantiemen.

Bliebe zum Schluss noch zu klären, dass Pablo keine wirklichen Schauspieldoppelgänger der A-Liga aus Hollywood beschäftige, sondern eher Personal aus C- oder D-Movies angestellt hatte, die zuvor in dubiosen Filmproduktionen einiger lokaler, im höchsten Maße zweifelhafter Produzenten, ihr Auskommen gesucht hatten. Das war aber nie ein wirkliches Problem, denn die Kunden wurden bei ihren Besuchen in den Gasträumen zunächst ordentlich mit dem allseits beliebten mexikanischen Fruchtwässerchen abgefüllt, sodass sie sich später – soweit sie überhaupt noch zu denken in der Lage waren – einredeten, ihr Lieblingsschauspieler oder ihre Lieblingsschauspielerin hatte vor ihnen gestanden und sich aus dem Harnisch geschält. Es musste ihnen gefallen haben, den nicht wenige waren schnell zu Stammkunden geworden und andere fühlten sich gerade zu heimisch und mütterlich umsorgt in Pablos schillernden Mikrokosmen. Der Boss der Steuerbehörde war inzwischen ihr Vorreiter.

Alljährlich machte sich Pablo auf in die weite Welt. Auch ein mexikanisches Multitalent brauchte mal eine Auszeit. Da er als Mittelamerikaner keine Lust auf Kälte und nördliche Regionen hatte, trieb er sich gern auf schönen Inseln in warmen Gegenden herum. Im vergangenen Jahr war er in den Pazifik auf die Marshall-Islands geflogen und hatte das Bikini-Atoll besucht, in der Hoffnung, dass der Name Programm wäre und die hübschen, jungen Marshmellows aus aller Welt an den weiten Stränden in Erwartung eines Heroen aus der Sierra Nevada schon gierig im Kreise liefen. Leider war er enttäuscht worden. Das Atoll ist zwar ein Eldorado für Wracktaucher, aber an den Stränden brachen sich nur die Wellen des Pazifischen Ozeans. Mehr war da nicht los. Unter der gleichen Annahme wie im Vorjahr versuchte er sein Glück jetzt mit den Virgin Islands in der Karibik und so strandete er eines schönen Tages in Spanish Town. Bald nach dem Einchecken empfahl man ihm in der Lobby des noblen Ocean View Hotels einen Ausflug mit der »Captain Farrel« und so kam es, dass er William die Hand reichte und sagte:

»Buenos Dias. Ich bin Pablo Figueras! Hast Du auch Whisky an Bord?«

»Worauf Du Dich verlassen kannst«, antwortete William der skurrilen Erscheinung und fand diesen seltsamen Erdnuckel auf Anhieb sympathisch.

Er bat ihn an Bord und zeigte ihm das Schiff von der Mastspitze bis zur Bilge, bis die beiden nach einer knappen halben Stunde des entspannten Quasselns in der Kajüte ankamen und die Bar inspizierten. Eine Flasche Johnny Walker und zwei passende Gläser begleiteten die beiden an Deck, wo Pablo eine der teuren Zigarren für seinen Gastgeber herausrückte, während ihm dieser ein Drink einschenkte. Sie saßen relaxt in den Liegestühlen, die am Heck aufgestellt waren, genossen die warme Morgenluft, rauchten und quasselten über Gott und die Welt.

William sagte nach einiger Zeit: »Wir warten noch auf eine Frau, die uns begleitet. Mehr werden wir heute nicht. Es wird also ein entspannter Ausflug und ein schöner Tag!«

Die Aussicht auf eine Inseltour mit einer schönen Frau weckte sogleich Pablos Interesse und jeder Whisky, der seinen Rachen hinunterfloss, beflügelte seine chauvinistische Fantasie. Ohne auch nur etwas von der Frau zu wissen, sah er sich schon mit ihr an einem einsamen Strand spazieren gehen und in abgelegenen Buchten schwimmen. Dabei unterlief ihm eine ganz entscheidender Fehler, denn der Captain hatte im Zusammenhang mit der Frau rein gar nichts von schön gesagt. Pablo würde später nicht nur aus seinen Träumen gerissen werden, sondern auch ein paar Erfahrungen der ganz besonderen Art machen. Für den Moment aber gluckste es in rhythmischen Intervallen im Bereich seines Kehlkopfes, die gekühlte Whiskyflasche leerte sich langsam und die Zigarre glomm angenehm vor sich hin, als nach einer weiteren halben Stunde die erwartete zwischen den anderen Booten auftauchte und sich der »Captain Farrel« näherte.

Mit einem Sonnenhut auf dem Kopf, der Pablo an die Vogelscheuchen auf den Feldern der Haziendas im mexikanischen Hinterland erinnerte, kam die Frau in langer Khakihose und einem zum Anlass passenden, blau weiß geringelten T-Shirt die Mole entlang.

Dieses Frauentütü mit Parfüm hier und Schminke da, die Bluse zurechtzuppeln und ähnliches, machte auf ihn keinen sonderlichen Eindruck, wenn es nicht gerade eine erotische Wirkung hatte. Die vier Mädels im Büro wussten das und nutzten es gnadenlos aus, was er sich auch immer gern gefallen ließ. Insgeheim freute er sich schon darauf, dass er die Gören bald wiedersehen konnte. An besagtem Tag aber war alles mögliche, nur nichts erotisches erkennbar. Mit geübtem Kennerblick hatte er innerhalb von drei Sekunden die heranrollende Stummeltröte gescannt und war sogleich seiner blumigen Fantasien beraubt. Dieser Blick sagte jedem Mann: »Sprich mich ja nicht an!« Mit diesem in der Ornithologie völlig unbekannten Tropenvogel wollte er keineswegs an einem einsamen Strand allein gelassen werden, war das rasche Ergebnis seines inneren Monologes. Die letzten Reste seines rudimentär vorhandenen Anstandes ließen ihn trotzdem Aufstehen und an die Reling gehen. Er streckte seine Hand aus, um Charlotte beim Betreten des Schiffes behilflich zu sein und raunte ihr ein fast freundliches »Holla« entgegen. Dabei hatte er sich gerade noch die Beifügung »belleza mujer«, was soviel wie »schöne Frau« bedeutet und, verbunden mit einem reichlich dämlichen Grinsen, eine seiner schmierigen Standartfloskeln bei der Begrüßung fast aller Frauen geworden war, verkneifen können. Charlotte Carlson nahm die Hilfestellung etwas verwundert an, weniger wohlwollend aber war ihr Blick und der erste Eindruck, den sie von Pablo hatte.

»Was ist denn das für ein grotesker Kobold«, dachte sie, als sie sich vor ihm aufbaute und, da sie glatt einen Kopf größer war als der mexikanische Schwerenöter, mit verachtendem Blick von oben herab ansah, was den sonst von sich selbst überzuckernden Traum aller Frauen sichtlich ins Rotieren brachte. Selbstverständlich trug die Whisky-Standarte aus seinem zu kurzen Hals und die überdimensionierte Zigarre in seiner Hand nichts zur Verbesserung ihres Bildes von ihm bei. Die Situation wurde gerade noch durch William gerettet, der von der Brücke herunterkam, sich freundlich vorstellte, Charlotte einen Sonnenstuhl an Steuerbord anbot und auch ihr erklärte, dass keine weiteren Passagiere erwartet wurden, sodass sie in wenigen Minuten die Anker lichten konnten.

Die angesprochene hatte natürlich auch seine Spritfahne wahrgenommen.

»Typisch«, sagte sie zu sich selbst, »ohne Suff kriegen Kerle überhaupt nichts geregelt. Wer Männer versteht, kann auch durch null teilen«, war ihr inneres Statement über ihre beiden Begleiter, auf die sie auch gern verzichtet hätte.

Die Butter hatte sie sich jedoch nie vom Brot nehmen lassen. Das würden auch die zwei Freibiergesichter nicht hinbekommen. Sie hatte inzwischen in ihrem bequemen Sonnenstuhl Platz genommen und war sichtlich erleichtert, dass sich der Großkotz mit dem Panamahut an der Reling der Backbordseite auf seinen Schemel pflanzte, während der andere wankende Spacken die Anker einholte und den Dieselmotor anwarf.

Seine Majestät Ahab hatte sich in seinem Thron aufgerichtet und das Treiben zwischen den dreien mehr als herablassend beobachtet. Als sich das Schiff endlich in Bewegung setzte, gönnte er seinen Sklaven einen Blick und raunte ihm ein müdes »Miau« entgegen, was in etwa bedeutete: »Wurde ja auch langsam Zeit!« Anschließend nahm seine Hoheit die gebührende Herrscherstellung wieder ein.

William hatte ihn verstanden und meinte beiläufig: »Recht hast Du!«

Charlotte Carlson trug die hell glühende Lampe einer Emanze vor sich her. Dazu stand sie, so wollte sie sein. Sie gehörte zu genau der Sorte, die beim Abendessen sagen:»Kannst Du mir bitte mal die Salzstreuerin reichen?« Für ihre Fraktion stand sie in der ersten Reihe, sie hielt die Fahne in Händen, an der sich alle gleichgesinnten Frauen versammelten. Sie war als emanzipierte Frau der Überzeugung, dass sich eine Gesellschaft nur entwickeln konnte, wenn niemand unterdrückt wurde. Es ging also um Befreiung aus dem miesen Joch der kommandierenden Männerwelt und die konnte man sich nehmen. Auf Großzügigkeit und Entgegenkommen männlich besetzter Gremien zu warten, die vielleicht irgendwann einmal bereit sein würden, ihr irgendwelche Rechte einzuräumen, war nicht ihr Ding. Sie ist mit dieser Einstellung natürlich nicht geboren worden. Nein, das war ein langer und heftiger Lernprozess. Als kleines Mädchen hatte sie miterlebt, wie ihr Vater zu Hause regierte und dass er der Ansicht war, andere Menschen besitzen zu dürfen. Dagegen hatte Charlotte sich schon als junges Mädchen aufgelehnt, weil ihr dieses Verhalten absolut zuwider war und bot dem ewig besoffenen Gurkenlurch, wie sie ihren Vater insgeheim titulierte, unmissverständlichen Widerspruch, wo immer es möglich oder erforderlich war. Die ständig alkoholisierte Eiterbeule trat auf wie ein Patriarch, betrachte seine Frau als Bedienung und bewegte sich nur, wenn er unbedingt musste. Ihre Fantasie versagte bei der Vorstellung, dass sich dieser asoziale Schnarchzapfen einmal um ihre Mutter bemüht und sie in die Ehe gelockt hatte. Charlotte unterhielt sich immer wieder mit ihren Freundinnen darüber und erfuhr von ihnen ähnliche oder gleich klingende Geschichten ihrer Väter. Bereits damals entwickelte sie eine Aversion gegen alles, was nach Alkohol roch und trat schon den Jungs in der Schule einigermaßen voreingenommen gegenüber. Trotzdem hatte sie in der Jugend den ein oder anderen Freund.

Allerdings gestalteten sich diese Beziehungen etwas anders, als bei ihren Freundinnen. Ihrem schrägen Weltbild folgend machte sie die Jungs erst zum Esel und gab ihnen dann das Gefühl, sie seien Löwen. In ihren Augen wurden Männer gerade mal dreizehn Jahre alt, danach wachsen sie nur noch. Für sie war es ein leichtes Spiel, diese notgeilen Triebtäter um den kleinen Finger zu wickeln. Da diese aber mit Charlottes Art der Unterdrückung auf Dauer nicht umzugehen wussten, wurde auch der abstinenteste von ihnen in den Suff getrieben.

Der letzte verzweifelte in dieser nicht gar so langen Kette kam einmal erst des morgens, dafür aber reichlich benebelt nach Hause und hörte Charlotte mit bissigem, wenig versöhnlichen Unterton fragen: »Wo bitte schön hat der Herr wohl übernachtet?«

»Bei einem Kumpel«, war dessen reichlich kurz angebundene Antwort im hastigen Vorbeigehen auf der Suche nach seinen Federn, um einerseits weiterem Gemecker aus dem Weg zu gehen und anderseits die Spuren der vergangenen Nacht durch einen möglichst langen und ruhigen Schlaf auszukurieren.

Darauf hin rief sie prompt zehn seiner Freunde an. Bei den ersten sechs hat er während der Nacht dort geschlafen und bei den letzten Vieren schlief er gerade noch. Das war dann genug. Absolut kontrollieren ließen sich die Kerle nicht, was so gar nicht in ihr Konzept passte. Also ließ sie sich fortan auf keine weitere Beziehung ein und wandte sich ihrer Lebensaufgabe zu. Ohne es bewusst wahrzunehmen, las und verfestigte sie ihre über-emanzipierte Haltung durch einschlägige Frauenzeitschriften. Andere Lektüre, die das gespannte Verhältnis Männlein - Weibchen aufgeschlossener und objektiver behandelte, ließ sie erst gar nicht zu.

Was ihre Eltern anging, war sie der Ansicht, dass ein anständiger Ehemann mit vierzig sterben musste, damit seine Frau anschließend noch was vom Leben hatte. Diesen Gefallen tat ihr der Vater pünktlich, kippte rechtzeitig am Morgen eines schönen Sommertages ob eines schlechten Blattes beim Pokern besoffen vom Stuhl und ging den Weg alles irdischen. Die anschließende Beerdigung forderte Mutter und Tochter alles ab. Nicht, dass der Verlust des Dahingeschiedenen sonderlich schmerzte, nein, außer ihnen waren nämlich nur seine Saufkumpane dabei, als der Sarg eingebuddelt wurde. Dass allein wäre auch noch nicht so schlimm gewesen, wohl aber die anschließende Trauerfeier, die im Volksmund der Form halber so genannt wurde, in unserem Fall aber auf Kosten der Hinterbliebenen zu einem geselligen »Lasst uns das Delirium finden« mutierte. Freilich wurde wenigstens zu Beginn der Sause das ein oder andere wohlwollende, jedoch von niemandem ehrlich gemeinte Wort über Charlottes Vater verloren, bei denen es aber nur um den Ausdruck der Befürchtung ging, wie die künftig ausfallenden Kneipenrunden wirtschaftlich aufgefangen werden konnten, ohne eigene Mittel aufwenden zu müssen. Selbst im Kreise dieser versoffenen Subkulturen ging man von der erstaunlichen (und seitens beider Damen so nicht erwarteten) Logik aus, dass die heutigen Gastgeber in dieser Funktion in diesem Kreise nie wieder in Erscheinung treten würden. Sowohl Charlotte als auch ihre Mutter beehrten die »Trauergesellschaft« zunächst missgelaunt und mit strafenden Blicken, sehr bald aber mit ihrer Abwesenheit. Die Tage später eintreffende Rechnung des Wirts-hauses, in dem einerseits besagter Hocker mit Charlottes Vater umgekippt und anderseits auch die »Deliriumsuche« veranstaltet wurde, ließ vermuten, dass man trotz aller Traurigkeit das erklärte Tagesziel erreicht hatte. Das war man dem Verstorbenen schuldig gewesen.

Mrs. Carlson nutzte fortan den neu gewonnenen Freiraum und trieb sich bis tief in die Nächte in irgendwelchen Spelunken herum und gängelte jeden Gigolo, der sich in ihre Nähe wagte. Dabei verhielt sie sich keineswegs wie ihre Tochter, die schon von weitem jeden Burschen abschreckte. Nein, sie verhielt sich wie eine Spinne, ließ ihre Opfer näherkommen, vernaschte sie, um sie anschließend zu fressen. In ihrem Fall hieß das, dass die Herrn der Schöpfung nach getaner Arbeit einen Tritt in den Allerwertesten erhielten. In ihre Wohnung aber ließ sie nie wieder einen Mann.

In Salt Lake City/ Utah aufgewachsen studierte Charlotte, wurde zunächst Lehrerin und später Direktorin des städtischen Mädchengymnasiums Essen-Borbeck. Dem gängigen Klischee folgend waren Emanzen karrieregeile Tussis, die im Job über Leichen gingen. Ein Stück weit traf das auch auf Charlotte zu, denn die Hürden zur Schulleiterin nahm sie recht zügig und ohne Umwege. Sie mühte sich zwar, die Mädels an der Schule durch ihre Lebenshaltung nicht zu beeinflussen, konnte es aber nicht immer vermeiden. Regelmäßig veranstaltete sie in der Sporthalle das als obskur geltende und bei weitem nicht immer überfüllte Frauentrommeln zur weiblichen Selbstfindung, das lediglich von ein paar versprengten Seelen, frisch verlassenen oder frustrierten Ehefrauen besuchte wurde. Die Mädels aus ihren Klassen aber hatten einen eingebauten automatischen Schutzmechanismus gegen zu viel Emanzipation, gaben in diesen Dingen nichts auf die Mahnungen ihrer Lehrerin und beschäftigten sich vornehmlich mit Jungs, Partys, Alkohol, Kiff und Dates.

Das hier nicht der falsche Eindruck entsteht. Charlotte war eine Frau und konnte es auch vor sich selbst nicht immer verbergen. Auch wenn es nicht sehr oft vorkam, dachte sie an kalten Winterabenden, wenn sie allein vor ihrem Kamin saß, insgeheim tatsächlich an solche Dinge wie Familie. Aber dazu gehörte nun mal auch ein Mann und ihre Verbohrtheit gegenüber dem angeblich starkem Geschlecht war auch ihre selbst errichtete, unüberwindbare Hürde, die sie niemals hinter sich lassen konnte. Sie hatte mit der Zeit verschiedene Methoden entwickelt, diese Stunden, in denen ihr das Innere einen Streich nach dem anderen spielte, ihre Gedanken zu betäuben.

Alkohol war schon mal nicht schlecht. Das schmeckte und wirkte unmittelbar. Die Kerle vor dem geistigen Auge niederzumachen, war ebenfalls recht wirksam. Wenn aber gar nichts half, hatte sie eine Sammlung hochwirksamer Videofilme im Schrank stehen. »Vom Winde verweht« war immer ihre erste Wahl mit fataler Wirkung und für ganz schlimme Momente, sozusagen als letzter Rettungsanker gab es die »Sissi-Troilogie«.

Genervt vom Schulalltag bedurfte es zumindest einmal im Jahr eine längere Auszeit und so hatte sich Charlotte für diesen Sommer einen Urlaub auf den Virgin Islands ausgesucht. Ganz anders als Pablo Figueras assoziierte sie mit dem Begriff der Jungfraueninseln etwas gänzlich unberührtes, reines, unschuldiges. Voller Erwartung stieg sie in den Flieger, erreichte Spanish Town am frühen Mittag, stieg ebenfalls im Ocean View Hotel ab und folgte der Empfehlung, mit der »Captain Farrel« auf Inseltour zu gehen. Im selben Haus wohnend, war sie Pablo zu diesem Zeitpunkt noch nicht begegnet. Das ungleiche Paar sah sich erstmals auf dem Schiff.

Der Dampfer legte ab. Langsam entfernte er sich seitwärts von der Kaimauer, drehte bei und tuckerte mit gleichmäßig blubberndem Dieselmotor geschickt zwischen den anderen schicken und teuren, aber seelenlosen und nichtssagenden Booten der Schönen und Reichen hindurch. Dieses recht anspruchsvolle Manöver hatte William schon eintausend mal gemeistert, sodass er im Schlaf das offene Meer erreichen konnte. Die Routine war auch erforderlich, denn durch die Begrüßung mit Pablo und der halben Stunde Wartezeit war er nur noch bedingt nüchtern. Kaum vorstellbar, wer die Schäden bezahlen würde, wenn er eine der

Luxusjachten rammte. Die Versicherungsagenten würden sich vermutlich erst einmal querstellen. William aber machte sich darum keine Gedanken, schließlich belieferte er deren Chef regelmäßig mit seinen Zigarren. Irgendwie würde er zu gegebener Zeit auch eine solche Situation regeln. Im Hafen war das Wasser spiegelglatt. Ein wunderbar warmer und windstiller Tag. Die Sonne schien und, da Stress und Unruhe den Bootsführer noch nie haben erreichen können, sollte es für ihn ein weiterer, rundum gelungener Tag in der Karibik werden. Es dauerte etwa fünf Minuten, bis die »Captain Farrel« die Hafenausfahrt erreichte und in die offene See hinausfuhr. Das waren die Momente, in denen William körperlich spürte, seinen Kinder- und Jugendtraum vollends erfüllt zu haben. Auf eigenem Schiff und frei von allen Zwängen durch die Karibik schippern. Was konnte es schöneres geben. Von solchen Emotionen überrollt, aber auch vom Whisky beseelt, fühlte er die Freiheit und das Glück. Dieses Gefühl musste er einfach raus lassen, sonst würde er vor Freude platzen.

Er stand am Ruder auf der Brücke, einer gemütlichen Kabine Mittschiffs, aus der er - da sie einigermaßen hoch über Deck aufragte – eine prima Sicht in alle Himmelsrichtungen hatte. Neben den nautischen Instrumenten und technischen Einrichtungen gab es vieles, was diesen aus honigfarben schimmernden Zedernholz gebauten Raum sehr behaglich machte. Ein äußerst bequemer, großer, aber durch reichlichen Gebrauch und als unbedingte Folge des Alters abgewetzter Ledersessel, rundete das Bild der wohligen Gemütlichkeit ab. Selbstverständlich durften eine kleine Bar und eine Piratenkiste mit einem Sortiment bereits erwähnter Zigarren der »Super XXL Special Edition« Klasse nicht fehlen.

So manches Mal, wenn William keine Aufträge oder Ausflugsgäste hatte, fuhr er des Abends allein hinaus in den Sonnenuntergang, saß in seinem Sessel, trank ein paar Gläser und genoss den Duft und die Wirkung einer »Special Edition«. So ruhte er in sich, war er selbst und fernab solcher Regungen, wie sie Pablo und Charlotte umtrieben. In störte einfach nichts. Mit ihm konnte sich niemand streiten. Aber leider war er – beeinflusst vom Inhalt seiner Flaschen und der betörenden Wirkung seiner Lötkolben - zuweilen auch etwas nachlässig und unaufmerksam. Genau dieser Umstand sollte während des heutigen Ausfluges noch Bedeutung für seine beiden Landratten haben, die in diesem Moment am Heck in ihren Sonnenstühlen saßen und den schönen, links und rechts an ihnen vorbei gleitenden Hafen betrachteten.

Immer dann, wenn William aus sich heraus musste, tat er das, was er singen nannte. Er liebte die alten Seemannslieder und seine persönliche Nummer eins aus den Billboard-Charts der Piratenzeit war

>»Fuffzehn Mann auf des toten Manns Kiste,
ho ho ho und 'ne Buddel mit Rum!
Fuffzehn Mann schrieb der Teufel auf die Liste,
Schnaps und Teufel brachten alle um!«

Dieser Song und absoluter Millionseller, der seinerzeit vermutlich von so manchem Michael Jackson Vorläufer interpretiert worden war, entstammte »Der Schatzinsel«, dem bekanntesten Roman des schottischen Autors Robert Louis Stevenson, in dem von der hindernisreichen Suche nach einem vergrabenen Piratenschatz erzählt wird. Der in dieser Geschichte auf der Schatzinsel ausgesetzte und vermeintlich irre Freibeuter Ben Gun, der von den Piraten fälschlicherweise immer unterschätzt wurde und neben John Silver als einziger Gewinner aus der Story hervorging, hatte diese Zeilen immer gejohlt.

Ben Gun hätte sehr gut auf die »Captain Farrel« und zu William gepasst. Die zwei wären sicher dicke Freunde geworden. So aber dröhnte der Bootsführer den Songtext allein aus seinem Hals und unterließ es dabei nachhaltig, auf Moll und Dur zu achten. Auch von Rhythmus und Takt wollte er offensichtlich überhaupt nichts wissen. Seinem eigenen Musikverständnis nach konnte er sogar dreistimmig singen. Laut, falsch und mit Hingabe.

Die »Captain Farrel« war bereits ein Stück weit aus dem Hafen und schaukelte angenehm in der seichten Dünung. Das Tuckern des Motors, die Bewegung des Schiffes und die milde Brise hatte besonders Charlotte nahezu hypnotisiert, sie angenehm benebelt und in einen halbschlafähnlichen Dämmerzustand versetzt, als sie von den ersten schrägen Gesangstönen aus ihren Träumen gerissen wurde, aufschreckte und aus dem Lehnstuhl sprang, da sie die Schiffssirene eines vorbeifahrenden Dampfers zu hören gemeint hatte. Mit aufgerissenen Augen und rasendem Puls starrte sie zu William und versuchte, ihre hastige Schnappatmung zu bändigen.

»Es kann doch nicht angehen, dass dieser ungehobelte Hafensänger seinen Gästen den Garaus macht, in dem er sie mit einer derartigen Batterie absonderlichen Geplärres dem Herztod zuführt«, waren ihre ersten wütenden Gedanken, als sie einen Hilfe suchenden Blick zu Pablo warf, um dessen Reaktion auf diese Tonstörung auszuloten.

Dieser aber war eins geworden mit seinem Sonnenstuhl und rührte sich nur wenig, in dem er nach seinem Whiskyglas griff, einen geruhsamen Schluck zu sich nahm, um anschließend am   letzten Stumpen seiner Zigarre zu nuckeln. Charlotte fragte ihn aufgebracht, ob ihn das denn überhaupt nicht stören würde.

»Nein«, gab er leicht beduselt von sich, »ich höre einfach nicht hin! Und was auf diesem Planeten anfängt, hört irgendwann auch mal wieder auf«, war seine arbeitsscheue, altagsphilosophische Aphorisme, die bei ihr keinesfalls auf Verständnis traf.

»Es kann natürlich nicht anders sein, als dass die Herren der Schöpfung zusammenhalten«, ging es Charlotte durch den Kopf. Ein echter Kavalier wäre jetzt aufgestanden und hätte ihr zur Seite gestanden. Doch diese ignorante Untätigkeit würde sie dieser gefühllosen Notleuchte bei der passenden Gelegenheit noch heimzahlen. Sie malte sich aus, wie er wohl mit Würgemalen am Hals aussehen könnte - !

William bekam diesen Disput gar nicht mit. Die Arme ausgebreitet stand er hinter dem Steuerrad, in der linken Hand eine Flasche und rechts eine Zigarre, achtete nur darauf, dass sein Kahn geradeaus schipperte und wiederholte den für ihn musikalischen Hochgenuss noch einige Minuten lang.

Frustriert hatte sich Charlotte aufgrund fehlender Flucht-möglichkeiten oder geeigneter Waffen, mit denen sie dem verrückten Käpt'n die Gurgel hätte durchschneiden können, in das üble Schicksal des Unausweichlichen ergeben, wieder hingesetzt und sich die Ohren zugehalten, als nach einiger Zeit endlich Ruhe an Bord einzog.

So fuhren sie weiter und erreichten gegen Mittag eine nicht sehr große unbewohnte Insel, die allerdings keine Möglichkeit der Anlandung bot. Also ankerte die »Captain Farrel« in einer kleinen Bucht und William servierte seinen Gästen einen vorbereiteten leckeren Lunch, setzte sich zu ihnen und es entwickelte sich ein erstaunlich entspanntes Gespräch, in dem er ihnen vom Kauf und der Renovierung, aber auch von der Namensgebung seines Schiffes erzählte. Charlotte vermochte es eigentlich nie, ihre weibliche Rolle ganz auszublenden und so gefiel es ihr ungemein, dass alle Dampf-fer auf den Meeren dieser Welt genau wie die Erdteile ausnahmslos weiblich bezeichnet wurden, denn der Name der »Captain Farrel«

beispielsweise bezog sich ja eigentlich auf einen Mann, wie sie gerade erfahren hatte.

Pablo hatte die Gesangsnummer und den damit verbundenen stillen Vorwurf der Untätigkeit längst abgehakt und fragte Charlotte nach ihrer Herkunft. Diese aber hielt sich mit Auskünften über ihr Leben sehr zurück, musste jedoch vor sich selbst zugeben, dass sie sich in dieser Mittagsstunde nicht unwohl fühlte. Nicht, dass die beiden charmant waren, sie gingen ihr nur nicht so sehr auf den Nerv, wie zu Beginn des Ausfluges und außerdem waren beide viel zu neugierig.

Was ging ihr Leben andere Menschen und vor allem fremden Männern an (für sie waren – wie wir bereits gelesen haben - praktisch alle Männer fremd). Geschickt wich sie dieser Frage aus und wollte von Pablo etwas über Mexiko-City wissen. Freimütig und arglos, was er besser vermieden hätte, berichtete er von der riesigen Stadt in Mittelamerika, von seinem kleinen Maishandel und den Mädels im Büro, und deutete in diesem Zusammenhang die Geschichte mit den Steuerprüfern nur an, denn das musste ja nun wirklich nicht jeder detailliert erfahren. Die eigentlichen, nicht ganz sauberen Unternehmungen und Straßendeals erwähnte er überhaupt nicht. Es gefiel ihm, wenn er sich selbst so erzählen hörte und die aus seiner Sicht wunderbaren Machenschaften wie im Spiegel vor sich vorbeimarschieren sah. Das war sein Leben mit allen Facetten, das ihm sichtlich Spaß machte. Alles in seiner Welt war in Ordnung, seine Mädels liebten ihn, es gab keine Klagen (außer vom ewig nervenden Finanzamt) und so sah er keinen Grund, jetzt oder künftig irgendwas daran zu ändern.

Das alles war für Charlotte schon mehr als genug und viel zu viel. Sie glaubte, ihren Ohren nicht trauen zu können. Wer junge Mädels wie Sexsklaven hielt und mit der Erledigung suberotischer Aufgaben beschäftigte, war ganz klar ihr Feind. Wer ein solch

heruntergekommenes Leben führte und mit derartiger Überzeugung schilderte, war unbedingt ein mieser Macho. Ihr Weltbild
ließ hier keinen Spielraum zu. An dieser Stelle funktionierte sie,
hier wurde sie auf offener Front herausgefordert und wollte sich
der Konfrontation bedingungslos stellen und wetzte im Geiste
bereits die Messer. Dieses Prachtstück der Evolution wollte sie
noch rasieren, ohne Schaum, dafür aber mit stumpfer, verrosteter
Klinge.

»Diese ekelige, restlos verkommene Eiterbeule, diese herunter-
gekommene Filzmütze«, dachte sie insgeheim und verurteilte den
gemeinten aufs schärfste. Dass er seinen Angestellten ausgesprochen gute Löhne zahlte, weckte in ihr zusätzlich den Verdacht
der zumindest verkappten Zuhälterei. Sein Verantwortungsbe-
wusstsein für die Mädels und ihre Angehörigen hatte sie nicht mehr
wahrgenommen. Das wäre in ihrem Gericht aber auch nicht als
strafmildernd berücksichtigt worden. Sie warf ihm messerscharfe
Blicke zu und versuchte, ihn so aus der Reserve zu locken. Pablo
aber bekam nichts von ihrer Wut mit. Er freute sich über die gelungene Geschichte, stand auf, ging zu seinem Sonnenstuhl und holte
sich einen weiteren Whisky. Dass er sich beim Gehen hemmungslos
am Hintern kratze, brachte abermals den Schaum in Charlottes
Adern ins Spiel. Es lag auf der Hand, dass auch William die vier
netten Damen in Pablos Büro gern hätte. Die einzige, die während
der Bootsfahrt nun zum zweiten Mal um Haltung rang, war
Charlotte. Schweigend setzte sie sich auf ihren Platz und schnaufte
innerlich vor Wut.

Die »Captain Farrel« nahm alsbald wieder Fahrt auf und ließ das
kleine Eiland hinter sich zurück. Bis zur nächsten Insel war es noch
ein Stück des Weges und würde eine gute Stunde dauern. Nach
etwa dreißig Minuten des süßen Dösens rauschte und schäumte es
an der Backbordseite im Wasser unmittelbar neben dem Schiff, so

dass Pablo erwachte und seinen Augen nicht traute, als er mittschiffs eine Gruppe von weit über fünfzig Delfinen sah, die neugierig die »Captain Farrel« begleiteten. Er drehte sich kurz zu William und beobachtete, wie dieser grinsend über der Reling hing und sich über den Anblick der wunderschönen Tiere freute. Auch seine Majestät Ahab hatte sich aufgerichtet, um zu sehen, was ihn gerade aus dem Schlaf riss. Charlotte aber schlummerte noch tief, als Pablo sie vorsichtig an die Schulter tippte und sie bat, ihm zu seinem Platz zu folgen, von wo aus sie das Spektakel miterleben könnte. Als sie sich der Backbordreling näherte, nahm Pablo ihren Stuhl und stellte ihn neben den seinen. Beide schauten wortlos staunend auf das Meer hinaus. Die Delfine schwammen so dicht bei ihnen, dass sie fast mit den Händen erreichbar waren. Wenig ängstlich streckte Charlotte die Hand aus, aber die Tiere wichen   - wenn auch nur ein kleines Stückchen - zur Seite.

»Das wird ihnen kaum gelingen, denn Delfine lassen sich von Menschen nicht gern berühren. Sie haben eine viel zu empfindliche Haut«, sagte Pablo zu ihr in freundlichem Ton.

Charlotte fragte, ohne den Blick vom Wasser abzuwenden: »Gehören die alle zu einer Gruppe oder haben sich hier mehrere Familien getroffen?«

Pablo antwortete: »Delfine sind soziale Tiere, die in Gruppen zusammenleben. Diese sogenannten »Schulen« können sich an Stellen mit viel Nahrung vorübergehend zu unglaublichen Ansammlungen von über tausend Tieren zusammenschließen. Ich vermute, dass es hier viele Fische gibt und sie sich zur Jagd getroffen haben!«

Darauf Charlotte nach einigen weiteren Momenten des Staunens: »Und wie reden sie miteinander? Sie müssen das Treffen doch irgendwie verabredet haben?«

Pablo klärte sie auf: »Sie verständigen sich untereinander mit Klicklauten, Pfeifen, Schnattern und anderen Geräuschen. Sie kommunizieren aber auch durch Körperkontakt. Mittels hochfrequenter Töne sind sie zudem in der Lage, ihre Umwelt, insbesondere ihre Beute, wahrzunehmen und punktgenau zu orten!«

Das reichte ihr an Erklärungen. Schweigend sahen beide den Tieren noch eine ganze Weile zu und Charlotte dachte für einen Moment, dass der Mexikaner doch gar nicht so ungebildet war, wie sie vermutet hatte. Pablo seinerseits beobachtete, wie sie gleich einem kleinen Mädchen angesichts dieses berührenden Schauspiels strahlende Augen bekam und sich einfach nur freute. Wenigstens für einen kleinen Moment waren beide ein Stück weit von ihren Vorurteilen entfernt.

Als die Delfine einige Zeit später außer Sichtweite waren beabsichtigte Charlotte, wieder an die Steuerbordseite zu gehen. Pablo stellte ihren Stuhl zurück und überließ sie der warmen Mittagssonne. Auf dem Weg zu seinem Platz fiel sein Blick auf den Käpt'n, der ihm mit einer Handbewegung verständlich machte, auf die Brücke zu kommen. Dort angekommen stellte sich Pablo hinter das Steuerrad und bat darum, das Ruder übernehmen zu dürfen. William willigte ein und fragte, ober er einmal eine seiner Zigarren rauchen wollte. Das ließ sich Pablo nicht zweimal sagen, steckte eines dieser U-Boote an und fühlte sich unversehens als Kapitän auf großer Fahrt.

»Jetzt fehlt nur noch ein passender Drink und die Welt wäre perfekt,« gab er zu verstehen.

William mochte diesen verrückten Kerl und offenbarte ihm seine Schatzkiste mit einem Getränk, dass es nicht alle Tage zu saufen gab. Er verschwieg auch später dessen Herstellung, die sich so darstellte, dass er spät abends, wenn die Kneipen in Spanish Town langsam schlossen, eine Tour zu seinen vielen Kumpels, die hinter den Tresen der Lokale arbeiteten, startete, die nicht ganz geleerten Schnapsflaschen einsammelte und die Reste in einem großen Behälter zusammen kippte. Das so entstandene Gebräu füllte er anschließend in seine mit viel Fantasie vorbereiteten Flaschen und nannte es »Jack Sparrow's Nightmare!« Die fachgerecht erstellten Etiketten wurden mit einem »Jolly Rogers«, dem berühmten Sinnbild der Piraten, das auf schwarzem Untergrund einen weißen Totenkopf mit darunter gekreuzten Knochen darstellte, verziert. Über die Herkunft des Flaggennmannes rankten sich viele Vermutungen, von denen bislang keine bewiesen wurde, was für William aber keine weitere Bedeutung hatte. Da aufgrund der zusammengesammelten Reste immer unterschiedliche Mixturen entstanden, schmeckte der Inhalt der Flaschen jedes Mal anders, zuweilen recht abenteuerlich, hin und wieder aber auch wirklich gut. Was er seinem neuen Hilfskapitän aus einer frisch geöffneten Buddel anbot, gehörte zweifelsfrei zu einer der abenteuerlichsten »Nightmare-Varianten« und Pablo verdrehte sofort die Pupillen, als er das erste Glas in sich hineinschüttete. Er glaubte, es verschlug ihm den Atem und schnappte wie ein Fisch auf dem Trockenen nach Luft. William war da schon abgehärteter, aber auch Pablo gab so schnell nicht auf und füllte sein Glas erneut. Inzwischen wirkte auch die »Special Edition« und der Chefmexikaner glaubte sich im Nirwana. Er war völlig schwerelos und alles um ihn herum schien so unendlich leicht. Er gab sich der berechtigten Hoffnung hin, dass dieser Schwebezustand möglichst lange anhielt.

So tuckerte die »Captain Farrel« gemächlich durch die Wellen. Mit Pablo quasselte William über sein umgebautes Schiff, seinen wahr gewordenen Jugendtraum, wie ein Pirat in der Karibik leben zu können, erzählte von der sie umgebenden wunderbaren Inselwelt und den Piratengeschichten, die sich in dieser Gegend zugetragen haben sollten. Um Charlotte musste er sich nicht weiter kümmern, denn sie war ob der leicht schlingernden Bewegung des Schiffes längst eingeschlafen und bewegte sich keinen Millimeter. Was er aber dem sehr aufmerksam lauschenden Nachwuchskaptän verschwieg war, dass er eine (seine) Insel »Cannatopia« zumindest in kleinen Teilen bewirtschaftete. Er musste heute, entgegen seiner sonstigen Haltung, im Rahmen dieses Ausfluges einen Abstecher dorthin machen, um eine sehr kurzfristig eingegangene »Medium-Bestellung« am nächsten Tag in Spanish Town beliefern zu können, blieb aber in seiner Beschreibung bei einer namenlosen, unbewohnten Insel, auf der seine Gäste ein wenig spazieren gehen könnten, um die Schönheit der abgelegenen Strände unbeeinflusst zu erkunden. Da das Eiland nur wenige Hektar groß war, konnte sich dort niemand verlaufen. Der Zwischenstopp, auf den sich Pablo freute und über den er später auch Charlotte unterrichtete, sollte laut Käpt'n so etwa eineinhalb bis zwei Stunden dauern. Er plante bereits eine kleine Unternehmung und bat William für den Aufenthalt um eine weitere »Super XXL«, die er selbstverständlich auch bekam. Nach der Landung würde er sich die einsamste Stelle am Strand oder im Urwald suchen, die Zigarre völig ungestört paffen und sich bedingungslos dem nebulös-gewichtslosen Dahinschweben ausliefern. Was Charlotte unternehmen wollte, war ihm reichlich schnuppe. Hauptsache, sie würde nicht wie eine Klette an ihm kleben und nerven.

Es war etwa zwei Uhr am Nachmittag, als sie das Eiland erreichten und William mit dem Schiff auf die Felsen zuhielt. Erwartungsvollen Blickes starrte ihn Charlotte an und befürchtete, dass er inzwischen völlig besoffen war und nicht mehr wusste, was er tat. Diese spannungsgeladenen Momente hielten noch ein wenig an, als sich plötzlich und unerwartet zwischen Dschungelgestrüpp und Palmen eine kleine Durchfahrt öffnete, welche die »Captain Farrel« elegant passierte, um Sekunden später in einem romantischen Naturhafen einzufahren. An Backbord befand sich ein abgeflachter, länglicher Fels, der sich für das Schiff als prima Ankerplatz erwies. William brachte den Kahn mit geübtem Blick und geschicktem Handeln längsseits, bat Pablo, an Land zu springen und die Bug- und Hecktampen an die ihm gewiesenen Palmen zu binden.

Wie ein aufmerksamer Schuljunge sprang der cosmopolitane Fixstern über die Reling, erreichte den etwas rutschigen Felsen, legte sich infolge verlorenen Gleichgewichts ebenfalls längsseits, landete weich auf seinem dicken, runden Bauch, von dem Charlotte meinte, es wäre eine Scheinschwangerschaft und zappelte dabei mit Händen und Füßen wie ein auf dem Rücken liegender Maikäfer, der hilflos versucht, wieder auf die Beine zu kommen. Das aber gelang Señor Figueras nicht sofort. Auf dem schräg abfallenden Felsen forderte die Gravitation ihren Tribut und sorgte dafür, das er langsam ins Rutschen kam und sich so recht zielstrebig dem Sturz ins Hafenbecken nährte. Die Situation erkennend begann er, noch heftiger zu Rudern, denn als bekennender Macho vor einer derart kratzbürstigen Hardcore-Emanze abzustürzen, ließ sein Ego schlichtweg nicht zu. Was er aber nicht ahnte war, dass der Bootsführer, König Ahab und auch Charlotte an der Backbordreling stehend dem Drama begeistert zuschauten, wobei der Kater als einziger keine Miene verzog und eher gelangweilt dreinschaute.

William warf Charlotte einen Blick zu und rief amüsiert»Er hält sich recht tapfer, auch wenn seine Beine etwas zu kurz geraten scheinen!«

Charlotte aber zog es vor, nur leicht mit dem Kopf zu nicken und nicht zu antworten. Sie dachte bei sich, dass dieser trottelige Gnom ein kühlendes Bad durchaus vertragen könnte, wollte diesen Gedanken aber nicht weiter vorantreiben, denn er müsste ja anschließend seine Klamotten zum Trocknen aushängen und einigermaßen nackig umherlaufen. Genau dieses Bild mochte sie nicht im Kopf haben, da sie auch weiterhin gut schlafen wollte. Aus diesem Grunde schnitt sie ihren Gedanken den Weg ab und beobachtete aufmerksam das lächerliche Schauspiel.

Pablo jedoch hatte angesichts des nahenden Hafenbeckens für derart kritische Überlegungen überhaupt keine Zeit. Inzwischen war es ihm gelungen, einen Fuß in einen Felsspalt zu verkannten, Halt zu finden und nun auf allen Vieren einer Schildkröte gleich dem sicheren, etwa fünf Meter entfernten Waldweg entgegenzukrabbeln. Sein prächtiges Hinterteil in den Himmel streckend, rutschte der Bauch noch immer auf dem glitschigen Felsen, diesmal aber in die richtige Richtung. Die kurzen O-Beine und weit ausgefahrenen Tentakeln reagierten weitestgehend unkoordiniert miteinander und doch kam er langsam seinem Ziel näher. Erschöpft dort angekommen, prustete er zweimal durch, sortierte sich einen kurzen Moment, erledigte die ihm gestellten Aufgabe, in dem er die »Captain Farrel« festmachte, richtete sich zufrieden auf und rief dem Käpt'n zu: »Erledigt, Sir!«

So stand er da, freute sich wie ein Honigkuchenpferd, sah aber aus, als hätte er die Nacht in einem Müllkipper verbracht. Die Hose und das einst hellblaue Hemd waren über und über mit Dreck beschmiert, die Haare völlig zerzaust und aus dem runden, aber reichlich verschmutzten Gesicht leuchtete mit strahlend weißem Gebiss das ewig freche Grinsen.

Insgeheim dachte sich Charlotte: »Kaum zu glauben, aber der Irrwitz hat nicht nur einen Namen, sondern auch das dazu passende Gesicht und bewertete die Felsennummer mit der Haltungsnote Nullkommanichts. Vom Kapitän aber erhielt Pablo aufmunternden Beifall für eine gelungene, wenn auch lustige Anlandung.

Wenig später, als auch Charlotte und William an Land gegangen waren, sagte der Käpt'n:»Ich habe ein paar Schritte von hier etwas zu erledigen und würde Euch bitten, den kleinen Spaziergang ohne mich zu machen und die ohnehin nicht sehr große Insel zu erkunden. Tiere gibt es hier bis auf die Vögel keine, sodass Ihr Euch frei und sicher bewegen könnt. Um aber noch vor dem Dunkelwerden wieder in Spanisch Town sein zu können, sollten wir hier in spätestens zwei Stunden ablegen!«

Er wies beiden den Weg zu einem traumhaft schönen Strand in wenigen hundert Metern Entfernung auf der anderen Inselseite, schulterte seinen großen Rucksack und verschwand im nahen Dschungel.

Die Emanze und der Macho standen sich jetzt allein gegenüber, sahen einander an und Pablo fragte in uninteressiertem Ton aber guter Hoffnung, dass Charlotte allein sein wollte, welchen Weg sie zu gehen beabsichtigte.

»Den anderen!«, war ihre bestimmte Antwort, über die sich das mexikanische Wunderkind sehr freute.

»Soll diese spießige Evolutionsbremse doch dorthin gehen, wo der Pfeffer wächst«, ging es ihm durch den Kopf.

Um keinen Zweifel und die Möglichkeit ihrer Neuorientierung aufkommen zu lassen, wandte er sich unversehens ab und ging den vom Käpt'n beschriebenen Weg, um sich ein abgelegenes Plätzen zu suchen. Tatsächlich waren es nur wenige Schritte durch den Urwald, bis sich vor ihm die karibische Schönheit eines verlassenen Strandes ausbreitete. Er fragte sich, wie oft Menschen hier vielleicht schon unterwegs gewesen waren. Viele mochten es nicht sein und er dankte dem Kapitän, ihm hier zwei Stunden des Alleinseins ermöglicht zu haben. Der Wald reichte bis fast ans Ufer und der Strand war gerade mal fünf Meter breit. Pablo setzte sich unter eine schräg zum Meer geneigte Palme, kramte seine sicher verstaute »Special Edition«, die den Kampf auf dem Felsen unbeschadet überstanden hatte, heraus, steckte sie sich ins Gesicht, ließ sich vom angenehm duftenden Rauch und dessen betörende Wirkung davontragen, reicherte den Genuss mit ein zwei Schlucke aus einer kleinen »Jack Sparrows Nigthmare-Flasche«, die ihm der Käpt'n sozusagen als Reiseproviant mitgegeben hatte, an und versank ungestört im Nirgendwo. Nichts störte. Er sah aufs Meer, ohne auch nur einen Gedanken zu haben. Er war einfach nur da. So döste er dahin und war glücklich mit sich und der zumindest in diesen Momenten friedlich wirkenden Welt.

Charlotte war zeit ihres Lebens sehr oft allein unterwegs gewesen und wollte auch den Aufenthalt hier ungestört verbringen. Provokativ hatte sie sich tatsächlich in die genau entgegengesetzte Richtung aufgemacht und von Pablo Figueras entfernt. Den mittelamerikanischen Gurkenlurch zwei Stunden allein ertragen zu müssen, war für sie unannehmbar. Nur einen Moment dachte sie darüber nach, was dieser wohl gerade treiben würde und konnte natürlich nicht wissen, dass sie mit ihrer Vorstellung sozusagen den Nagel auf den Kopf getroffen hatte.

Die Insel aber bot für jeden etwas, sodass auch sie nach zehn Minuten eine idyllische Bucht fand, sich in einem schattigen Örtchen niederlegte und aufgrund der Bootsfahrt, der frischen Seeluft und der Ruhe schnell einschlief. Mag sein, dass sie zuweilen auch von einer Familie träumte. Man durfte aber davon ausgehen, dass ihre irdische Lebenshaltung auch im Land der Träume real war und sie die Vendetta gegen die Chauvinisten dieser Welt fortführte. Für sie war es sicherlich ausreichend, wenn sie im Schlaf nicht von bösen Männerbildern wie dem betrunkenen Kapitän oder der wahnsinnigen Situation am Felsen verfolgt wurde.

William aber war frohen Mutes zu seiner nahe beim Hafen, jedoch versteckt liegenden Cannabisplantage gegangen und hatte aus seinem Vorratslager die bestellten Zigarren nebst ein paar Reserveexemplare in den Rucksack gepackt, sich mit einer besonders angemischten »Super XXL Special Edition« bequem auf einen Baumstumpf gesetzt und ihrer fantastischen Wirkung hingegeben. Da er aber daran gewöhnt war, schlief er nicht ein, sondern raffte sich nach etwa einer Stunde auf, trödelte langsam zum Hafen und kramte noch eine Weile an Bord herum. Wir hatten zuvor schon erfahren, dass William zuweilen etwas nachlässig war. Benebelt und leicht weggetreten von der Zigarre verstärkte sich diese Wesensart und er fühlte sich, da er hier auch sonst nie in Begleitung vor Anker gegangen war, herrlich allein, das heißt, ihm war nicht mehr erinnerlich, dass er noch zwei Touristen mitgebracht hatte. Ganz in seine Arbeit vertieft entschloss er sich alsbald, die Anker zu lichten und die Weiterfahrt anzutreten. Hätte Monsinore Ahab reden können, wäre das, was nun geschah, ganz sicher ausgeblieben. Nun ist allen bekannt, dass es mit dem Sprechen bei Katzen nicht sehr weit her ist. Das wusste der Vierbeiner am Bug selbst aber auch, warf William einen unlustigen Blick zu und nickerte entspannt weiter.

Etwa zu gleichen Zeit erwachte Charlotte und begab sich langsam auf den Weg zum Schiff. Inzwischen waren sie heute schon lange unterwegs und sie freute sich auf ihr Hotel, eine warme Dusche, ein leckeres Abendessen und eine angenehme Nacht in ihrem weichen Bett. Doch sollte es sehr bald ganz anders kommen, als sie erwartete.

Auch Pablo war wieder auf den Beinen, jedoch alles andere als wach. Reichlich benommen von den in seinem Körper aktiven Aromen und Stoffen tapste er Richtung Hafen, musste sich, bevor er aus dem Wald trat, aber wieder setzen, wo ihn Charlotte wenig später im Vorbeigehen vor sich hindümpeln sah und erneut mit giftigem Blick betrachtete. Das war also das erste, was sie bei ihrer Rückkehr erblickte. Das zweite und fast im selben Moment war die »Captain Farrel«, die ihren Liegeplatz verlassen hatte, langsam aus der Hafeneinfahrt tuckerte und das offene Meer ansteuerte.

»Wie kann es dieser fragwürdig unterbelichtete Leerlaufbeschleuniger wagen, seine Gäste zu vergessen und hier allein zurückzulassen«, maulte sie aufbrausend und anklagend.

Ungläubig und entsetzten Blickes schoss es ihr durch den Kopf, dass sie zusammen mit diesem dämlichen Hanswurst auf dieser Insel bleiben müsste, anstatt in ihrem schicken Hotelzimmer schlafen zu können. Noch aber war nicht aller Tage Abend und das Boot zumindest in Rufweite. Also sprang sie auf die felsige Landzunge, über die sie dem davonfahrenden Schiff den Weg ein Stück weit abschneiden konnte. Es dauerte nur wenige Sekunden, bis sie freie Sicht auf das Meer hatte, um winkend wie eine unter Starkstrom stehende Vogelscheuche und laut rufend auf sich aufmerksam zu machen, dabei aber feststellte, dass der Kapitän nichts mit bekam. Eigentlich hätte er sie hören müssen, aber voll des »Jack Sparrow Nektars« und ordentlich bekifft war er reichlich abwesend. Außerdem hatte er hier bei seinen bisherigen Inselaufenthalten nie einen Blick zurückwerfen müssen und tat das aus alter Gewohnheit auch an diesem Tage nicht.

Irgendwann sah auch Charlotte ein, dass das Rufen und Winken keinen rechten Sinn mehr machte, denn die »Captain Farrel« war inzwischen weit draußen. Sie wusste aber sofort, den Schuldigen zu benennen, der zwar noch immer benommen unter der Palme saß, aber langsam wieder zu Bewusstsein kam. Aus ihrer verständnislosen Aufgebrachtheit, wie dieser Dummbeutel einfach davonfahren konnte, entwickelt sich eine gehörige Portion Wut, die nun als rapide anwachsender Tsunami volle Breitseite auf den

Herren aus Mexiko-City zurollte. Dieser aber wusste noch nichts von dem ihm drohenden Unheil und war eifrig damit beschäftigt, seine Pupillen scharf zu stellen, was erst mal nur auf einem Auge funktionierte. Das reichte aber aus, die fehlgeleitete Emanze auf sich zurasen zu sehen.

»Erstaunlich, wie flink sich diese missgelaunte, übergewichtige Hupfdohle bewegen konnte«, war einer seiner ersten einigermaßen klaren Gedanken.

»So etwa«, dachte er, »fühlt sich die Beute eines Löwen, bevor es ihr an die Gurgel geht.«

Um die Seine machte sich Pablo nun auch ernsthafte Gedanken und versuchte, die Rübe einzuziehen, im Sand abzutauchen und irgendwie unsichtbar zu werden, was natürlich nicht gelingen konnte. Er hatte keinen blassen Schimmer, was die Frau so in Rage versetzt hatte, ihm war aber mehr als klar, dass er das Ziel ihrer Attacke sein sollte. Das »Warum« vermochte er in der Eile nicht zu klären, war sich aber ziemlich sicher, nichts getan zu haben. Das aber sollte es sein, was Charlotte ihm gleich vorwerfen würde. Beim Näherkommen sah er ihren furchterregenden Gesichtsausdruck und wünschte sich zurück in die Dämmerwelt, aus der er sich gerade verabschiedet hatte. Dort war alles so leicht, gefahrlos und beschwingt.

»Warum musste das Erwachen aus solchen Träumen immer so ernüchternd sein?«, flüsterten ihm seine Gedanken zu.

Das Ungeheuer jedenfalls bremste wie ein Quarter Horse, das sich mit den Hinterbeinen in den Sand stemmte, baute sich bedrohlich vor ihm auf, fuhr über ihn her, wie der Teufel über eine verlorene, dunkele Seele und blaffte ihn an: »Habt Ihr das abgesprochen und gibt es etwas, was ich nicht weiß ?«

Bedröppelt und unschuldig dreinblickend zuckte Pablo nur die Schultern, was so viel heißen sollte wie: »Ich weiß von überhaupt nichts!«

Darauf Charlotte: »Warum sitzen Sie hier bekifft im Sand und schauen blöd zu, wie diese verrückte Flachzange, die man in der Kindheit vermutlich zu fest gewickelt hatte, uns hier zurücklässt und einfach abhaut?«

Pablo wusste nichts darauf zu antworten, weil er von all dem nichts mitbekommen hatte, schaute mit leerem Blick in die Gegend und wollte sich aus reinem Selbstschutz langsam dünne machen. Dazu rappelte er sich mühsam auf und suchte den passenden Moment, die Flucht ergreifen zu können. Dieser mit enormer Phonstärke ausgeführte Angriff war wie ein apokalyptischer Vollwaschgang, als wäre er von einem besoffenen Junkie rasiert worden. Zurückweichen war ihm ein unbekannter Begriff, doch hier meldete sich die uralte Erfahrung des Homo sapiens. Instinktiv senkte er sein Haupt, kreuzte die Arme über dem Kopf und erwartete neben dem verbalen Scharmützel auch schmerzhafte Attacken an empfindlichen Körperteilen zwischen Scheitel und Sohle, sozusagen eine Ganzkörperdröhnung.

Es war eine ganz natürliche Reaktion, von der er meinte, es könnte auch die letzte in seinem Leben gewesen sein, dass er einen Schritt rückwärts tat. Und genau hier endete dann auch sein gerade wiedererlangtes Bewusstsein, denn es war nicht so ganz unnatürlich, dass ausgerechnet an dieser Stelle eine Kokosnuss nach ihrem Sinkflug von der hinter ihm stehenden Palme im Sand zum Liegen gekommen war, ihn im wenig vorsichtigen Rückwärtsgang zunächst ins Stolpern und anschließend zum Sturz brachte. Da er nicht mehr der Jüngste war, landete er auch nicht so elegant wie noch in jungen Jahren, sondern kippte wie ein morscher Telefonmast stocksteif um und schlug der Länge nach auf dem Boden. Dumpfes Dröhnen breitete sich sogleich in ihm aus und katapultierte ihn in ein dunkles, sternenbedecktes Universum. Er schwebte durch die Leere, als hätte es die Gravitation nie gegeben. Dieses Vakuum fühlte sich aber gar nicht so übel an und war mit dem Bad in einem warmen Honigteich vergleichbar. Wenn das sein Ende gewesen sein sollte, dann konnte es noch eine Zeit lang so weitergehen. Sollte jetzt aber auf der anderen Seite des Himmels sein neues Leben beginnen, dann war zu befürchten, dass er aufgrund seiner bisherigen Aktivitäten in der anderen Welt als Einzeller herum vegetieren würde. Eine grausame Vorstellung. Keine Geschäfte, keine Tequilas, keine Tacos, keine Mädels mehr, nur stumpfes Dasein. Der gestrauchelte Desperado im Körper einer Amöbe. Die viel diskutierte Nummer mit der Seelenwanderung müsste dringend nochmal neu überdacht und auf seine Vorstellungen angepasst werden. Glücklicherweise kam es anders. Als er nach geraumer Zeit erneut und zum zweiten Mal an diesem Tag zu sich kam, sah er auf das Meer und spürte den warmen Südwind. Ohne Zweifel, er lebte noch. Um ihn herum war es leise, nichts zu sehen oder zu hören. Er war ganz allein, richtete sich auf, sah sich vorsichtig um, suchte nach der wild gewordenen Zimtzicke und lotete aus, ob und welche unmittelbaren Gefahren noch von ihr ausgingen. Als ihm klar wurde, dass sich William tatsächlich ohne sie aus dem Staub gemacht hatte, vermutete Pablo richtig, dass Charlotte auf die andere Seite der Insel gelaufen war, um vielleicht doch noch die Aufmerksamkeit des Kapitäns auf sich lenken zu können. Hauptsache, dachte er bei sich, sie versuchte das noch möglichst lange. Langsam stellte er fest, dass das seltsame Gesöff und die Zigarren durstig machten. Allerdings wusste er nicht, ob und wo auf dieser Insel Wasser zu finden war. Als sich auch der Hunger zu Wort meldete, fand er die Lösung unmittelbar neben sich im Sand liegend und fixierte die Kokosnuss, über die er zuvor gestolpert war, mit lächelndem Blick und prophezeite ihr ein baldiges Ende. Wenige Meter vor sich entdeckte er einen scharfkantigen Stein, mit dem er die harte Nussschale bearbeitete, sie einigermaßen leicht öffnen und daraus den kühlen, süßen Saft trinken konnte. Es war, als pinkelte ihm ein Engel auf die Zunge. Der betörende Geschmack des Getränkes weckte in ihm auch den letzten noch schlafenden Lebensgeist, sodass er sich ruckizucki erholte und über das ebenso lecker schmeckende Fruchtfleisch hermachte. Charlotte war irgendwann zurückgekommen und fluchte immer noch vor sich hin.

»Die hochnäsige Spinatwachtel sieht nun gar nicht mehr so aufgeräumt und selbstsicher aus, wie den Tag über«, stellte Pablo für sich fest, machte aber keine Anstalten, sie auf die äußerst leckeren und in Mengen herumliegenden Kokosnüsse aufmerksam zu machen.

»Soll sie doch Durst und Hunger haben«, ging es ihm durch den Kopf und versprach sich selbst ihr erst dann zu helfen, wenn sie von ihrem Feldherrenhügel herabgestiegen war, ihn sozusagen auf Knien anflehte, sie zu retten. Er mochte ja selbstbewusste Frauen, die ihre Überzeugungen hatten, aber was diese Braut bislang zum Besten gegeben hatte, passte in keinen Karton.

»Der hat uns tatsächlich hier zurückgelassen«, rief Charlotte aus dem Wald. Sie schnaufte wie eine alte Dampflok und schien eine schlaue Antwort zu erwarten.

Pablo erwiderte: »Er wird schon wiederkommen! Wir werden hier nicht verschimmeln!«

»Mag ja sein«, zeterte sie, »aber was machen wir bis dahin!«

»Auf keinen Fall shoppen gehen«, rutschte es aus Pablo heraus und im selben Moment wusste er, dass das nicht das Klügste war, das er hätte sagen können.

»Was für ein lustiges Späßchen«, konterte Charlotte. »Ihr Witz scheint eine nicht versiegende Quelle der Unterhaltung zu sein. Von daher können wir uns sicher auf eine erholsame Zweisamkeit freuen«, setzte sie noch einmal nach.

Pablo fragte sich: »Zweisamkeit mit dieser Nebelkrähe ...? Das kann doch niemals des Schicksals wirkliche Absicht gewesen sein«, und wünschte sich, er hätte zuvor die Klappe gehalten. Um der anhaltenden Bedrohung aus dem Weg zu gehen, lenkte er ab und suchte eilig das Weite.

»Ich gehe mal eben Holz für ein Lagerfeuer sammeln!«, hörte sie ihn sagen, als er mit der letzten Silbe im Dickicht des Dschungels verschwand.

Charlotte ließ er einfach zurück. Ihm war es egal, was sie trieb, Hauptsache, sie kam ihm nicht hinterher gedackelt. Was er nicht wissen konnte, war, dass Charlotte sich im Dunklen fürchtete, aber soweit war der frühe Abend noch nicht vorangekommen. Im milden Licht der sich dem Horizont zuneigenden Sonne war sie noch ganz Emanze. Pablos Verhalten, das sie den ganzen Tag genießen durfte, bestätigte sie umfänglich in ihrem Denkschema, dass Gott, als sie die Männer erschaffen hatte, reichlich betrunken gewesen sein musste.

Pablo indessen war eine gute Stunde unterwegs und hatte mittels Palmblätter eine Menge trockenes Treibholz zusammengebunden, zog den Stoß keuchend hinter sich her und erreichte kurz vor dem Dunkelwerden den Hafen, wo Charlotte ungeduldig wartete und ihn rückwärts, mit feistem Gesäß zuerst, auf sich zukommen sah.

»Was für ein schmieriger Pausenclown«, sagte sie sich. »Es ist bestimmt kein Zufall, dass man als Vogelscheuchen immer nur Männer aufstellt!«

In Anbetracht der heranziehenden Nacht nahm sie aber Abstand davon, derartige Gedanken hörbar zu äußern. Ihre Angst davor war stärker, als ihre emanzipierte Seelenhaltung und von daher musste sie sich mühen, diesen Spaghettisultan gnädig zu stimmen, zumindest, bis es wieder hell würde.

Pablo war wie beim Anlegen des Schiffes in seinem Element und schonte sich keineswegs. Er machte nahe dem Dschungel ein wunderbar flackerndes und wärmendes Lagerfeuer, das aufgrund des gesammelten Holzvorrates bis zum Morgen brennen konnte. Als Zigarrenraucher hatte er sein Feuerzeug immer dabei und so war dieser Teil des Abenteuers leicht zu bewerkstelligen. Charlotte fragte ihn in erstaunlich freundlichem Ton, warum er das Feuer nicht nahe am Wasser unter den Palmen machte.

Seine Antwort blieb nicht lange aus: »Weil Kokosnüsse gefährlicher sind als Haie!« Er ließ diese Worte zunächst unkommentiert wirken und beobachtete Charlottes fragenden Gesichtsausdruck, die am liebsten losgeballert hätte, sich aber aus bekanntem Eigennutz nachsichtig zeigte.

»Jegliches entgegenkommen beinhaltet auch eine Begehrlichkeit«, misstraute Pablo dieser Reaktion und zermarterte sein Hirn, was diese Schnepfe vorhatte, da sie sich wie ausgewechselt so ganz anders benahm, als bisher.

Weil auch er an einer gefahrlosen Nacht interessiert war, nahm er den Ball des Entgegenkommens auf und erklärte mit vorsichtigem Blick und einem zwinkernden Auge: »Durch Haiangriffe stirbt weltweit jedes Jahr statistisch betrachtet ein Mensch, jedoch kommen im gleichen Zeitraum zehn Menschen durch herabfallende Kokosnüsse zu Tode. Aus diesem Grund setzt man sich nicht unter Palmen!«

Entgeistertes Staunen überzog Charlottes Gesicht. Das war das erste Mal, dass ihr ein Mann etwas nachvollziehbar erklärte, auch wenn sich der Vergleich etwas absonderlich anhörte. Sie war allgemein der Überzeugung, dass Männer ständig Lärm und Chaos verbreiteten und meinten, den Ton angeben zu müssen und alles zu können, was ja nachweislich nicht stimmte. In diesem Moment aber glotzte sie mit ungläubigem Blick und wollte die Situation als die Ausnahme von der Regel gelten lassen.

Pablo, noch immer arg misstrauisch und in Erwartung feindseliger Attacken aus der Flanke unter Hochspannung stehend, nutzte die Gunst der Stunde, öffnete ihr eine Kokosnuss, gab ihr den Saft zu trinken und riet ihr in Ermangelung anderer Nahrung, das Fruchtfleisch zu essen. Damit überraschte er Charlotte innerhalb weniger Minuten ein zweites Mal und brachte sie in innere Begründungsnöte, wie sie seine erneut unerwartete Aufmerksamkeit emanzipatorisch einzuordnen hatte.

Als es Abend geworden war, saß das ungleiche Paar am wärmenden Feuer und musste sich nun irgendwie arrangieren, um die kommenden Stunden für beide erträglich zu gestalten. Zuvor war es immer möglich gewesen, sich aus dem Wege zu gehen und Pablo hätte auch jetzt gern zwei getrennte Feuer gemacht. Nun saß die Drama-Queen aber nicht sehr weit vor ihm und rabberte irgendwelches unwichtiges Zeug, als er intensiv damit beschäftigt war, eine Verhaltensstrategie zu überlegen.

Man konnte ja eigentlich nicht sagen, dass Pablo ein diskreter Typ war. Mit diesem Wesenszug war zu Hause kein Blumentopf zu gewinnen. Er war Mexikaner. Da gehörte es sich einfach, ein ordentlich gesundes Selbstbewusstsein zu haben und sich keinesfalls die Butter vom Brot nehmen zu lassen. Heute aber war zu selbstbewusstes Verhalten gefährlich und er belauerte die humorlose Ölschnepfe, die er möglichst weit wegwünschte.

Charlotte zettelte so etwas wie ein Gespräch an und fragte in reichlich verdächtig süßem Ton, wie man in Mexiko-City die

Abende nach der Arbeit verbrachte. Die Frage war einfach, aber er vermutete eine miese Finte, um ihn in irgendeine Falle zu locken. Also zögerte er einen Moment und erzählte dann vorsichtig, dass er oft mit seinen Freunden in den Bodegas abhängt, Tequila trinkt und Spaß hat.

»Natürlich«, dachte sie, »den Mädels an die Wäsche gehen. Das ist doch immer das gleiche!«

Sie hörte jetzt gar nicht weiter zu, bastelte sich ihr einfarbiges Bild zurecht, wie es in einer solche Bodega zugehen könnte und kam zu dem Schluss, dass Sodom und Gomorrha dagegen nur ein Kinderspielplatz gewesen sein konnten. Dabei dachte sie, dass Männer nur aus einem Grund ein Chromosom mehr haben als ein Schwein, nämlich, damit sich ihr Schniedelwutz nicht kringelt, überlegte aber auch die Möglichkeit nebst aller infrage kommenden Konsequenzen: »Sollte dieses Gen ausgerechnet bei dieser verwurmten Bücherstütze fehlen?«

Pablo bemerkte, wie sich ihre Stirn in Falten legte und dachte: »Wenn Blicke töten könnten, wäre diese Pimpernelle eine Serienkillerin!«

Um der auf ihn zufliegenden Lassoschlinge auszuweichen, fragte er sie nach ihrem Beruf und ihrem Leben. Ohne jedoch wirklich zuzuhören, beobachtete er sie und meinte, dass sie eine ziemlich schräge und verhärmte Tussi war. Insgeheim wünschte er sich in seine heimatliche Umgebung zurück, dachte an seine netten kleinen Geschäfte, die – auch wenn sie zuweilen ziemlich dubios waren - nach erfolgreichem Abschluss immer ordentlich gefeiert wurden, an Tequila, seine vier Mädels und die Freunde. Inzwischen fehlte ihm auch das Finanzamt, weil es ja doch immer zusätzliche Spannung und Spaß in sein Leben brachte.

So ging der Abend langsam dahin, beide hatten eine Zeitlang wortlos in die Flammen geschaut und als es einigermaßen spät war, beendete Charlotte das tonlose Nebeneinander mit einem kurzen: »Schön!«

Das hieß in der Übersetzung für Pablo: »Das Gespräch ist beendet, sie hatte recht und er die Klappe zu halten!« Er machte allerdings auch keine Anstalten, sie in ihrem Vorhaben zu unterbrechen.

Als er ihr durch eine Geste einen ausgesucht entfernt liegenden Schlafplatz empfahl, antwortete sie: »Schon in Ordnung!« Sie stand auf, ging langsam davon und spürte, wie der Schiss vor dem Alleinsein sich ihrer bemächtigte. Aus diesem Grunde wagte sie es doch nicht, sich all zu weit zu entfernen und legte sich in Sicht- und Rufweite an einem lauschigen Plätzchen in den warmen Sand.

Das, so hatte Pablo einmal von einem einigermaßen glücklich verheirateten Freund erfahren, ist das gefährlichste, was eine Frau zu einem Mann sagen kann und bedeutet, dass sie lange und intensiv darüber nachdenken wird, bevor sie sich entscheidet, wann und wie Du für Deinen Fehler bezahlen wirst.

»Nun gut«, dachte er, insbesondere der Abend war nicht das, was sich ein Mann unbedingt wünscht, aber Fehler hatte er eigentlich keine gemacht und so verdrängte er alle weiteren Gedanken, die in diese Richtung zeigten.

Charlotte sah das natürlich ganz anders, verspürte aber keinerlei Angriffsgelüste. Der Tag war zu lang und zu anstrengend gewesen, als dass sie sich jetzt noch irgendwelcher Attacken hingeben wollte.

Pablo blickte durch die kleiner gewordenen Flammen auf das Meer und döste noch lange vor sich hin, als er tief in der Nacht, es war nur wenig kühler geworden, verdächtige Geräusche aufschnappte und vorsichtig zu Charlotte blickte. Er konnte sie nicht erkennen und vermutete übles. Er hatte später am Abend noch überlegt, ob sie im Schlaf vielleicht doch zu Gewalttätigkeiten neigte und hatte keinen blassen Schimmer, worum es den emanzipierten Kämpferinnen überhaupt geht, fürchtete aber, von dieser lustlosen Kröte entmannt zu werden. Trotz aller Anstrengungen vermochte er aber nichts zu sehen und stellte sich vor, wie sich diese Emanze über ihn hermachte, ihm die Klamotten vom Leib riss und ihm keine Chance der Gegenwehr ließ. Je länger er sich diesem Gedankenbild hingab, desto schlimmer wurde die Situation vor seinem geistigen Auge. Was in aller Welt sollte er jetzt tun? Er spürte, wie sich Schweißperlen auf seiner Stirn bildeten.

William hatte am Spätnachmittag etwa eine Stunde Fahrt zur nächsten Insel zurückgelegt und war im dortigen Hafen der Inselhauptstadt Santa Cruz vor Anker und zeitig zu Bett gegangen. Auch ihn hatten die Zigarren und der Schnaps ziemlich mitgenommen. Die Müdigkeit traf ihn wie ein Schlag mit der Keule, der Tiefschlaf riss ihn mit sich und ließ ihn erst kurz vor Sonnenaufgang wieder erwachen. Noch leicht benommen stand er bei einem heißen Kaffee am Heck des Schiffes, genoss die morgendliche Ruhe, bis er rein zufällig Charlottes Handtasche auf ihrem Sonnenstuhl liegen sah. Ahab hatte sich unerwartet von seinem Thron erhoben, saß neben dem Fundstück und raunte ein mahnendes »Miau« über die Schiffsplanken. Siedend heiß fielen ihm seine beiden Passagiere ein und weckten in ihm, dem sonst alles irgendwie nichts anging, ungeahnte Bewegungsenergie.

Jetzt verstand er auch das Mauzen des Katers, der ihm diesmal sagen wollte: »Hättest Du mich gefragt, ich hätte Dir schon gesagt, dass Du »Cannatopia« nicht ohne Deine Gäste verlassen solltest!«

Blieben am Ende einige ungeklärte Umstände. Fragt man einen Kater, was er denkt? Nein, natürlich und im besonderen dann nicht, wenn man voll von Alkohol und Kiff ist. Außerdem können Katzen gar nicht reden. Aber recht gehabt hätte seine Majestät Ahab schon.

Unvermittelt machte er die Leinen los und nahm direkten Kurs auf »Cannatopia«, wo er bei ruhiger See auch eine Stunde später eintraf.

Zu diesem Zeitpunkt aber kämpfte Pablo noch immer und heftigst mit den aufwühlenden Szenarien eines drohenden Überfalls. Er hatte sich jetzt in Position gebracht und seine Umgebung fest im Blick, als ihn unvermittelt etwas von hinten auf den Kopf schlug. Dröhnender Schmerz breitete sich in ihm aus. Er meinte zu stürzen, versuchte sich noch umzudrehen und den andauernden, hinterlistigen Angriff abzuwehren. Beim Versuch, dem nur schemenhaft erkennbaren Gegner an die Gurgel zu gehen, riss er unvermittelt die Augen auf, stellte fest, dass die Sonne aufgegangen war und die »Captain Farrel« im Hafen vor Anker lag, als wäre sie nie weg gewesen. Charlotte saß bereits wieder auf ihrem Sonnenstuhl und William winkte ihm freundlich lächelnd zu, an Bord zu kommen.

Pablo sortierte sich und wusste nicht sofort, wo er eigentlich war, brauchte einen Moment der Orientierung und rappelte sich langsam auf, um erstaunt aus der Wäsche blickend und mit reichlich wackeligen Beinen, dafür aber mit noch nicht ganz scharfem Fokus durch den warmen Sand zum Schiff und an Bord zu stolpern.

Charlotte, aufgrund des zurückgekehrten hellen Tageslichtes wieder ganz und gar furchtlose Emanze, hatte nur eine verächtliche Geste für die in ihren Augen bizarre Krämerseele aus dem Tequila - Eldorado, als Pablo - als er unaufgefordert die Leinen des Dampfers gelöst hatte – schnaufend über die Reling an Bord kletterte. Nachdem der Dieselmotor der »Captain Farrel« angeworfen wurde und das Schiff nebst selig schlummernden Kater wenig später die Insel verließ, hallte es erneut in reichlich schrägen Tönen über das Hafenbecken .....

»Fuffzehn Mann auf des toten Manns Kiste,
Ho ho ho und 'ne Buddel mit Rum!
Fuffzehn Mann schrieb der Teufel auf die Liste,
Schnaps und Teufel brachten alle um!«

Galveston

Es war Oktober in Texas und die Sonne brannte nicht mehr so, wie es noch in den vergangenen Monaten gewesen war. Im Süden der Vereinigten Staaten von Amerika wird von einem schlechten Sommer gesprochen, wenn man sich aufgrund der Hitze oftmals drei Monate am Stück und länger während der Abendzeit nicht vor das Haus setzen kann, um die freien Stunden mit der Familie zu genießen, einen Plausch mit dem Nachbarn zu halten und entspannt seinem Leben nachzugehen. Das Gen für ein entspanntes Lebenstempo liegt den Texanern praktisch im Blut und auch die Zeit vergeht hier irgendwie langsamer als anderswo. Beides wird geprägt von den oft extremen, über längere Zeiträume anhaltenden Temperaturen von vierzig Grad Celsius und mehr. Das Klima an der Küstenlinie des Golfs von Mexiko ist aufgrund des angenehmen Windes, der etwas lindernde Kühle vom offenen Meer in das Land bringt, durchaus erträglicher als im Binnenland und im Herbst, wenn das Jahr zum Endspurt ansetzt, kann man nicht umhin, das Wetter auf Galveston Island als äußerst angenehm zu bezeichnen. Aufgrund der Trockenheit dieses Teils der USA ist es mit dicken Wolken ohnehin nicht weit her, sodass die Sonne fast das ganze Jahr über scheint. Außer, es ist die Zeit der Tornados. Dann ist Schluss mit lustig und die Gelassenheit der Menschen besonders in den Bundesstaaten Alabama, Louisiana und Florida, aber auch entlang der Tornado-Alley, das ist das Amerika zwischen den Rocky Mountains und den Appalachen, wird von Angst und Sorge bestimmt, denn diese Stürme haben es in sich. Wer so etwas noch nicht erlebt hat, würde sich sehr wundern, wenn die riesigen Gewitter- und Sturmwolken über ihm nicht von einer Richtung in die andere ziehen, sondern im Kreise drehen, sich überschlagen, ineinander verquirlen und immer wieder ihre unfassbaren Regenmengen freigeben, die von mächtigen Stürmen über das Land gepeitscht werden. Unvorstellbar, wie viel Wasser da oben in den Wolken unterwegs ist.»This is the price have to pay to live in paradise«, sagt der Amerikaner aus dem Süden und erträgt einfach, was in den Monaten August bis September eines jeden Jahres über ihn hinwegfegt. Jeder hofft, dass es ihn nicht zu heftig trifft und er von größeren Schäden verschont bleibt, denn mehr als hoffen und den Kopf einziehen kann man ohnehin nicht.

Es ist schon erstaunlich, wie sehr die Welt ins Wanken gerät, wenn die Natur sich nur etwas rüttelt. Sei es mit extrem starken Winden in den tropischen Ländern dieser Welt oder mit eisigen Temperaturen nicht nur in den Polargebieten. Kaum vorstellbar was passiert, wenn diese und ähnlichen Phänomene sich verstärken, häufen oder länger anhalten.

Die Tornadosaison war inzwischen vorüber und hatte diesen wunderbaren Landstrich in diesem Jahr verschont. Chris Thompson war gerade erst in Galveston angekommen und im La Quinta Inn am Seawall Boulevard Ecke 14th Street abgestiegen. Sein alter Pickup stand auf dem Parkplatz unmittelbar vor dem Motel und gab eine nach heißem Gummi und Öl riechende Dunstwolke ab. Es war ein 1971-iger Dodge Ram 1500 mit so mancher Delle und anderen Lebensspuren, die er bei den vielen Fahrten vornehmlich durch die Südstaaten Amerikas davongetragen hatte. Vor allem die kalifornische Sonne hatte den einst rot leuchtenden Lack stark ausgeblichen. Trotzdem war er seinem Besitzer, der dieses Auto von seinem Großvater geerbt hatte, ein treuer und verlässlicher Begleiter durch die Jahre, den Sand, den Staub, den Sturm und Regen, aber auch durch tief verschneiter Gegenden gewesen. Chrissi, wie Chris Thompson von seinen

Freunden genannt wurde, liebte dieses Auto. Er achtete es nicht nur als Erinnerung an seinen Grandpa, sondern auch, weil hier noch von Hand gefahren werden musste. Beim Schalten der Gänge, beim Lenken oder Bremsen half keine Elektrik. Die funktionierte ausschließlich zusammen mit dem Betrieb des Motors und des Lichts, der Rest war durch Muskelkraft zu bewerkstelligen. Das Fahrzeug und sein Fahrer waren über die Jahre eine verlässliche Zweisamkeit eingegangen. Der eine scheute keine Wege und der andere sorgte für immer genügend frisches Öl im Motor. Chrissi achtete darauf, dass er beim Fahren den doch recht hubraumstarken Motor, der durchaus sehr ordentliche Kraftreserven hatte, nie überdrehte. Sie kannten sich und ihre Macken und erforschten beide über viele Jahre auch abgelegenste und oftmals nur schwer zugängliche Landstriche.

Die Fahrt war lang gewesen und könnte so ein Fahrzeug sprechen, der Pickup bekäme vor Erschöpfung vielleicht noch ein leises Blubbern heraus. Aber auch Chrissi war geschafft und stand inzwischen unter der lauwarmen Dusche, hatte sich eine Büchse Coors-Light geöffnet und spürte die langsam wiederkehrenden Lebensgeister.

Er arbeitete als Cop in L.A. und fuhr mit seiner Harley Davidson unaufhörlich die Freeways der Megametropole auf und ab, um Verkehrsstörungen auszumachen. Irgendwie musste er das chaotische Treiben und die daraus entstehenden Staus auf diesen riesigen Straßen, die teilweise acht Fahrspuren in eine Richtung haben, entknoten und den ordnungsgemäßen Verkehrsfluss sicherstellen. Das ist keine leichte Aufgabe, denn wie überall auf der Welt haben auch hier zu viele Autofahrer den Wahnsinn zum Lebensprinzip gemacht, den es offensichtlich auf der Straße auszuleben gilt. Es fühlte sich nicht gerade wie ein cooler Job an, auf einem schweren Motorrad durch das ganzjährig sonnige

El Pueblo de la Reina de Los Ángeles (spanisch: »Das Dorf der Königin der Engel«), wie Los Angeles eigentlich richtig heißt, zu fahren, denn das schöne Wetter bringt auch hier im Sommer unerträgliche Hitze, dazu der enorme Smog der Millionen Autos und nicht zu vergessen, der erhebliche Stress mit den Gringos Locos, den vielen verrückten Amerikanern und ihrem zuweilen exzentrischen Gehabe, den durchgequirlten Typen, den irren Asphaltcowboys.

Jetzt aber hatte Chrissi alles hinter sich gelassen, Urlaub genommen, seinen Pickup angeworfen und war in Richtung Süden gefahren. Von L.A. nach San Diego und dann auf dem Interstate 8 nach Osten abgebogen. Tatsächlich wollte er an den Golf von Mexiko, nahm sich aber für die gut zweitausend Kilometer lange Strecke Zeit. Er war begeisterter Leser von Cormac McCarthy, dem übergroßen amerikanischen Schriftsteller und hatte sich in den vergangenen Wochen in dessen Border-Triologie vertieft, deren Handlung Ereignisse aus dieser Gegend schildert. Auf dieser Reise wollte er herausfinden, ob es die in den Romanen beschriebenen Orte wirklich gab und wie es dort aussah. Er wollte erleben, was McCarthy geschrieben hatte und spüren, in welchen Landstrichen die Romanhelden auf ihren Mustangs unterwegs gewesen waren. Diesen Trip musste er unbedingt allein machen, obwohl einige seiner Freunde reges Interesse angemeldet hatten.

Er war eine begeisterte Leseratte und die Literatur nahm einen zentralen Platz in seinem Leben ein. Schon in seinen jungen Jahren hatte er sich durch die Welt der großen Klassiker wie John Steinbeck und Mark Twain gekämpft, um über gefühlt eintausend anderer Bücher zuletzt bei McCarthy zu landen. Er war fasziniert davon, mit welcher Farbe und Intension viele Autoren ihre Geschichten zu erzählen in der Lage waren. In seinem Wohnzimmer stapelten sich die Bücher, von denen er niemals auch nur eines hergegeben oder weggeworfen hätte. Was er einmal gelesen hatte, wollte und musste er aufbewahren. Dann war da noch die Musik, die ihn überall begleitete. Es waren die Rocksongs aus den 70-igern, die ihn besonders interessierten, weil diese Musik noch von Hand gemacht wurde, einfach echt war und in den lokalen Veranstaltungsorten von L.A., zum Beispiel dem Roxy auf dem West Sunset Boulevard, in dem bereits jede bekannte Rockband der Welt gespielt hatte, dem Staples Center in Anaheim oder den einschlägigen Locations in Malibu war er Stammgast. Er begeisterte sich auch für ganz andere Musikrichtungen wie der spanischen, klassischen Gitarre, konnte dort aber nicht sehr lang verweilen und kam immer wieder auf den Rocksound, der ihn praktisch seit frühester Jugend beeinflusst und geprägt hatte, zurück. »It's only Rock'n Roll, but I like it«, sangen einst die Rolling Stones. Genau dieser Satz war ihm zum Prinzip geworden.

Chrissi lebte in diesen Monaten allein. Er war um die dreißig Jahre alt und hatte sich von seiner Freundin getrennt, weil er in ihrer Nähe erfahren musste, dass er, als er sie kennengelernt und sich auf sie eingelassen hatte, schlicht und einfach die falsche Ausfahrt befuhr. Sie war zwar sehr attraktiv, aber das allein konnte ihm nicht genügen. Sie hatte so ganze andere Interessen, besuchte sehr fragwürdige Clubs und gab sich mit Leuten ab, zu denen Chrissi trotz allen Bemühens einfach keinen Zugang fand. Es hatte einfach nicht gepasst und jeder weitere Tag wäre ein verlorener gewesen.

Jetzt konnte er seinem Innersten folgen, ohne Rücksichten nehmen zu müssen. Es entsprach schon immer seinem Wesen, sich allein aufzumachen und dem Leben oder dem Schicksal, je nachdem, wie man es nennen möchte, eine Chance zu geben. Das Leben hatte für ihn seine eigene Dynamik und auf dieses Spiel ließ er sich zu gern ein. Das funktionierte seiner Meinung nach nur, wenn man den Mut hatte, sich aus seiner gewohnten Umgebung zu lösen und sich in die Ferne aufzumachen. Aber der neugierige Mensch, der den Blick nach vorn richtet und die Angst vor Veränderungen ausblendet, wird damit keine Probleme haben. So empfand er es als befreiend, losgelassen wie der Wind durch die Südstaaten reisen zu können, zumal diese trockenen, knorrig felsigen Gegenden einen unglaublichen Reiz auf ihn ausübten und den Forschergeist in ihm weckten. Er hätte später nicht sagen können, in welchen abgelegenen kleinen Orten und auf wie vielen kaum passierbaren Pfaden er herumgekurvt war, um seinen literarischen Durst zu stillen.

Über Yuma war er parallel zur mexikanischen Grenze Richtung Interstate 10 und anschließend nach Tucson, El Paso, San Antonio gefahren, erreichte schließlich Houston und fuhr am späten Nachmittag über den Interstate 45 nach Galveston Ilsand.

Dieser Ort ist eine aus einer Sandbank entstandene Insel an der texanischen Küste und liegt achtzig Kilometer südöstlich von Houston. Sie ragt nur etwa sechs Meter aus dem Wasser und es ist leicht vorstellbar, was Wind und Wellen hier anrichten können. Am 8. September 1900 ereignete sich mit dem Galveston-Hurrikan die mit Abstand größte Naturkatastrophe, die Nordamerika bislang heimgesucht hatte. In den frühen Abendstunden gelangte damals das Sturmzentrum hier über Land und die damit einhergehende Sturmflut überrannte den größten Teil der Insel mitsamt der Stadt Galveston, die damals aufgrund ihrer Bedeutung als Hafenstadt der einwohnerreichste Ort im Bundesstaat Texas war. Durch den Sturm und die Flut wurde die Stadt gänzlich zerstört und mehr als   sechstausend Bewohner verloren innerhalb weniger Stunden ihr Leben.

Das aber ist schon sehr lange her. Es gab immer wieder kleinere Katastrophen, die sind glücklicherweise recht selten und durch

moderne Technik in der Regel vorhersehbar. Aufgrund der son-
nenverwöhnten Lage, dem immer warmen Golf von Mexiko und
der entspannten Lebenseinstellung der Menschen, lässt es sich
hier sehr gut leben und Urlaub machen.

Fünf Tage war er unterwegs gewesen und hatte die Orte
besucht, an denen Billy Parham und sein Bruder Boyd, die Haupt-
figuren der Border-Triologie, die Grenze nach Mexiko überschritten
hatten, auf der Suche nach gestohlenen Pferden und den Mördern
ihrer Eltern, so wie es in dem Roman Grenzgänger beschrieben
wurde. An der Straße, an der Billie Parham am Ende der Geschichte
seinen erschöpften Körper nieder setzte, den Kopf in die Hände
vergrub und zu weinen begann, legte Chrissi auch eine Pause ein,
beobachtete die aufgehende Sonne und lauschte dem kühlen Wind,
der aus den mexikanischen Bergen herüberwehte. Melancholie und
Mitgefühl für McCarthy's Romanhelden hatte sich in ihm breit
gemacht. Für einen langen Moment war er eingetaucht in diese
Geschichte über Liebe, Tod und der aufwühlenden Suche nach
Identität. Das war es, was Chrissi insgeheim umtrieb. Dafür ging er
weite Wege und nahm so manche Entbehrung in Kauf.
Jetzt aber trat er vor die Tür seines Motels und machte, frisch
geduscht und einigermaßen erholt, einen Abendspaziergang zum
Galveston Island Historical Pleasure Pier. Er schlenderte durch die
Straßen des Küstenstädtchens und sah sich die gepflegten Häuser
und Vorgärten der offensichtlich gut betuchten Eigentümer an. Das
war so ganz anders als L. A.! Die Ruhe und Entspanntheit des Ortes
erfasste und beeindruckte ihn zunehmend.
Das Treiben auf dem Pleasure Pier hatte ihn eine ganze Weile
gefesselt. Etwas abseits saß er auf einem Platz in der milden
Abendsonne und beobachtete die vielen Kinder, die sich mit lautem
Lachen und kindlichem Lärm auf den vielen Karussells vergnügten,

viel zu große Eistüten in ihren kleinen Händchen vor sich hertrugen, mit dem schmelzenden Eis ihre Kleidchen vollkleckerten, sich damit den Unmut der Mütter auslieferten und einfach nur Kinder waren. Hier gab es keine Unterschiede. Ob Mädchen oder Junge, ob schwarz oder weiß. Jeder spielte mit jedem. Alle gackerten zusammen und durcheinander.

»Wann«, so dachte Chrissi, »beginnt das in den kleinen Köpfen mit dem Männlein und Weiblein, mit den unterschiedlichen Hautfarben, den Klischees und der Fremdenangst. Es sieht ganz danach aus, als würden die Erwachsenen etwas in der Erziehung falsch machen, denn die lustigen Würmchen leben es doch vor, dass so etwas nicht angeboren ist!«

Er stellte sich vor, wie die Rasselbande des abends glücklich und erschöpft in ihrem Bettchen lag, von Daddy oder Mom noch eine Gutenachtgeschichte hörten, um unversehens in süße, unschuldige Kinderträume zu fallen, tief einzuschlummern, am nächsten Morgen voller Optimismus zu erwachen und auszuloten, was es neues anzustellen und zu erforschen gab. Ein glückliches Bild von einer glücklichen Welt mit freimütigen Kindern, von denen die Erwachsenen vieles lernen könnten. Unschwer zu erkennen, dass Chrissi nichts anderes wollte, als künftig einmal Teil des Ganzen mit eigener Familie zu sein. Vom Pier aus schlenderte er später am Strand zurück, um in der Ocean Grill & Beach Bar noch etwas zu essen, bevor er zu Bett gehen wollte. Dieses Lokal hatte er ausgewählt, weil es gerade mal einen Block vom La Quinta Inn entfernt lag und einen kurzen Heimweg bot. Was er aber nicht wissen konnte war, dass Billie Jean Anderson in dieser Bar arbeitete. Unglücklicherweise hatte sie zu dem Zeitpunkt, als Chrissi eintrat, ihren Dienst seit einer Stunde beendet. Wäre er also nur etwas früher durch die Tür gekommen, beider Leben hätte zu diesem Zeitpunkt ganz sicher eine entscheidende Änderung erfahren.

Unwissend über die für ihn möglicherweise glückliche Fügung aus dem Spiel des Lebens bestellte er eine Pizza, trank ein weiteres Coors-Light und suchte sehr bald den Weg an die frische Luft, da in der Beach Bar vier junge Kerle lautstark mit allem Möglichem und unmöglichem herumprahlten, zu schnell viel zu viel Bier tranken und dem Cop aus L.A. schlicht und ergreifend auf die Nerven gingen. Dass mit fortschreitendem Suff auch die Gewalttätigkeit einhergehen würde, lag auf der Hand. Das kannte er zur Genüge.

Wie erwartet, war der Heimweg kurz. In seinem Motelzimmer ging wenig später sehr schnell das Licht aus und Chrissi fiel, ohne Zeit zu verlieren, in einen tiefen Schlaf. Zum Lesen war er viel zu müde gewesen. Seine letzten wachen Gedanken gehörten dem Spaziergang und den lustig lärmenden Kindern.

Billie Jean hatte nach Arbeitsschluss den Weg in ihre kleine Studentenwohnung in der Market Street mit dem Fahrrad zurückgelegt. Sie musste noch eine Menge lesen und lernen, denn ihr Medizinstudium an der University of Texas Medical Branch at Galveston neigte sich dem Ende zu und die Diplomprüfungen im kommenden Frühjahr rückten unaufhörlich näher. Vorbei die Zeiten nicht enden wollender Studentenpartys, Ausflüge mit ihren Freundinnen und manchem Abend mit einem der Kommilitonen. Diese waren für sie, auf einem Landgut bei Sioux City / Iowa aufgewachsen, aber nie etwas Ernstes. Billie Jean hatte nicht nur eine konservative Erziehung erfahren, sondern auch so ganz eigene Vorstellungen vom Leben und vor allem von einem Mann. Ihre über alles geliebte Oma hatte sie sehr früh auf Verantwortung und Pflichtbewusstsein vorbereitet und aus ihr eine ernsthafte junge Frau gemacht. In der ländlichen Idylle Iowa's hatte sie einen tiefen Bezug zur Natur entwickelt und liebte alles, was wuchs, was Blätter oder Blüten hatte, was wieherte, muh machte, ein Fell oder Federn trug, zwei oder vier Beine hatte. Sie erweckte die Dinge zum Leben. Ihrer Ansicht nach konnte ein Blümchen noch so klein sein, sie hegte und pflegte es, sodass daraus eine große Blume mit vielen schönen, leuchtenden Blüten wurde. Und so begegnete sie allem, was lebte mit äußerster Sensibilität und Achtung. Sie entdeckte schon während ihrer Kindheit das Schöne in den kleinen, scheinbar unbedeutenden Dingen. Es kam ihr einzig darauf an, wie sie alles mit ihren Augen sah. Ein freundliches Lachen, eine nette Geste und insbesondere echte Freundschaften, bedeuteten ihr sehr viel mehr als große Geschenke. Sie selbst fand ihre Zufriedenheit im Geben und Helfen. Praktisch war ihr Herz groß wie ein Kürbis. Für jedes Problem, für jede Sorge war Platz und Verständnis.

Sie hielt also nicht Ausschau nach einem oberflächlichen Blender, wie sie allabendlich die Clubs füllten und tagsüber an den Stränden zu sehen waren. Nein. Was sie suchte, war der Vater ihrer Kinder, die sie später unbedingt haben wollte. Die Jungs von der Uni spielten da keine Rolle. Sie war jetzt fünfundzwanzig Jahre, liebte die Malerei, hatte darin ein unglaubliches Talent, mit dem sie ganz sicher auch hätte Geld verdienen können, war sehr musikalisch, zuweilen etwas verträumt und eine viel mehr als attraktive junge Frau. Ihre langen braunen Haare, die ebenso dunkelbraunen Augen, die sportliche Figur und dieses strahlende, unwiderstehliche Lächeln gaben keinem Mann die Möglichkeit woanders hinzusehen, wenn diese Schönheit seinen Weg kreuzte. Aber genau diese Erscheinung und dieser überaus sympathische Charakter standen ihr häufig im Wege. Entweder traute sich der ein oder andere erst gar nicht, sie anzusprechen oder aber sie wurde allzu oft von irgendwelchen alkoholisierten Großkotzen, die kaum in der Lage waren, ein Substantiv von einem Adjektiv zu unterscheiden, plump angemacht. Andere Mädels trugen ihren Neid vor sich her, wie ein Marketinger seinen Bauchladen, feindeten sie an und tratschten alle nur erdenklichen und unwahren Geschichten über den Campus der Universität. Nur ihre wirklichen Freundinnen wussten, dass sie ein ganz normales, liebes Mädchen war, mit Träumen und Wünschen, wie sie alle Mädels - nicht nur die an der Uni - hatten.

Billie Jean betrachtete sich selbst als viel schlichter. Natürlich fiel ihr beim morgendlichen Blick in den Spiegel auf, dass sie, selbst wenn sie gerade aus den Federn gekrochen war, nicht viel Aufhebens machen musste, um sich herzurichten. Die Haare kämmen, eine einfache Hautcreme, ihre geliebte und reichlich verschlissene Levis 501, dazu ein Hard-Rock T-Shirt, am besten das vom letzten AC/DC Konzert im vergangenen Jahr in Houston, das war's. So rannte sie eilig in ihrer unstillbaren Geschäftigkeit in den Tag und verbreitete gute Laune, wo immer sie auftauchte. Trotzdem. Mit den miesen Anfeindungen und dem Getratsche anderer kam sie in ihrer empfindlichen Seele schlecht zurecht. Sie litt darunter und zog sich häufig in die Abgeschiedenheit zurück, denn ihre Naturverbundenheit gab ihrer Seele Halt. Ausgedehnte und einsame Spaziergänge ließen sie eins werden mit ihrer Umgebung und die ungeraden Dinge in ihrem Leben wieder gerade rücken. Sie wusste ganz genau, dass ihre Schönheit vergänglich war. In einigen Jahren würden die ersten Fältchen auftauchen und wenn dann auch noch ein paar Kinder ihren Alltag so richtig aufmischten, wäre der Glanz der Jugend nicht mehr auf den ersten Blick erkennbar. Das war ihr aber auch egal. Sie suchte nur nach Geborgenheit und Glück, wie wir alle.

Die konnte sie aber am Nachmittag dieses Tages in der Beach-Bar keinesfalls finden, denn neben den üblichen Gästen hatte sie auch schon wiederholten Kontakt mit den vier angesoffenen Idioten aus Arschloch-County, wie sie die Typen für sich in die ihnen zustehende Ecke einsortierte. Bereits seit Mittag haben sie ein Bier dem nächsten folgen lassen. Billie Jean »durfte« sie bedienen und jedes Mal wurde sie blöd angemacht. Das Verhalten kannte sie. Damit ging sie einigermaßen locker um. Einfach nicht beachten und gut. Da der Laden immer ziemlich voll war, fielen die Jungs auch nicht weiter auf. Was sie aber ängstigte, war der ruhigere Typ dieser Horde. Der schien sie genau zu beobachten. Er trank zwar wie seine Freunde, sagte aber nur das nötigste und überließ den anderen das Feld des Pöbelns und Protzens. Ihr Mühen um Ignoranz dieses Kerls blieb weitestgehend erfolglos. Diesen düsteren Blick mochte sie überhaupt nicht und war froh, als sie irgendwann am Nachmittag Feierabend hatte.

Vor der Bar nahm sie ihr Fahrrad, strampelte los, nahm Kurs Richtung Christopher Columbus Boulevard und radelte direkt am La Quinta Inn vorbei nach Hause. Mit dem Sommerwind in ihren Haaren ließ sie der frische Geruch von Salz und Seegras die Arbeit und auch die saufenden Blödmänner von vorhin schnell vergessen. Für den Nachmittag war dann büffeln angesagt. Das schöne Wetter lockte zwar, aber die Vorstellung, bald eine gute Ärztin werden zu können, noch mehr. Da es aber im Leben nichts umsonst gibt, paukte sie, bis sie am Abend von ihrer besten Freundin Jessica Greenbaum aus den Büchern geklingelt wurde. Es waren Stunden vergangen. Die Sonne versank gerade im Meer und die Aussicht auf einen Drink in das nur wenige Blocks entfernte Farley Girls Café zu gehen, war mehr als verlockend.

Als Jessica klingelte, war es wie die Erlösung selbst. Die vielen Bücher auf dem Tisch verloren im gleichen Moment ihre Bedeutung, wurde einfach liegen gelassen, sodass die anstrengenden und drögen Stunden des Nachmittags sofort aus Billie Jeans Kopf verschwanden, als sie die Tür öffnete. Die Mädels begannen bereits bei der Begrüßung zu rabbern, machten sich ohne viele Umschweife auf und schlenderten über die abendliche Market Street zum Café.

Nicht sehr weit entfernt hatte Chrissi zu diesem Zeitpunkt am Pleasure Pier gesessen und die untergehende Sonne beobachtet.

Die beiden Freundinnen vertrauten einander blind. Eine befreiende Wohltat besonders für Billie Jean, sich einfach unterzuhaken und loszugehen. Sie kannten sich schon einige Jahre und die Abende mit Jessica waren immer lustig. Bis Mitternacht saßen sie im Café und quasselten, was das Zeug hielt. Studium, Jungs, Mode, Musik, Kunst, alles war Teil dieses Abends. Die Stunden vergingen wie im Flug und irgendwann neigte sich auch dieser Tag dem Ende, als sich die Mädels später vor Billie Jeans Wohnung verabschiedeten. Die beiden waren noch nie auseinander gegangen, ohne eine nächste Verabredung zu treffen. Dabei blieb es auch heute. Für die kommende Woche war bereits ein gemeinsamer Shoppingausflug in Houston vereinbart. Da auch Jessica gleich um die Ecke wohnte und nicht mehr quer durch Galveston laufen musste, konnte Billie Jean ihre Freundin ohne Sorge in die Arme nehmen, ganz fest drücken und nach Hause schicken. Sie selbst stolperte, von etwas zu viel Tequila benebelt, die Treppe hoch und von der Wohnungstür, die sie mit einem leichten Tritt im Vorbeigehen zudrückte, direkt in ihr Bett. Zufrieden versuchte sie, die letzten Gesprächsfetzen mit ihrer Freundin zu sortieren und fiel dabei in einen tiefen und ruhigen Schlaf.

Das erste, was Chrissi am Morgen wahrnahm, war das Rauschen des Meeres. Ein natürliches, beruhigendes Rollen der sich am Ufersaum brechenden Wellen. Wenn man sich darauf einließ und still zuhörte, konnte dieses akustische Feuerwerk durchaus hypnotische Wirkung haben und den Zuhörer wieder in den Schlaf bringen. Vielleicht war die Nacht für ihn auch so erholsam gewesen, weil dieser beruhigende Singsang des Golfs permanent auf ihn eingewirkt hatte. Durch seine geschlossenen Augenlider drangen flackernde Lichtstrahlen, die von den halb geöffneten Jalousien gebrochen wurden und symmetrische Schatten an die Wand warfen. Langsam öffnete er die Augen, räkelte sich und kroch unter der Bettdecke hervor, um wenige Minuten später mit einem Kaffee an seinem Pickup zu lehnen und entspannt auf das Meer zu sehen. Es war ein herrlicher Morgen auf Galveston Island und Chrissi fühlte sich nie besser, als in diesem Moment. Bald aber wandte er seinen Blick der auf der Motorhaube ausgebreiteten Landkarte von Texas zu und plante seine Unternehmungen.

In den folgenden Tagen hatte er verschiedene Ausflüge gemacht. Er besuchte Houston, Texas City, Corpus Christi und unternahm ausgiebige Wanderungen im Sam Houston National Forrest nahe Huntsville. Hier und da hatte er ein paar Leute kennengelernt und stellte fest, dass seine freie Zeit viel zu schnell vorüberging. Sein Fotoapparat war in der Woche kaum zur Ruhe gekommen. Das Sortieren und Auswerten der Unmenge von wunderbaren Landschaftsaufnahmen würde ihn zu Hause in L.A. noch lange beschäftigen.

Die Tage waren schnell vergangen und so saß er am letzten Vormittag seines Aufenthaltes, es war ein Freitag, am Pool seines Motels, überlegte, wie er die wenigen noch verbleibenden Stunden auf Galveston Island verbringen wollte und entschied sich für einen ausgedehnten Spaziergang am Strand, entlang der East Beach zum etwa fünf Kilometer entfernten East Beach Park. Die ganze Woche war er nicht mehr in der Ocean Grill & Beach Bar gewesen. Jetzt aber spürte er das Grummeln in seinem Bauch und hatte Appetit auf eine Pizza. In der Bar bestellte er dazu sein geliebtes Coors-Light und machte sich nach etwa einer Stunde auf, um sein Vorhaben anzugehen. In der Bar saßen erneut oder noch immer die vier Jungs, die ihm schon bei seinem ersten Besuch aufgefallen waren. Ob sie hier in Galveston zu Hause waren oder ihren Urlaub verbrachten, konnte er nicht sagen. Es interessierte ihn auch nicht. Sie waren ihm vom ersten Moment an unsympathisch und so schenkte er ihnen keine Beachtung, als er die Bar sehr bald verließ.

Unglücklicherweise ignorierte er auch die unmittelbar an der Eingangstür angebrachte, sehr gut sichtbare Bildertafel der Mitarbeiter der Beach Bar. Unbewusst hatte er sie sicherlich wahrgenommen, allerdings blieb sein zweiter Blick aus, denn dann wäre ihm ganz sicher auch die Aufnahme von Billie Jean nicht verborgen geblieben, zumal sie die Mitarbeiterin des Monats war und ihre Aufnahme wie ein leuchtendes Signal aus den anderen Fotos hervorstach. Dass er aber unvermittelt durch die Tür ging, sollte noch Folgen haben, jedoch war es für niemanden vorhersehbar, was etwa eine Stunde später und am nächsten Tag noch geschehen würde.

Es war etwa 2 Uhr am Nachmittag, als er den Seewall Boulevard in Höhe der 12th Street gegenüber der Beach Bar überquerte und seinen Weg nach Osten am Ufersaum entlang zum East Beach Park lenkte.

Die vergangene Woche war für sie wie die Zeit davor. Arbeiten und lernen, lernen und arbeiten, des abends mit Jessica ausgehen, die Eltern in Iowa und Grandma anrufen, sich über alles Schöne zu freuen, das ihr begegnete. Es war ihr Naturell, auch an nicht so tollen Tagen nach den kleinen Freuden des Lebens, die sich in vielen Momenten und Situationen zeigten, Ausschau zu halten. Und davon gab es in ihrem Leben reichlich. Da war die Sonne, die täglich am Himmel leuchtete, als ginge es um das letzte Strahlen auf dieser Welt. Ob nun ein Vogel aus einem Baum, an dem sie gerade vorbeiradelte, seine Arien trällerte oder Jessica wie so oft unangemeldet an ihrer Wohnungstür klingelte, um sich auf einen Kaffee einzuladen. Wenn Billie Jean kurz vor dem Einschlafen am Ende des Tages über solche und ähnliche Momente nachdachte, wurde ihr die Schönheit des Lebens immer wieder bewusst. Diese Einstellung hatte sie aus den weisen Worten und den vielen Geschichten übernommen, die ihre Großmutter immer erzählt hatte und sich zu eigen gemacht.

An diesem Freitag war auch sie zu Fuß am Strand zum East Beach Park unterwegs. Sie musste heute nicht arbeiten, wollte aber erst am Nachmittag die Nase in die Bücher stecken und hatte sich für den Abend erneut mit Jessica verabredet. Vormittags war sie zu beschäftigt gewesen. Musste einkaufen, ihre mit Geschmack und viel Liebe eingerichtete kleine Studentenwohnung aufräumen. Eine Arbeit, die sie gern verrichtete, denn sie genoss die Sauberkeit und Aufgeräumtheit ihres Refugium, wenn sie von irgendwelchen Unternehmungen zurückkehrte. Ihre Wohnung war ihr Zufluchtsort. Sie wollte und musste sich darauf verlassen können, dass sie, wenn die Tür hinter ihr ins Schloss fiel, eine saubere, überschaubare und verlässliche Welt betrat. Zunächst aber sollte der Zufall ihr Gefühlsleben ordentlich in Schwung bringen, ihr geregeltes Leben gehörig durcheinanderwirbeln und für immer beeinflussen. So, wie sie heute einschlafen würde, war sie wie seit ewiger Zeit nicht mehr eingeschlummert. Aber davon ahnte sie zu diesem Zeitpunkt nichts.

Um 12.00 Uhr hatte sie an der gleichen Stelle wie Chrissi zwei Stunden später, der sich in diesem Moment zum Mittagessen aufgemacht hatte, den menschenleeren Strand erreicht. Barfuß, in kurzen Shorts und luftigem Top, die Schuhe in der linken Hand, nahm sie freudigen Schrittes ihren Weg auf, ging dort, wo die Wellen am Ufer leckten und ließ die Füße vom warmen Wasser umspülen. Eigentlich war ihr Oberstübchen ständig mit irgendwelchen Gedanken und Planungen beschäftigt. Das hörte immer erst dann auf, wenn sie zu Bett ging. Doch überwältigt von der Schönheit der Natur schwieg jetzt alles Denken. Die frische Luft, das Rauschen des Meeres, der endlos weite, breite Strand und das Sonnenlicht entspannten sie derart, dass sie nur noch den Moment einsog. Sie war einfach nur da, ein kleines Teilchen im großen Puzzle des Seins, allein mit sich und der unglaublichen Natur. Diese Schönheit blieb für immer, dachte sie bei sich. Das, was sie jetzt sah, wird auch noch in einhundert Jahren zu sehen sein. Zuweilen liebte sie diese Abgeschiedenheit, soweit sie sich nicht einsam fühlen musste. Sie war aber der festen Überzeugung, dass jene, die sich nicht selbst genug sein können auch zu zweit keine guten Unterhalter waren. Heute war es genau so. Mit jedem Schritt spürte sie das Leben, fühlte Ruhe und Zufriedenheit. Es dauerte etwa eine Stunde, bis sie den East Beach Park erreichte. Am nordöstlichen Ende von Galveston Island dehnte sich der Strand auf einige hunderte Meter Breite aus. Hier wird das Gefühl von Freiheit wirklich greifbar. Was die Natur so dicht am Big Reef, dem Sund zwischen Galveston Island und der Bolivar Peninsula zur Galveston Bay bot, war schlichtweg nicht in Worte zu fassen. Billie Jean dachte, dass dieses Fleckchen Erde für so viele Orte auf diesem Planeten steht, die es unbedingt zu schützen gilt. Sie folgte diesem Gedanken weiter. Vor sich selbst und still klagte sie die Menschheit an, mit diesem zerbrechlichem, einzigartigen Planeten, der uns eine Heimat gibt und sicher durch die endlose Weite des Kosmos trägt, viel zu sorglos umzugehen. Jedes Leben hat nur einen kurzen Moment. Anstatt die uns gegebene Zeit zu nutzen, schlagen wir einander die Köpfe ein, richten unseren Lebensraum hin und tun so, als könnten wir den Schaden von der Steuer absetzen. Danach ginge es schon irgendwie weiter. Diese herrliche, blaue Erde dreht sich mit unendlicher Geduld beständig für uns im

Kreis. Wir können uns darauf verlassen, dass am Morgen die Sonne wieder aufgeht, dass die Jahreszeiten im gleichen Rhythmus wechseln, dass das Leben weiter geht. Doch wie lang wird das noch so sein? Sie saß lange im warmen Sand, schaute auf das Meer und dachte an ein altes, indianisches Sprichwort, das sehr tiefsinnig zum Ausdruck brachte, dass wir die Erde nicht von unseren Eltern geerbt, sondern von unseren Kindern geliehen haben.

Bis zu diesem Zeitpunkt war ihr an diesem Küstenstrich kein einziger Mensch begegnet und mit einem Blick zurück nach Galveston schien sich das auch nicht zu ändern. Sie freute sich auf eine weitere entspannte Stunde am Strand, als sie um 2 Uhr nachmittags langsam den Rückweg antrat.

Chrissi setzte genau in diesem Moment seine Füße in den Sand und folgte - ohne es zu wissen - den Spuren von Billie Jean. Beide gingen jetzt geradewegs aufeinander zu. Es lagen jedoch weite fünf Kilometer des Weges zwischen ihnen, sodass sie noch nichts voneinander ahnten, sich auch noch nicht sehen konnten. Das sollte sich aber innerhalb der nächsten Stunde ändern, denn es war jetzt nicht mehr möglich, sich zu verpassen.

Chrissi war im Grunde ähnlich veranlagt, wie Billie Jean. Auch er sog die Schönheit der Natur wie ein trockener Schwamm das Wasser tief in sich auf, lauschte dem Tosen der weißen Wellen, beobachtete die Möwen und hätte sonst was dafür gegeben, fliegen zu können wie sie. Auch er folgte der Wasserlinie, auch er verspürte die gleiche und beruhigende Wirkung des Momentes und ließ sich mit seinem ganzen Inneren fallen. In der unberührten Einsamkeit, in der weit und breit kein Mensch zu sehen war, zog er sein einziges Kleidungsstück, eine Badehose, aus und trug sie fortan in der Hand. Die Nacktheit unterstrich die Empfindung von Freiheit und Naturverbundenheit, gab ihm aber auch ein Stück weit das Gefühl von Verletzlichkeit. Nachdem er etwa dreißig Minuten gegangen war, lockte ihn das Meer und er sprang in das weit und flach abfallende, äußerst angenehme, weiche Wasser. Seine erste Empfindung war die erfrischende Kühle, die sich aber durch die Schwimmbewegungen sehr bald legte. Er ließ sich von den Wogen überspülen, tauchte unter und schwamm, nackt wie er war, eine kleine Strecke hinaus. Als er einige Minuten später wieder am Ufer stand, war das der Moment, wo ein auffälliger Farbklecks in der Ferne Billie Jeans Aufmerksamkeit weckte. Gerade hatte sie noch in genau dieser Richtung nichts gesehen und plötzlich bewegte sich dort etwas. Chrissi merkte von alledem noch nichts. Er stand in der Sonne, nahm seine Badehose, die er am Strand hatte liegen lassen, bevor er ins Wasser gesprungen war und ging weiter. Der warme Wind sorgte dafür, dass er binnen kurzer Zeit wieder trocken wurde. Lange suchte er nach Worten, wie er diesen wunderbaren Ort beschreiben sollte und meinte, so müsse es im Paradies gewesen sein. Seine Vorstellung davon brachte er in seiner Fantasie schon immer mit den Wahrnehmungen der vergangenen Stunde in Verbindung. Jeder Mensch aber mag für sich entscheiden, ob und wo er sein eigenes Paradies sieht. Für ihn war es hier. Eine Ansicht, der auch Billie Jean ganz sicher hätte folgen können. Als er so seinen Gedanken und Träumereien freien Lauf ließ, sah auch er einen sich in der Ferne bewegenden Punkt und ließ ihn, da es nichts weiter zu beobachten gab, fortan nicht mehr aus den Augen. Es dauerte noch etwas, bis Chrissi feststellte, dass sich dieser Punkt als eine hübsche, junge Frau entpuppte, auf gleichen Pfaden unterwegs wie er. Sehr bald sah er, dass der Wind ihr langes dunkles Haar zerzauste, wie sie mit weiblich wiegendem Schritt auf ihn zukam und in ihren kurzen Shorts und dem Top niedlich gekleidet war. Ihre mit Sonnenöl eingeriebene gebräunte Haut glänzte im grellen Licht. Sein Blick war so gebannt, dass er sich seiner Nacktheit nicht mehr bewusst war. Letztendlich wäre ihm das aber egal gewesen.

Das aber fiel Billie Jean sofort auf. Aus der Entfernung beobachtete sie, wie ein offensichtlich sehr gut trainierter, schlanker junger Mann mit halblangen, braunen und vom Wind zerzausten Haaren auf sie zu kam. Dass er sich seiner Nacktheit nicht schämte, gefiel ihr besonders. Natürlich hatte sie auch versucht, Ihren Blick zu bändigen, was ihr jedoch nicht gelang. Bereits nach dem zweiten Versuch hatte sie es aufgegeben und betrachte den hübschen Kerl als Ganzes, musterte ihn mit ruhigem Blick aus sicherer Entfernung von Kopf bis Fuß und wieder zurück und wieder von Kopf bis Fuß und wieder zurück. Sie stellte sich vor, er würde ihr so einmal allein Modell stehen, um ihn malen zu können. Nun gewann diese und andere Vorstellungen immer mehr die Oberhand in ihrem Kopf. Sie folgte ihrem Gedankenspiel und wir sollten sie an dieser Stelle mit ihren Bildern allein lassen, denn es gehört sich nicht, anderer Menschen Träume auszuziehen -!

Chrissi's Blick konnte wenig später, als sich beide auf Rufweite genähert hatten, dieses herrlich jugendliche Gesicht mit dem strahlenden Lächeln sehen und war geblendet von dem, was da durch den Sand stapfte. Dass er schüchtern war, konnte man eigentlich nicht von ihm behaupten, aber dieser Anblick brachte seine Selbstsicherheit ein Stück weit ins Wanken und ließ ihn reichlich verlegen werden. Billie Jean strahlte diesen unrasierten Adonis mit seinen vom Wind durchwehten halblangen, blonden Haaren an und fühlte, wie sich etwas Warmes in ihrer Seele ausbreitete. Seine ganze Erscheinung und das offene Lachen beeindruckten sie. So waren sie nur wenige Schritte auseinander und jeder Außenstehende hätte vermutet, dass die beiden hier draußen in ihrem Paradies miteinander reden und sich kennenlernen würden. Hätte Chrissi in der Beach Bar auf das bereits erwähnte

Foto geschaut und sie jetzt wiedererkannt, wäre seine wenig verständliche Zurückhaltung vermutlich in der Bedeutungslosigkeit versunken. Er hätte sie angesprochen und beider Leben wäre ganz sicher in anderen Bahnen verlaufen. Ein einziges Wort, vielleicht ein freundliches »Hallo«, unabhängig, wer es hervorgebracht hätte, wäre als Auslöser völlig ausreichend gewesen. Doch auch Billie Jean war wie benommen. Vielleicht traute sie sich nicht, möglicherweise war sie zu vorsichtig, aber es war auch nicht ihre Natur, Männer anzusprechen. Niemand wird es erklären können, denn sie kamen beide über ihr Lächeln, das sie sich gegenseitig entlockt hatten, nicht hinaus, tauschten im Vorbeigehen, sie waren vielleicht fünf Meter voneinander entfernt, alles sagende Blicke und gingen weiter, ohne auch nur einen Laut von sich zu geben. Beide drehten sich nach wenigen Sekunden um, beide lächelten noch immer und gingen anschließend ihrer Wege. Billie Jean griff dabei die Gelegenheit beim Schopfe und betrachtete sich nicht nur die Schultern des Mannes. Wieder landete sie bei der Vorstellung, ihn malen zu dürfen und abermals verlassen wir hier aus gleichem Grund wie zuvor die Welt ihrer Gedanken.

Chrissi hielt den Duft ihres Sonnenöls in seiner Nase gefangen und beobachtete noch einmal den wiegenden Gang des Mädchens. Bald schon waren sie weit voneinander entfernt und verloren sich aus den Augen. Beide würden es später sehr bedauern, dass sie es nicht geschafft hatten, ein Wort hervorzubringen.

Es ist erstaunlich, wie dass Seelenleben des Menschen funktioniert. Wir haben immer nur eine einzige Chance, einen ersten Eindruck von etwas oder jemandem zu haben. Und in diesem Moment entscheidet sich oftmals das ganze weitere Leben oder beeinflusst es zumindest. Dabei gibt es Menschen, die wir sofort ablehnen, nicht mögen, meiden werden. Andere berühren uns, erwecken Mitleid oder den Beschützerinstinkt. Viele empfinden wir einfach als sympathisch und ganz wenige Male im Leben lieben wir auf den ersten Blick, ohne den Menschen gegenüber jemals zuvor gesehen zu haben oder etwas von ihm zu wissen. Das Unbewusste in uns sollten wir niemals unterschätzen. Es scheint in der Tiefe viel größer zu sein, als das Bewusstsein selbst. Wie aber merkt man, dass es Liebe ist? Diese Frage muss sich letztendlich jeder selbst beantworten. Regeln oder Kataloge gibt es nicht. Es vor sich selbst zuzugeben, ist vielleicht der erste Schritt. Der zweite wäre, dazu zu stehen und entsprechend zu handeln. Das betrifft Mädels und Jungs gleichermaßen.

Chrissi war nicht auf der Suche, sondern der festen Überzeugung, das Glück würde ihn einmal finden. Dass es ihm an diesem einsamen Strand begegnet war, fühlte er sehr wohl, nur brauchte es noch einen Moment, bis es ihm bewusst wurde. Seit er dem hübschen Mädchen begegnet war, hatte er keinen Blick mehr für die wunderbare Natur und alles andere, was ihn davor beschäftigt hatte. Noch immer trug er seine Badehose in der linken Hand, als er am East Beach Park ankam und sich fast an dieselbe Stelle in den Sand setzte, an der auch Billie Jean noch eine Stunde zuvor gesessen hatte.

Billie Jean hatte das Herzklopfen in ihrer Brust an diesem Tag nicht mehr beruhigen können. Auch das Bild dieses sonnengebräunten Jungen mit seinem strahlenden Lächeln ließ sich weder am Strand noch danach einfach nicht verdrängen. So richtig angestrengt hatte sie sich dabei aber auch nicht, denn es erfüllte sie, diesen Moment der Begegnung in ihrer Erinnerung wach zu halten. Es war einfach zu schön gewesen, so unschuldig, so frei. Versunken in diesem Wirrwarr von Emotionen und Träumereien erreichte sie bald den Seawall Boulevard, nahm ihr dort abgestelltes Fahrrad und strampelte nach Hause. Am Abend wollte und musste sie unbedingt mit Jessica über ihren Spaziergang reden. Bis zur abendlichen Verabredung taumelte sie eher durch den Tag. An Lernen war überhaupt nicht zu denken. Sie kramte eigentlich nur hilflos in ihrer Wohnung herum, packte Sachen von hier nach dort, nur, um sie wenig später wieder zurückzulegen. Endlich war es Abend geworden und Jessica kam glücklicherweise eine gute halbe Stunde früher als verabredet. Sie war erschrocken, in welchem Zustand ihre sonst so aufgeräumte Freundin die Tür öffnete. Die Haare nicht gebürstet, noch immer trug sie Shorts und von normalem Verhalten konnte gar keine Rede sein. Da sie alles mögliche durcheinander faselte, konnte Jessica sich keinen Reim darauf machen. Trotzdem, Billie Jean wirkte total glücklich, etwas irre, aber glücklich. Sie war gespannt, was sie nachher noch alles erfahren würde.

Chrissi hatte auf seinem hastigen Rückweg keine Chance mehr, das Mädchen einzuholen. Ihm wurde nach reichlichem Überlegen immer bewusster, dass es irgendwie keine Möglichkeiten gab, sie wiederzufinden. Auch fragte er sich dauernd, ob nur er so durcheinander war und ob das Mädchen einfach nur freundlich gelächelt hatte. Es lag für ihn nahe, dass eine solche Schönheit einen festen Freund hatte oder sogar schon verheiratet war. Darin lag der eigentliche Grund, warum er sich bei ihrer Begegnung zurückgehalten hatte. Er war zu anständig und hatte ihr nicht zu nahe treten wollen, davon ausgehend, dass eine so auffallend gut aussehende Frau ohnehin häufig von Männern zumindest angesprochen wurde. Chrissi empfand so etwas als viel zu oberflächlich. Er wollte sich da keinesfalls einreihen.

»Aber wäre denn ein freundliches Wort aufdringlich gewesen? Nein, natürlich nicht«, dachte er bei sich.

Seine Unruhe trieb ihn weiter. Irgendwie wusste er, dass er alle Hebel in Bewegung setzen musste, um sie wiederzusehen. Würde er es nicht versuchen, hätte er gleich verloren, und das kam für ihn nicht infrage. Da er aber spätestens am nächsten Mittag nach Los Angeles aufbrechen musste, hatte er kaum noch vierundzwanzig Stunden Zeit. Als er am Ende des Strandes angekommen war und auch seine Badehose längst wieder angezogen hatte, begrub er seine stille Hoffnung, sie würde dort irgendwo sitzen und auf ihn warten. Sie war einfach verschwunden. Er stürmte in sein Motel, machte sich frisch, fuhr in die Innenstadt, suchte alle Straßen ab, lief hier hin, schaute dort nach. Alles ohne Erfolg. Am Abend durchstreifte er alle möglichen Bars und Diner's. Er fand sie nicht mehr. Es gab aber auch keine Möglichkeit, außer der Zufall käme zu Hilfe. Unglücklicherweise verspürte Chrissi weder am Abend noch am darauf folgenden Vormittag jegliches Hungergefühl, sonst wäre er vermutlich doch noch mal in die Beach Bar gegangen. Und mit etwas Glück hätte er dieses Mal ihr Foto gesehen. So aber begnügte er sich nach einer schlaflosen Nacht des morgens mit einem Kaffee, den er in der Motel-Lobby bekam, durchquerte erneut die Straßen von Galveston, bis ihm der Gedanke kam, noch einmal den gleichen Weg am Strand zu gehen wie tags zuvor. Wenn das Mädchen ebenfalls nach ihm suchen würde, hätte sie vielleicht die gleiche Idee und es gäbe hier die Chance auf ein Wiedersehen. Gegen 10 Uhr machte er sich auf zum East Beach Park. Allerdings weit weniger entspannt und mit starrem, suchendem Blick nach Bewegungen in der Ferne. Als er zwei Stunden später nach erfolgloser Suche wieder am Ausgangspunkt angekommen war, verlor er die Hoffnung und sah nun keine Chance mehr. Tief enttäuscht und traurig gestand er sich ein, dass es für den Moment kein Happy End geben konnte. So hoffnungslos aber wollte er nicht aufbrechen. Er hatte noch einige Tage Urlaub zu bekommen, würde jetzt einfach nach Kalifornien fahren, die auf ihn wartenden Arbeiten erledigen und könnte in gut vier Wochen wieder hier sein. Er vertraute darauf, dass das Mädchen aus Galveston stammte. Andere Möglichkeiten zog er nicht in Betracht. So fasste er doch wieder Mut, warf wenig später seinen Pickup an, fuhr noch ein letztes Mal durch die Straßen und brach dann nach Los Angeles auf.

Jessica hatte zu Beginn des gemeinsamen Abends nicht den Hauch einer Chance, auch nur einen einzigen Satz zusammenhängend und ungestört aussprechen zu können. Billie Jean erzählte unaufhörlich von ihrem Erlebnis und, als sie die Geschichte umfänglich auf dem Tisch ausgebreitet hatte, wiederholte sie die Story nicht nur einmal. Irgendwann bemerkte sie selbst ihre Wiederholungen und ließ nun die erste Frage ihrer Freundin zu.

»Wann siehst Du ihn denn wieder«, gab sie von sich und riss Billie Jean aus ihren Träumen. Es war ein Satz wie ein Peitschenhieb. Das war seit dem Vormittag der erste klare Gedanke, den sie fasste. Tatsächlich fiel ihr die Dramatik erst in diesem Moment durch die Worte ihrer Freundin auf.

Als sie zunächst nachdenklich und gleich darauf erschrocken in Jessica's Gesicht starrte, dachte diese bei sich, dass die Liebe, so schön sie auch sein mag, auch immer etwas unlogisches in sich trägt. Ein einziges Wort, eine einzige Geste von einem der beiden hätte gereicht. Es war doch offensichtlich, was sie dort am Meer empfunden hatten. Es wäre nicht mal Mut erforderlich gewesen, sondern nur etwas Aufrichtigkeit sich selbst gegenüber. Man kann es drehen, wie man will. Verliebte sind zuweilen so. Es ihnen vorzuhalten, macht aber auch keinen Sinn. Es lässt sich ja doch nichts ändern. Jessica dachte weiter, dass es oft leicht ist, einem anderen zu raten. Was aber, wenn morgen das Leben ihren Weg in eine ähnliche Richtung lenkt. Dann würde sie sich freuen, dass sie in Billie Jean eine Freundin mit offenem Ohr hatte, der sie grenzenlos vertrauen und alles sagen konnte.

Es ging jetzt darum, ihr zu helfen. Aus Jessica's Sicht gab es keine andere Chance, als ihr klar zu machen, am nächsten Tag noch einmal an den Strand auf die Suche zu gehen und zu hoffen, dass der Typ ebenso fühlen, denken und handeln würde.

Freude und Traurigkeit liegen oftmals so dicht beieinander. Bald rollten Billie Jean dicke Tränen über die Wange. Ihr wurde klar, dass etwas in ihren Weg gestolpert war, was sie sich schon immer und so lange gewünscht hatte.

»Es ist schön, verliebt zu sein, aber schrecklich zu wissen, vielleicht keine Hoffnung zu haben« war ein Gedanke, der ihr durch den Kopf schoss. Sollte alles schon vorbei sein, bevor es begonnen hatte?

Der Abend nahm sein bedrückendes Ende. Jessica spendete Trost und Verständnis aus einem übergroßen Füllhorn, begleitete ihre Freundin nach Hause und übernachtete bei ihr, wohl wissend, dass Billie Jean kaum Ruhe finden würde. Jessica wollte einfach nur da sein.

Die Nacht ging schnell vorüber. Beide hatten noch lange gequasselt, auf dem kleinen Balkon ein paar Gläser Wein getrunken und waren irgendwann schlafen gegangen. Erschöpft von den Ereignissen des Tages und beseelt vom Wein hatten beide doch einen recht tiefen Schlaf, kamen am Morgen rechtzeitig in Bewegung, tranken zusammen einen Kaffee, gingen dann aber getrennte Wege, denn Jessica hatte sich mit ihrer Mutter verabredet und Billie Jean musste, ob sie nun wollte oder nicht, vormittags in eine Vorlesung. Für ein paar Stunden war sie wirklich abgelenkt, fand aber zur Mittagszeit den schnellsten Weg aus der Uni, warf zu Hause ihre Mappe auf den Tisch, nahm ihr Fahrrad und radelte zügig zur Beach Bar, stellte das Rad dort ab und betrat um 1 Uhr den Strand.

Das war der Zeitpunkt, als Chrissi mit seinem Pickup die letzte Irrfahrt durch die Straßen der Stadt machte, bevor er nach Kalifornien zurückfuhr.

In ihrer Unruhe hatte sie heute keinen Blick mehr für die Schönheit der Natur. Sie machte sich zügig auf den Weg zum East Beach Park und hoffte auf eine erneute Begegnung mit Chrissi. Sie ahnte nicht, dass dieser am Vormittag, dieselbe Hoffnung in sich tragend, den gleichen Weg gegangen war. Doch auch Billie Jean suchte und hoffte vergebens. Nach ungefähr einer Stunde war sie soweit vorangekommen, dass sie den Strand bis zum Beach Park übersehen konnte, ohne auch nur einem Menschen zu begegnen oder in der Ferne zu sehen entdecken. Gesenkten Hauptes und mit traurigem Blick trat Billi Jean den Rückweg an. Sie versuchte sich einzureden, dass er ihr mit etwas Glück in den kommenden Tagen noch einmal über den Weg laufen würde. Am Abend wollte sie sich erneut mit Jessica treffen, um zu berichten, was sie tagsüber erreicht hatte. So jedenfalls waren sie am Morgen auseinander gegangen. Ihre Nähe und Freundschaft würde ihr in nächster Zeit noch mehr bedeuten, dachte sie bei sich. Sie war froh, jemanden zum Reden und Zuhören zu haben. Dass es dabei jedoch nicht um Chrissi gehen würde, sollte sich sehr bald zeigen.

Auf dem Rückweg, etwa an der Stelle der gestrigen Begegnung, nahm sie in einiger Entfernung vier nebeneinander gehende Jungs wahr. Sogleich keimte erneut Hoffnung in ihr auf, dass das vielleicht der unbekannte mit seinen Freunden auf der Suche nach ihr war. Der ersten überschwänglichen Freude folgte sogleich erschrockene Enttäuschung, die unversehens in Angst umschlug als sie erkannte, wer da auf sie zukam. Diese vier Typen kannte sie inzwischen. Dass sie einen permanenten Alkoholpegel hielten, schien ihr tägliches Soll zu sein. Auch jetzt, als sie näherkamen, war kein anderes Verhalten erkennbar. Das Gegröle war weithin zu hören, nur störte es hier niemanden. Der Strand war menschen-leer und Billie Jean ohne eine Chance, ihnen ausweichen zu können. Vermutlich konnten sie beobachten, wie sie zuvor das Fahrrad an der Beach Bar abgestellt hatte und allein an den Strand ging. Dann waren sie ihr gefolgt, dorthin, wo keine anderen Zuschauer störten und wo sie mit ihrer coolen Arroganz nicht weiter kam. Sehr bald standen sie ihr unmittelbar gegenüber. An diesem Tag verlor das Paradies am Strand von Galveston seine Unschuld!

Als Chrissi seine bedrückende Rückfahrt nach Kalifornien hinter sich gebracht hatte, nahm das alltägliche Leben wieder Fahrt auf, der Wahnsinn auf den Freeways von Los Angeles forderte ihn wie üblich und auch die anderen Aufgaben, die er zu erledigen hatte, ließen ihm nicht viel Freizeit. Während der Treffen mit seinen Freunden war er zwar leiser als früher, fand aber bei so mancher Unternehmung mit ihnen die nötige Ablenkung. Das war auch gut, denn so verfiel er nicht zu sehr ins Grübeln, freute sich, dass sein erneuter Urlaub genehmigt wurde und er vier Wochen später abermals im La Quinta Inn in Galveston eincheckte. Er hatte wieder neuen Mut gefasst und als er auf dem Interstate 10 Richtung Houston fuhr, war er so gar recht euphorisch. Er hatte das Motel nicht direkt angesteuert, sondern machte dort weiter, wo er wenige Wochen zuvor aufgehört hatte. Erst nachdem er einige Zeit kreuz und quer durch die Innenstadt gefahren war und sich länger in verschiedenen Bar's aufgehalten hatte, stand er irgendwann auf dem Parkplatz vor dem Motel. Doch auch dieser Urlaub stand unter keinem guten Stern, was die Suche nach Billie Jean betraf. Egal, was er unternahm, es blieb erfolglos. Während der gesamten Zeit lief er durch die Straßen, mehrfach war er auch auf der Market Street unterwegs, klapperte alle möglichen Bar's und Cafés ab und suchte nicht nur auf dem Campus, sondern auch in der Universität. Wiederholt lief er den alten Weg am Strand entlang, doch die Beach Bar, in der das Bild noch immer an der Eingangstür hing, betrat er nicht mehr.

Irgendwann aber war auch dieser Urlaub vorbei. Am letzten Morgen in Galveston fragte er sich wie so oft in den vergangenen Tagen, ob er alles getan hatte, was er hätte tun können, zog noch einmal alle erdenklichen Möglichkeiten in Betracht, überlegte auch unmögliches. Doch es half nichts. Chrissi hatte das Spiel verloren, weil seine Karten einfach zu schlecht gemischt waren. Es schmerzte ihn unendlich, sich diese Niederlage eingestehen zu müssen. Resigniert trat er den Rückweg an und fuhr zurück nach Kalifornien.

Viele Jahre vergingen. Chrissi hatte lange gebraucht, sich auf eine neue Beziehung einzulassen. In endlosen Nächten trieb er sich damals mit seinen Freunden in den Rockschuppen und Bar's von Los Angeles herum, arbeitete viel, verlor dabei aber nie seinen Weg. Er begann nicht etwa zu trinken, zu kiffen oder flüchtete sich in irgendwelche emotionslosen Beziehungen. Nein. Er wollte nur, dass die Zeit verging und der Abstand zwischen ihm und Südtexas so groß wie nur möglich wurde. Irgendwann schien alles erträglicher, geriet mehr und mehr in den Hintergrund und reduzierte sich auf eine Erinnerung, die ihn aber sein Leben lang begleiten sollte. Nach all den Jahren erlaubte er sich nur in den Momenten daran zu denken, wenn er allein war. Darüber geredet hatte er ohnehin nicht viel. Bald aber blieb er zu diesem Thema gänzlich stumm.

Woran er lange nicht mehr geglaubt hatte, geschah eines Abends im Roxy auf dem Sunset Boulevard. Während des Konzertes einer lokalen Rockband holte er sich an der Bar ein Bier. Das attraktive Mädchen hinter dem Tresen lächelte und sah ihn auf ganz sonderbare Weise an. Chrissi mochte dieses hübsche Wesen auf Anhieb und Emily gestand ihm später, dass sie sich sofort in ihn verliebt hatte. Der ersten Verabredung folgten häufige Treffen, die Beziehung entwickelte sich schnell und irgendwann erzählte Chrissi das einzige und letzte Mal in seinem Leben die ganze Geschichte aus Galveston. Zumindest meinte er, nie wieder davon erzählen zu wollen. Doch hatte das Leben auch in hier wie so oft seinen eigenen Plan. Er vertraute Emily und wollte, dass sie alles von ihm wusste. Sie war eine geduldige und verständnisvolle Zuhörerin, sah ihm während des Erzählens in die Augen und strich ihm, als er zu Reden aufhörte, mit der Hand sanft durch die Haare, sah ihm einige Sekunden in die Augen und sprach ihn aus Rücksicht nie wieder darauf an. Wenig später waren sie verheiratet und Chrissi wurde bald stolzer Familienvater, hatte zwei hübsche Töchter und liebte seine Frau über alles. Eher im Unterbewusstsein suchte er immer die Nähe zum Meer. Aus diesem Grunde hatte er in Laguna Beach ein hübsches Haus am Strand gebaut.

Der kleine Ort lag am südlichen Rand des Orange County und ähnelte ein wenig dem texanischen Galveston. Allerdings war Laguna Beach ein ganzes Stück kleiner. Das Haus der Thompson's lag direkt am Cliff Drive an der Klippe zum Strand, der sich halbmondförmig zwischen dem Städtchen und dem Ozean nach Süden bog. Aus dem schönen, gepflegten Garten hatte man einen wunderbaren Blick auf den endlos weiten Pazifik. Am Horizont war das kalifornische Catalina Island mit seiner schönen Hauptstadt Avalon zu sehen. Eine weitestgehend naturbelassene Insel und ein Paradies für Naturfreunde. Hinter der Insel war dann nur noch Weite, die endlose See.

Beruflich war Chrissi inzwischen Sheriff des Orange County, einem riesigen Department im südlichen Los Angeles, das von Long Beach im Norden bis nach San Clemente als südliche Grenze reichte. Sein Motorrad und die Freeways hatte er irgendwann hinter sich gelassen, machte sich als Detektiv einen Namen, wurde nach einigen weiteren Karrieresprüngen zum Captain befördert und verdankte seinem politischen Interesse und Engagement die Berufung in das verantwortungsvolle Amt des County-Sheriff's. Gesellschaftlich waren die Thompson's sehr beliebt, ihre Party's begehrt und es gab kaum Geschäftsleute, Nachbarn und Freunde, die nicht gern bei ihnen eingeladen wurden.

Chrissi saß eines Abends in seinem Garten, schaute wie so oft auf den Pazifik, betrachtete sein Leben und stellte für sich fest, dass er insgesamt ein glücklicher und zufriedener Mann geworden war. Er hoffte, dass seine Frau und die Kinder für sich auch so empfanden.

Der Distrikt Newport Beach sollte ein neues Polizeigebäude bekommen. Chrissi hatte sich inzwischen mit dem Architekten angefreundet. Er und Pete Walker waren einander von Anfang an sympathisch, hatten sich unmittelbar nach ihrem ersten Treffen und anschließend immer wieder zum Lunch getroffen, um die vielfältigen Probleme an dem Bau zu besprechen. Chrissi's Verbesserungsvorschläge und Einwände waren für Pete gut nachvollziehbar und wurden punktgenau umgesetzt. Beide schätzen die jeweilige Präzision und Pünktlichkeit des anderen. Wenn sie sich trafen, war die Bauplanung sehr bald nur noch Nebensache, weil sie sich blind verstanden und sehr schnell zu Lösungen fanden. Das persönliche Miteinander und das damit einhergehende Männergebrabbel drängte sich zusehends in den Vordergrund. Lustig war es für die beiden immer. Sie teilten so viele Interessen. Beide standen auf alte Pickups, waren sehr sportlich, freimütige, lustige Geister und hatten sehr schnell ein freundschaftliches, aufrichtiges Vertrauensverhältnis zueinander entwickelt. Die Einladung zum Abendessen nach Lagune Beach war die unbedingte logische Folge und die Männer wollten, dass sich auch die Familien kennenlernten.

Billie Jean hatte die Hölle durchlaufen müssen. Der wunderbare, von Hoffnung erfüllte Tag am Strand war zur überschweren Last geworden, die Sommerwärme zur alles versengenden Glut, ein Traum zum Altraum, aus dem Alles wurde das Nichts. Das Bewusstsein, das Denken und vor allem das Fühlen wurde von einer Sekunde auf die andere abgestellt.

Es war dunkel in Ihr, kaum noch Wahrnehmung, emotional tot. Irgendwann erwachte sie schmerzerfüllt aus diesem Zustand, hatte keine Orientierung mehr und war unfähig, sich zu bewegen, geschweige denn, ein Wort zu sagen. Wie lange sie dort gelegen hatte und was eigentlich passiert war, vermochte sie nicht zu sagen. Ein des Weges kommendes Ehepaar, denen zuvor die vier offensichtlich betrunkenen Männer noch am Strand begegnet waren, halfen ihr, riefen die Ambulanz, alarmierten die Polizei und gaben die nötigen Hinweise, die wichtigen Beschreibungen der Täter, die zur baldigen Festnahme geführt hatten.

Es ist nicht zu beschreiben, was eine Frau zu ertragen hat, wenn ihr derart weh getan wurde. Sicher, die Horde war schnell gefasst. Sie saßen wie immer besoffen in der Beach Bar, wurde noch am selben Nachmittag in Untersuchungshaft gebracht und später zu mehrjährigen Freiheitsstrafen verurteilt.

Neben dem körperlichen und seelischen Leid waren da die Untersuchungen im Krankenhaus, in dem Billie Jean durch Medikamente in einen vermeintlich beruhigenden Zustand versetzt wurde. Sie hatte nach ihrer Freundin gerufen, die wenig später im Krankenhaus erschien und sie spät am Abend mit nach Hause nahm. Tage darauf folgten erste, quälende Vernehmungen durch die Polizei und später die Gerichtsverhandlung, während der sie den Tätern noch einmal ins Gesicht sehen musste. Wie sie diese schwere Zeit überstehen konnte, hätte sie später nicht erklären können. Jessica war ihr fester Halt auch in den langen Tagen des Leidens und den schmerzvollen wachen Nächten an ihrer Seite. Ihre Eltern und auch die Großmutter gaben ihr die Liebe, die sie so dringend nötig hatte und irgendwie schleppten sich die tauben Wochen und Monate – wenn auch sehr langsam – dahin.

Die Zeit hat keine Bremsen. Sie ist der Rhythmus des Universums und vergeht unaufhaltsam. Sie entfernt den Schmerz von seiner Ursache so, wie sie auch den Traum von seinem Träumer oder den Schriftsteller von seinen Geschichten, aber auch das Gestern vom Morgen trennt, lehrt die Seele, so vieles zu ertragen und mit den Erfahrungen umzugehen. Das Leid selbst aber verging für Billie Jean nicht, würde immer Teil ihres Lebens bleiben.

Es lag auf der Hand, dass sie die anstehende Prüfung nicht bestehen konnte. Sie war zwar soweit stabil, dass sie es zumindest versuchen wollte, hatte aber die Klausuren auf halbem Wege aus verständlichen Gründen abbrechen müssen. Zu quälend die Erinnerungen, unmöglich, den umfangreichen Lehrstoff zu pauken und das, was sie wusste, entsprechend zu Papier zu bringen.
Es dauerte also ein paar Jahre, bis sie das Examen erfolgreich bestand. Allerdings hatte sie nicht in Galveston zu Ende studieren können, sondern war nach New York gegangen. Dort, wo sie nichts an Texas erinnerte, belegte sie den Abschluss mit Auszeichnung. Nachdem sie auch sehr zügig ihre Doktorarbeit geschrieben hatte, vermittelte sie ihr Doktorvater an das Children Hospital am Sunset Boulevard in Los Angeles, wo sie eine geschätzte und anerkannte Kinderärztin wurde.

Was diesen Teil ihres Lebens anging, stellte sich über die Jahre wieder so etwas wie Normalität ein. Den vielen Kindern zu helfen war ihr größtes Glück. Sie sogen alles, was sie an Liebe geben konnte, aus ihr heraus und des abends ging sie oftmals erschöpft aber zufrieden nach Hause. Dort war sie allein, lebte recht zurückgezogen, ging nur sehr selten unter Leute und das hübsche Lächeln war für lange Zeit aus ihrem Gesicht verschwunden. Das zeigte sie nur ihren kleinen, dankbaren Patienten im Krankenhaus.

Jessica hatte sie nicht mehr bei sich. Sie war in Texas geblieben, hatte einen Job als Ärztin in Austin angenommen, war inzwischen verheiratet und Mutter eines Sohnes. Ihre Freundschaft war aber nie abgekühlt. Sie hatten ständig Kontakt, telefonierten Stunde um Stunde und quasselten wie in ihren Teeniejahren miteinander. Dann und wann kam Jessica nach Los Angeles zu Besuch. Das waren die Abende, an denen Billie Jean auftaute und beide auf die Piste gingen. Genauso, wie es damals war. Gelegentlich trieben sie sich auch im »Roxy« herum und lauschten der Musik junger neuer Rockbands und dem sich ändernden Sound der Zeit.

Irgendwann, auf einer Feier der Kinderklinik, lernte Billie Jean einen jungen, hübschen Mann kennen, der sie sehr an Chrissi erinnerte. Sein ungehemmtes Lachen faszinierte sie und seine unwiderstehliche Art des Erzählens zog sie in seinen Bann. Durch seine unkomplizierte und angenehm verrückte Art das Leben anzugehen, erhellte er in Ihr ein fast erloschenes Licht. Sie hörte sich wie nach ewiger Zeit wieder lachen. Hoffnung, Mut und aufkeimende Zuversicht zogen in ihrer Seele ein. Irgendwann erfuhr auch er die Galvestongeschichte. Dabei lernte Billie Jean die andere, die erwachsene, die verständnisvolle und sensible Seite dieses Mannes kennen, der ihr ganzes Leben lang ein treuer, verlässlicher Partner und Weggefährte bleiben sollte.

Es dauerte also einwenig, bis sich die Beziehung entwickelte. Er war sehr vorsichtig mit ihr und irgendwann stellte sich auch das Lebensglück für Billie Jean ein. Sie wurde Mama einer Tochter und eines Sohnes, wohnte mit ihrer Familie in einem schicken Haus in Beverly Hills und war mit Leidenschaft für ihre Familie da. Sie hatte ihr Dasein wieder sortiert und so konnte es ihrer Meinung nach weitergehen. Doch diesen Gefallen tat ihr das Leben nicht. Chrissi hatte sie nie ganz vergessen.

Auch in Kalifornien sind die Tage im Oktober eine wunderbare Zeit. Chrissi's Ehefrau Emily war eine erstklassige Köchin und hatte sich sehr über die Freundschaft zwischen den beiden Männern gefreut. Emily hatte sich ein paar mal mit Chrissi in Downtown zum Lunch verabredet und bei diesen Gelegenheiten auch Pete kennengelernt. Sie waren sich so ähnlich und es machte ihr Spaß zuzuhören, wenn die beiden ihre Witze rissen und wie ein paar große Jungs herumalberten. So richtig erwachsen geworden waren sie nicht, was ihr am meisten gefiel. Seine Ehefrau kannten beide noch nicht. Von daher freuten sie sich auf das erste gemeinsame Abendessen.

Es war 18 Uhr, als es an der Haustür am Cliff Drive in Laguna Beach klingelte. Auf Pete war verlass. Pünktlich wie ein Uhrwerk. Emily öffnete und die Walkers traten ein. Ohne Rücksicht auf jeden Anstand rannte Pete auf Chrissi zu, die beiden Freunde fielen sich in die Arme und freuten sich über das Wiedersehen.

Nach einigen Sekunden wandte Pete sich an Emily, begrüßte auch sie auf das herzlichste und sagte dann zu beiden: »Darf ich Euch meine Frau Billie Jean vorstellen? Sie ist Kinderärztin im Children Hospital, das schönste Wesen auf der Welt und die Mutter unserer Kinder!«

Als sich Chrissi und Billie Jean anlächelten und die Hand gaben, hielten sie für den Bruchteil eines Momentes inne. Sie fühlten sich eigentümlich gehemmt und beide hatten den Eindruck, einander irgendwie zu kennen. Gesagt haben sie es jedoch nicht. Immer wieder suchten sich im Laufe des Abends ihre Blicke, doch fanden sie den gedanklichen Weg nach Galvaston nicht, noch nicht.

Die Stunden verliefen sehr harmonisch. Nach dem Essen saßen die vier im Garten, sahen auf den weiten Ozean und beobachteten den Sonnenuntergang. Es war ein wunderbares Bild. Von See her wehte eine leise Brise, die später etwas Kühle brachte. Hier, im südlichen Kalifornien, ist das Wetter auch zwischen Oktober und März herrlich mild. Wenn die Temperaturen im Herbst und Winter zum Abend etwas fallen, ist das sehr angenehm und erholsam.

Es gab so viele Themen, über die im Laufe des Abends gesprochen wurde und irgendwann waren die vergangenen Jugendlieben an der Reihe. Pete erzählte freimütig von den ersten Küssen in der Schule und auch Emily trug mit lustigen Erzählungen zur Unterhaltung bei. Chrissi war doch etwas vorsichtiger. Er hatte ja Emily schon vor langer Zeit von seiner unerfüllten Liebe in Galveston erzählt, wollte aber auch heute nicht ausführlicher werden. Trotzdem. Vorsichtig schilderte er die Ereignisse, von der Begegnung am Strand, von der Suche am darauffolgenden Tag und von seiner Rückkehr nach vier Wochen. Dann hielt er inne. Die Erinnerung erwachte zum Leben und hinderte ihn, weitere Details von sich zu geben. Pete und Emily nahmen die Geschichte zum Anlass, so manches Erlebnis von früher aufzugreifen. Beide hatten Chrissi's Verstummen nicht mitbekommen. Billie Jean aber sehr wohl. Es stockte ihr der Atem, als sie den Freund ihres Mannes reden hörte. Mit einem Mal sah und erkannte sie ihn wieder. Eindeutig. Zweifellos. Die Erinnerung war plötzlich hellwach und echt, als würde alles in diesem Moment geschehen. Es war ihr zum Heulen. Durch ihren Kopf rauschte eine Flut von Bildern, die sich auch nicht stoppen ließ. Auf einmal war sie wieder am Strand in Texas, spürte noch einmal die aufwühlenden Momente der Begegnung. Sie hätte vor Freude heulen können und doch musste sie sich zusammennehmen. Sie wollte vor allem ihren Mann nicht enttäuschen, aber auch die Gastgeber nicht in Verlegenheit bringen. Das gelang ihr einigermaßen und mit voranschreitendem Abend konnte sie ihre Emotionen mehr und mehr kontrollieren. Innerlich war sie aber doch sehr aufgewühlt, konnte nichts mehr zu sich nehmen und hielt sich bei den Gesprächen zurück. Am nächsten Tag würde sie unbedingt Jessica anrufen müssen.

Später saß sie allein mit Chrissi in der Hollywood-Schaukel. Sie unterhielten sich über Gott und die Welt. Billie Jean fühlte sich in seiner Nähe äußerst wohl, lauschte aufmerksam seinen Worten und freute sich über die aufkeimende Freundschaft zwischen den beiden Familien, sodass sie bald gemeinsame Ausflüge planten, damit sich auch die Kinder kennenlernen konnten.

So kam es dann auch. Die Familien pflegten eine innige Freundschaft und Billie Jean hatte Chrissi für immer in ihrer Nähe. Dieser aber würde ob ihres Lächelns Zeit seines Lebens nachdenklich reagieren, denn seine Erinnerung erlaubte es ihm auch künftig nicht, seinen Eindruck mit Texas in Verbindung zu bringen. Billie Jean hätte ihm helfen können, doch hielt sie es für besser, alles so zu lassen, wie es war. Tatsächlich unternahmen die Familien im Laufe der nächsten Jahre so manche gemeinsame Reise, nach Galveston aber fuhren sie nie.

Die Farben des Lebens

Das Leben ist, wie es ist. Es geschieht genau das, was auch geschehen soll mit derselben Präzision wie die Dinge, die nicht passieren. Ereignisse, die wir uns ganz besonders und aus tiefstem Herzen wünschen, auf die wir oftmals fiebrig warten, scheinen überhaupt nicht eintreffen zu wollen. Zuweilen unterliegen wir der sicherlich törichten Annahme, unser Schicksal selbst bestimmen oder beeinflussen zu können. Tatsächlich aber haben wir nur die Entscheidungsmöglichkeit, was wir zu bestimmten Zeiten tun möchten oder sein lassen wollen. Entschließen wir uns also, einen Urlaub in einem schönen Land zu verbringen, kann niemand vorhersagen, wie die Anreise verläuft oder welche Ereignisse während des Aufenthaltes dort unseren Weg kreuzen.

Wer hat es in seinem Leben nicht schon einmal erlebt, dass man an etwas Bestimmtes denkt, das sich dann wenig später wirklich ereignet. Dahin gehende Untersuchungen ergaben beispielsweise, dass sogenannte Déjà-vus oft nach Phasen großer Belastung auftreten, wenn der Stress abebbt und des Menschen Seele sich wieder entspannt. Eine andere interessante Hypothese deutet auf verdrängte Fantasien hin und es scheint als erwiesen, dass dieses Phänomen unmittelbar vor epileptischen Anfällen auftritt. Allerdings vermag niemand mit Bestimmtheit zu sagen, was in solchen Momenten tatsächlich in uns geschieht.

Ähnlich verhält es sich mit dem Unterbewusstsein. Wie kann es sein, dass wir uns in bestimmten Momenten aus unerklärlichen Gründen ängstigen oder den Menschen, der uns gerade begegnet, absolut nicht mögen, ohne ihn jemals zuvor getroffen zu haben. Dann wiederum sehen wir vielleicht jemandem zum ersten Mal, der uns auf besondere Weise berührt, möglicherweise Mitleid oder tiefe Zuneigung weckt. Die Rede ist von der Liebe auf den ersten Blick. Wir sollten einfach akzeptieren, dass es in dieser Welt kein Bewusstsein ohne Unterbewusstsein geben kann, genauso, wie es keine Nacht ohne den Tag, kein heiß ohne kalt und auch kein gut ohne schlecht geben wird. In letzter Konsequenz könnte das aber auch bedeuten, dass Himmel und Hölle, sogar Gott und Teufel einander bedingen. Zugegeben. Eine gewagte These, aber auch nur eine These.

Bereits diese wenigen Zeilen offenbaren, dass abseits der wahrnehmbaren Welt ein nicht minder großer Kosmos existiert, der möglicherweise viel gewaltiger ist als das, was wir bewusst erkennen. Vieles reagiert ganz sicher nicht auf unser Wollen, sondern eher nach einem geheimen Schaltplan miteinander und lenkt das Leben eines jeden von uns in verschiedene Bahnen. Dieses Drehbuch regelte vermutlich auch nicht ohne Grund, warum ich gerade in dieser Zeitspanne meine – wenn nichts dazwischen kommt – siebzig bis achtzig Jahre dauernde Lebenszeit verbringen darf und nicht im Mittelalter, in der Steinzeit, aber auch nicht in einhundert oder vielen Tausend Jahren. Glücklicherweise hat es besagter Fahrplan auch so gedeichselt, dass ich in Mitteleuropa, in dem derzeit die längste Friedensphase herrscht, meinen vielen Interessen nachgehen kann und nicht in einem der unzähligen Krisengebiete auf unserem Globus ums Überleben zu kämpfen habe. Wie dem auch sei. Das Prinzip der Evolution, die Strategie allen Lebens oder auch Gottes Plan, wenn es den tatsächlich geben sollte, wurden sicherlich nicht gemacht, damit wir es verstehen, obwohl ich – genau wie Albert Einstein es sich gewünscht hatte – zu gern einen Blick hinter die Kulissen und in seine Karten werfen würde. Schlussendlich aber bleibt es dabei. Die Dinge geschehen.

In Sinne der bisherigen Worte war es auch unerklärlich, was sich in einem willkürlichen Moment zwischen Julia Andresen und Jonas von Herborn auf sehr mysteriöse Weise aneinanderfügte. Am Ende erschien das für den Verlauf der Geschichte, die hier erzählt werden soll, auch weniger von Bedeutung. Wesentlich war nur, dass sich beider Leben von einer Sekunde auf die andere untrennbar miteinander verbanden, als sie sich vor einigen Jahren an einem sonnigen Septembertag über den Weg liefen. Nichts davon war ihnen sofort gegenwärtig, denn ihr Unterbewusstsein brauchte wie so oft im Leben der Menschen ein wenig Zeit, um als klarer Gedanke oder spürbare Empfindung an die Oberfläche des Bewusstseins zu gelangen und ihren - von wem auch immer - geplanten Einfluss auf das Leben zu nehmen.

»Konnopke's Imbiss«, im Volksmund einfach nur »Konnopke« genannt, ist vermutlich die berühmteste Currywurstbude Berlins. Sie liegt auf der Schönhauser Allee im Ortsteil Prenzlauer Berg, direkt unter der Hochbahnbrücke der U2 und war auch an diesem Tag wie immer zur Mittagszeit mehr als gut besucht. Da standen Kunden aus sämtlichen Gesellschaftsschichten und aller Herren Länder ordentlich hintereinander in einer recht langen Reihe und warteten geduldig, bis sie ihre Bestellung aufgeben konnten. Viele der Kunden hätten sich durchaus ein leckeres Menü in einem tollen Restaurant leisten können, aber dort wäre es sicherlich nicht so kultig wie am Rande der belebten Straße direkt unter den U-Bahn-Gleisen. Ob Aristokrat oder nicht, im »Konnopke« braucht man keinen Titel. Wer sich an dem fraglichen Tag als Beobachter etwas abseits aufhielt, konnte – einen aufmerksamen Blick vorausgesetzt – wunderbar bestaunen, wie sich der Oberarzt eines Krankenhauses, auf einen Snack in seinen weißen Kittel hier vorbeigekommen, hinter zwei Punkern mit bunt fluoreszierendem Irokesenhaarschnitt anstellte und auch ein paar freundliche Worte mit ihnen wechselte. Eine ältere Dame, die nicht mehr so recht stehen konnte und sich prustend vor Anstrengung missmutig auf ihren Rolli stützte, wurde ohne Murren von allen Kunden durchgelassen und umgehend bedient. Da gab es kein mürrisches Gezeter, da meckerte auch niemand. Das seltsame Kaleidoskop der bunten Versammlung wartender Kunden wurde, neben einigen anderen skurrilen Erscheinungen, von einer laut schnatternden Gruppe lachender und alles fotografierender chinesischer Touristen vervollständigt. Insgesamt ein freundliches und nachdenklich machendes Bild multikulturellen Miteinanders. Vielleicht braucht es tatsächlich einfach nur viel mehr Imbissbuden auf der Welt -!

Jonas von Herborn fiel in dieser Reihe überhaupt nicht auf, als er recht entspannt zu Fuß aus Richtung Eberswalder Straße kam und sich am Ende der Warteschlange einreihte. Er steckte in einer ziemlich verwaschenen und an den Knien reichlich abgewetzten Jeans. Aufgrund der angenehmen Spätsommertemperaturen trug er lediglich ein T-Shirt über der Hose, hielt die Hände in Taschen und sah belustigt den chinesischen Touristen beim Fotografieren zu, als er spontan von ihnen aufgefordert wurde, die Rolle des Fotografen zu übernehmen und die ganze Meute auf einem Bild abzulichten. Als sie in ihrer äußerst freundlichen, zuvorkommenden Art ein Gespräch mit ihm eröffneten und sich hilflos an der Aussprache der Worte »Currywurst mit Pommes frites« versuchten, staunten sie nicht schlecht, als sie auf dieser Seite der Welt aus dem Mund eines Europäers eine – wenn auch etwas holprige – Antwort in dem für Nichtchinesen nur schwer erlernbaren Dialekt »Mandarin« erhielten. Sogleich erfuhren sie, wie ihre Bestellung richtig ausgesprochen werden musste, wofür sie sich mit vielen tiefen Verbeugungen scheinbar übertrieben bei Jonas bedankten. Anschließend unterhielten sie sich hinter vorgehaltenen Händen und immer wieder lächelnd zu ihm schauend amüsiert über diesen für sie beeindruckenden Moment.

Ganz anders lief es bei Julia Andresen. Sie war etwas in Eile und kam schnellen Schrittes über die Straße, um den Imbiss nach einigen Jahren der Abwesenheit endlich wieder einmal besuchen zu können. Aufgrund einiger Termine hatte der Tag für sie schon sehr früh begonnen, sodass ihr Frühstück ausgefallen war. Jetzt aber knurrte der Magen und das »Konnopke« stand ganz oben auf ihrer Besuchsliste, seit sie zwei Tage zuvor mit dem Flieger aus New York kommend in Berlin gelandet war. Als sie sich dicht hinter Jonas, der noch immer aber geschickt mit den fernöstlichen Vokabeln kämpfte, einreihte, drängten sich ihr wie von selbst viele nicht aufzuhaltende Kindheits- und Jugenderinnerungen auf, die sie mit diesem Imbiss verband. Hier war sie aufgewachsen, hatte unter der U-Bahn-Brücke den ersten Jungen geküsst, als sie an einem frostigen Wintertag nach dem Schulunterricht mit Freunden auf einem kalten Brückengeländer saß, während ihrer Studienzeit mit ihren Kommilitonen für die Prüfungen gepaukt und war in all den Jahren immer wieder vorbeigekommen, wenn sie die deutsche

Hauptstadt besuchte. Die Bilder der längst vergangenen Zeiten erwärmten sie und entlockten ihr ein kurzes, kaum hörbares Lächeln. Nur am Rande registrierte sie den vor ihr stehenden und unscheinbaren, geradezu bieder ausschauenden Mann, der erstaunlicherweise japanisch sprach und aus diesem Grund für einige Sekunden ihre Aufmerksamkeit weckte. Jonas hatte dieses leise Lachen nur ganz beiläufig wahrgenommen und sich mehr unbewusst umgedreht, um zu sehen, zu wem es gehörte. In diesem Moment kreuzten sich die Blicke der beiden für den Bruchteil einer Sekunde zum ersten Mal. Sie sahen sich nur flüchtig an, um sich sofort wieder voneinander abzuwenden. Keiner der beiden verschwendete zunächst einen weiteren Gedanken an den anderen. Jonas witzelte noch einen Moment mit seinen Touristen und Julia kramte in ihrer Handtasche eifrig nach ihrem Telefon. Wenige Minuten später erhielt Jonas seine Bestellung und stellte sich mit einer Tüte Pommes etwas abseits an den letzten freien Stehtisch, der nur wenig Schatten vor der warmen Sonne bot. Julia kam sich etwas verloren vor, als sie ihren Teller in den Händen hielt und ebenfalls nach einem schattigen Plätzchen suchte.

Bestimmung, Zufall, Schicksal oder war es einfach, wie es war, dass sie sich auf Jonas zubewegte.

»Ist hier noch etwas Platz frei?«, fragte sie mit freundlichem Ton und ebenso freundlichem Lächeln.

»Aber natürlich«, gab Jonas zur Antwort, sah sie erneut an, nahm das Lachen und das hübsche Gesicht jetzt etwas bewusster wahr.

So standen die zwei allein in ihrer äußerlichen Unterschiedlichkeit etwas abseits an einem kleinen Tisch in dieser großen Stadt und aßen schweigend. Julia in weißer Hose, einer schicken, hellblauen Sommerjacke, die ihrer sportlich schlanken Figur extrem schmeichelte. Die langen blonden Haare waren modisch elegant frisiert und gaben den gebührenden Rahmen für ihr hübsches Gesicht. Jonas, einen guten Kopf größer als seine Tischnachbarin, war wie immer reichlich gediegen unterwegs, machte sich aber keinerlei Sorgen um seine vielleicht schlichte Erscheinung. Das soll nicht heißen, dass er etwa einen ungepflegten Eindruck machte. Er verschwendete einfach nicht so viel Zeit bei der Auswahl seiner Klamotten, da sich seine Gedanken immer um wichtigeres drehten.

»Ob Sie mir bitte eine Serviette herüberreichen können?«, fragte Julia ihn, als sie ihren Teller zu Seite schob.

»Aber ja. Bitte«, gab Jonas zurück, reichte ihr ein weißes Papiertuch und hätte mit seinem Arm fast das vor ihr stehende Wasserglas umgerissen.

»Oh. Entschuldigen Sie«, waren seine begleitenden Worte.

»Ist ja nichts passiert«, bekam er zur Antwort.

»Wäre mir auch zu peinlich gewesen, ihre schicke Jacke zu beschmutzen!«

»Wasser macht ja nichts. Das trocknet wieder. Außerdem kann man die Jacke waschen«, sagte Julia und freute sich über die Höflichkeit und Sensibilität dieses Mannes ob einer geradezu unbedeutenden Situation. Sie erinnerte sich jetzt daran, dass er zuvor japanisch gesprochen hatte, was sie für einen Europäer als ziemlich ungewöhnlich bewertete.

»Kennen Sie das »Konnopke« oder sind Sie zum ersten Mal hier«, brachte Jonas hervor und holte sie aus ihren Gedanken.

»Ich kenne es schon, komme aber nicht so oft hier vorbei. Außerdem sollte man nicht zu viel Pommes essen. Macht dick und ist nicht gerade gesund. Wie ist es bei Ihnen?«

»Mir geht es ebenso. Hin und wieder ja, aber die Regel darf es nicht sein. Ein klein wenig eitel bin ich dann doch«, sagte er und lachte.

Julia nickte bestätigend und freute sich einige Fragen später über diese kleine, wenn auch oberflächliche Unterhaltung. Sie mochte die angenehm beruhigende Art seines Erzählens und das keineswegs Aufdringliche in seinem Verhalten. Früher und an anderen Orten hatte sie in ihrem Umfeld ganz anderes erfahren müssen. Dieser auf den ersten Blick unauffällige Mann schien sich in Kleidung, Verhalten und Reden völlig entspannt zu geben, wie er wirklich war. So schien er beständig er selbst zu sein und brauchte sich überhaupt nicht anzustrengen, um im Vergleich zu anderen Zeitgenossen aus Julias Bekanntenkreis positiv aufzufallen. Er wirkte auf eine ganz andere, besondere Art anziehend.

Von Ihrer Eile war Julia jetzt ziemlich weit weg und zog diesen entspannenden Smalltalk noch etwas in die Länge. Sie genoss es zusehends, sich mit einem wildfremden Mann soviel entspannter und ungezwungener unterhalten zu können, als mit so einigen Kerlen, die sich als Freunde oder gute Bekannte in ihrem Umfeld herumtrieben, hinter deren Worte sie viel zu häufig nur egoistische Absichten erkannt hatte. Jonas nahm inzwischen sehr wohl ihre äußerst attraktive Erscheinung wahr, hielt angestrengt seine Augen in Zaum und reagierte ausschließlich auf das, was sie sagte.

»Da gibt es sicherlich genug Hirten, die ihr ständig die Ohren voll plärren, wie gut sie aussieht. Das will sie wahrscheinlich auch gar nicht hören. Außerdem steht mir eine derartige Äußerung nicht zu«, sagte Jonas zu sich selbst, indem er nachdenklich in seinen Pommes herumstocherte.

»Habe ich Sie vorhin japanisch sprechen hören?«, fragte Julia, als sich das Gespräch alsbald weiterentwickelt hatte.

»Das war chinesisch. Ist auch nicht leicht zu erkennen, denn für europäischen Ohren hören sich die Sprachen tatsächlich sehr ähnlich an, haben allerdings überhaupt nichts miteinander gemein. Fremdsprachen sind ein kleines Hobby, aber messen Sie dem bitte nicht zu viel Bedeutung zu. Der Laie wird sagen, wie toll jemand dieses oder jenes kann. Dem Profi allerdings wird sofort auffallen, was alles nicht in Ordnung ist«, erfuhr sie.

»Mag ja sein, aber die Reisegruppe war sichtlich angetan!«

»Dazu muss man sagen, dass es gerade Chinesen anerkennen, wenn man sich um ihre Sprache wenigstens bemüht. Aber recht haben Sie schon. Umgangssprachlich komme ich im Chinesischen ganz gut voran und schreiben gelingt mir auch einigermaßen!«

»Welche Sprachen sprechen Sie denn noch?«

»Verzeihen Sie, aber ich möchte nicht als Aufschneider gelten und ich bin auch nicht narzisstisch. Erlauben Sie mir, dass ich die Frage nicht beantworte!«

»Ich hoffe, ich bin Ihnen nicht zu nahe getreten!«

»Nein. Keineswegs. Machen Sie sich keine Sorgen. Schmecken Ihnen die Pommes«, überspielte Jonas die Situation und meinte, Julia von ihrer Frage abgelenkt zu haben.

»Ja, sehr lecker. Ich bin aber schon ziemlich gesättigt«, gab sie zurück, dachte aber, dass dieser Mann im Gegensatz zu seinem Äußeren in seiner persönlichen Haltung scheinbar sehr elegant und rücksichtsvoll war. Es hatte ihr gefallen, wie geschickt und uneitel er sie aus dem Vakuum, das durch ihre Frage entstanden war, herausmanövriert hatte.

»Aber Ihr Teller ist ja noch halb voll!«

»Oder habe ich ihn schon halb geleert«, konterte sie grinsend und begeisterte Jonas mit dieser schlagfertigen Antwort.

So vergingen die Minuten und bei einem Blick auf die Uhr stellte Julia fest, dass sie schon vor einiger Zeit fort gemusst hätte.

»Es tut mir sehr leid, wenn ich hier jetzt abbrechen muss, aber ich habe noch einen sehr wichtigen Termin, den ich keinesfalls versäumen darf«, erklärte sie und verabschiedete sich wenige Sekunden später höflich. Insgeheim hätte sie noch länger bleiben wollen, wandte sich aber aufgrund des Zeitdrucks doch ab und machte sich auf. Auch Jonas verließ den Imbiss und ging ebenfalls seiner Wege. Keiner von beiden aber war auf die Idee einer Verabredung gekommen. Seltsamerweise drehten sie sich nicht einmal um, als sich ihre Wege trennten, denn in diesem Moment war die zuvor angeregte Unterhaltung in ihren Köpfen nicht mehr als ein nettes Tischgespräch gewesen. Das aber sollte sich noch ändern.

»Frau Andresen, bitte«, sagte die freundliche Sprechstundenhilfe, als sie die Tür des kleinen Wartezimmers öffnete, in dem Julia allein saß. Sie hatte gerade einmal fünf Minuten auf den eleganten Stühlen gesessen und kaum Zeit gehabt, sich eine der vor ihr auf einem kleinen Tisch liegenden Zeitschriften auszusuchen. Aufgrund ihrer angespannten inneren Unruhe wäre ohnehin kaum mehr möglich gewesen, als die Seiten flüchtig durchzublättern. Julia ahnte, dass dieser Arztbesuch nichts Gutes versprach.

Sie hatte bereits seit einigen Jahren in New York gelebt und war dort als Journalistin bei einer großen Tageszeitung beschäftigt gewesen, hatte sich in Fachkreisen einen erstklassigen Ruf und Anerkennung als versierte Literaturkritikerin erarbeitet, verdiente entsprechend gutes Geld und lebte das Leben, das sie sich zumindest beruflich vorgestellte. Nachdem sie zuvor schon in Paris, Tokio und London gearbeitet hatte, war sie seit einiger Zeit intensiv damit beschäftigt, ihre Rückkehr nach Berlin, der Stadt in der sie aufgewachsen war, vorzubereiten. Das Angebot eines großen Buchhandels hatte sie bereits angenommen, sich eine schicke Wohnung in Charlottenburg genommen und einen Batzen Geld für die elegante Einrichtung ausgegeben. Der Rest ihrer persönlichen Sachen würde in einigen Wochen per Schiffscontainer aus Amerika nachkommen, sodass es also noch einige Zeit reichlich zu tun gab, bis ihr neues zu Hause fertig sein würde.

Inmitten dieser Vorbereitungen traf es sie wie ein Blitz, als sie eines Morgens unter der Dusche ihrer New Yorker Wohnung einen Knoten in der linken Brust entdeckt hatte. Die Fingerspitzen der rechten Hand ertasteten einen gefühlt kirschgroßen Knoten tief im Gewebe, der eine Woche zuvor noch nicht da gewesen war. Oder vielleicht doch? Möglicherweise war er ihr nur nicht aufgefallen. Beim genaueren Überlegen konnte sie sich nicht mehr so recht daran erinnern, wann sie letztmalig auf derartige Veränderungen geachtete hatte. Nach dem ersten Schrecken sagte sie, ohne Zeit zu verlieren, alle Termine des Tages ab und ging unverzüglich zum Arzt. Nach der ersten körperlichen Untersuchung durch Dr. Fraser, der ihre bisherigen kleinen Wehwehchen zumeist mit wenig Aufwand, dafür aber immer mit viel Witz heilen konnte, folgten der Ultraschall und gleich anschließend die Mammografie.

»Wann haben Sie diesen Knoten denn das erste Mal gefühlt?«, fragte er mit ruhiger Stimme aber etwas besorgtem Blick nach.

»Heute früh unter der Dusche!«

»Verspüren Sie Schmerzen?«

»Nein. Absolut nichts!«

»Sind Sie häufiger müde oder körperlich nicht auf der Höhe. Ich meine, ob Ihnen die Arbeit zu schaffen macht oder Sie sich nicht richtige konzentrieren können?«

»Jetzt, wo Sie es sagen, ist mir schon aufgefallen, dass ich in den vergangenen Wochen am Abend häufiger früh eingeschlafen war.

Ich hatte aber auch viel zu tun und schob das alles auf die Belastung am Arbeitsplatz!«

Er stellte noch einige weitere Fragen, hörte ihr genau zu, machte sich umfangreiche Notizen und schrieb eine ganze Weile in ihrer Krankenakte. Julia mochte diesen stillen Mann, der ihr auch bei kleineren Beschwerden hoch konzentriert zuhörte, sie immer sehr gründlich untersuchte und so ihr Vertrauen gewonnen hatte.

Zwei Tage später wurde Julia zur feingeweblichen Untersuchung eine Zellprobe entnommen, deren Ergebnis sie aufgrund ihres anstehenden Umzuges nicht mehr in den USA erfuhr, da sie bereits am nächsten Morgen nach Berlin flog. Dr. Fraser, der Julia in den vergangenen Jahren als Patientin sehr gern behandelt hatte und sich aufgrund ihrer persönlichen Veränderungsabsichten nun doch von ihr verabschieden musste, empfahl ihr die umgehende Weiterbehandlung durch seinen Studienkollegen, Dr. Robert Breitenbach, in dessen Behandlungszimmer sie jetzt saß und wartete.

Die Zeit nach der ersten Diagnose war die emotionale Hölle auf Erden gewesen. Erfüllt von bohrender Angst hatte sie keine Ruhe gefunden, überhaupt nicht schlafen oder arbeiten können. Die Gedanken drehten sich im Kreis und noch nie in ihrem Leben hatte sie sich so allein gefühlt. Inzwischen aber ging es ihr etwas besser, sie hatte ihre Emotionen wieder im Griff und etwas Mut gefasst.

Als sie sich für einen Moment an das Gespräch mit ihrem unbekannten Tischnachbarn im »Konnopke« erinnerte, fiel ihr auf, dass sie in diesen Minuten das erste Mal seit ihrem Arztbesuch in New York so etwas wie Ruhe und Ablenkung empfunden hatte. Julia erinnerte sich abermals an die völlig unaufgeregte Wesensart ihres Gesprächspartners, dessen warme Stimme wie ein Echo in ihr nachhallte. Langsam dämmerte es ihr, dass das Gespräch für sie nicht beendet war, als sie den Imbiss verließ. Im Hinterkopf hatte sie auf dem Weg zum Arzt viele Worte des Gespräches noch einmal durchdacht. Aus diesen Gedanken erwachte sie erst, als sie Minuten später vor der Praxistür gestanden und die Klingel betätigt hatte.

»Hallo, Frau Andresen«, sagte Dr. Breitenbach, als er das Zimmer betrat.

»Guten Tag«, hörte er Julia sagen und bemerkte auch bei ihr - wie bei fast allen seiner Patienten - den von bedrückender Angst erfüllten Blick in Erwartung dessen, was sie vermutlich gleich hören würde. Nur wenige waren in diesen Momenten gefasst.

Der Arzt stellte sich höflich vor und unterhielt sich mit ihr zunächst über dieses und jenes, lenkte das Gespräch sehr bald aber auf seine Freundschaft mit Dr. Fraser und kam sogleich auf den Grund ihres Besuches zu sprechen.

»Ich habe die Unterlagen aus New York bekommen«, berichtete er und machte eine kurze Pause, die Julia als Ewigkeit empfand.

Sie war weder in der Lage, sich zu bewegen, noch irgendetwas zu sagen und wartete ungeduldig, bis der Doktor weitersprach.

»Wie fühlen Sie sich«, war seine erste Frage.

»Ich weiß, dass ich diesen Knoten in der Brust habe und nach der Untersuchung in New York ist mir klar, dass ich sehr krank sein könnte. Spüren tue ich nichts, aber ich habe Angst und bin doch sehr besorgt«, gab sie zur Antwort.

»Haben Sie seither etwas schlafen und essen können?«

»Mit dem Schlaf ist es nicht sehr weit her, aber ich habe gerade im »Konnopke« eine Kleinigkeit gegessen!«

»Ach ja. Das »Konnopke« ist ein netter Ort. Wir gehen in unseren Pausen auch gern mal dorthin!«

So und ähnlich lenkte der Arzt das Gespräch für weitere Minuten in unterschiedliche Richtungen und Julia konnte sich keineswegs erklären, was das eigentlich sollte. Dr. Breitenbach aber verfolgte damit ein ganz bestimmtes Ziel. Bevor er ihr sagen konnte, was in den Papieren auf seinem Tisch zu lesen war, musste er unbedingt herausfinden, wie und mit welchen Worten er ihr zu begegnen hatte. Plötzlich stand er auf, ging um seinen Schreibtisch, setzte sich seiner Patientin gegenüber und begann ganz ruhig, langsam und sehr sachlich zu reden.

»Also. Der Knoten in Ihrer Brust ist ein Tumor und vermutlich schon etwas ausgeprägter. Wir müssen davon ausgehen, dass sich bei Ihnen in anderen Organen bereits Metastasen gebildet haben. Ich werde Ihnen als Nächstes eine Substanz spritzen und durch Röntgenaufnahmen aber auch durch Ultraschall herausfinden, wie weit Ihre Erkrankung fortgeschritten ist. Erst danach können wir die weitere Behandlung festlegen!«

Julia brachte kein Wort mehr hervor. Wie betäubt starrte sie fragend und Hilfe suchend in des Doktors Gesicht, der sie weiterhin ruhig ansah. Ein erneut heilloses Durcheinander breitete sich in ihren Gedanken aus. Unmöglich, auch nur einen zusammenhängenden Satz zu formulieren, obwohl sie über so vieles reden wollte. Die eine und alles entscheidende Frage traute sie sich aus Angst vor einer Antwort erst gar nicht zu stellen. Als sie sich im Anschluss an die neuerliche Untersuchung und einigen beruhigenden Worten des Arztes wieder gefunden hatte, stand sie bald allein vor der Praxis auf dem Gehweg, sah nach links, warf einen Blick nach rechts und hatte keine Ahnung, wohin sie jetzt gehen sollte. Da war nur dumpfe Leere in ihr. Sie versuchte trotzdem, sich zusammenzunehmen, konnte und wollte aber auch nicht verhindern, dass ein paar dicke Tränen über ihr Gesicht kullerten.

Tage später, als sie Dr. Breitenbach erneut gegenüber saß, bewahrheitete es sich. Die Krankheit war bereits sehr weit fortgeschritten und Julia erfuhr, dass zügig eine Chemotherapie folgen müsste. Die Heilungschancen blieben abzuwarten, dazu konnte der Arzt zu diesem Zeitpunkt keine verlässliche Aussage machen, ermutigte sie aber sehr behutsam, keinesfalls aufzugeben, denn die nicht allzu pessimistische seelische Haltung eines Patienten sei extrem wichtig für die Aussichten einer Genesung.

Julia quälte sich innerlich durch die folgenden Tage, fasste langsam wieder etwas Mut und gelangte zu der Überzeugung, dass sie so weit wie möglich ihr normales Leben weiterführen wollte. Beseelt von diesem Gedanken richtete sie nach und nach ihre Wohnung fertig ein, ging arbeiten und verschwieg die Krankheit vor ihren Freunden und Kollegen. Sie wollte kein Mitleid und nach jeder Behandlung nicht jedem ausführlich erklären müssen, wie sich alles entwickelte und sie sich fühlte. Soweit es ginge, würde sie das alles aus dem täglichen Leben verdrängen und entschlossen ihren Weg allein gehen.

Jonas hatte sich aufgemacht, um mit der U-Bahn nach Hause zu fahren. Er bewohnte eine kleine Wohnung im Literatenviertel

Friedenau, in dem schon große Schriftsteller wie Max Halbe, Erich Kästner aber auch Günter Grass zu Hause waren, und das hatte seinen Grund. Nach seinem Studium der Literaturwissenschaften und Germanistik war er ein sehr erfolgreicher Romanschriftsteller geworden, der spannende Geschichten schrieb, in denen ganz normale Menschen die Protagonisten waren. Aufgrund seines in der Öffentlichkeit bekannten Familiennamens hatte er seine Romane aus Gründen der Wahrung seiner Privatsphäre bislang unter dem Pseudonym Peter Steinberg veröffentlicht.

Den Vormittag hatte er an diesem Tag im Amtsgericht Pankow/ Weißensee verbracht und auf den Zuschauerrängen die Gerichtsverhandlungen verfolgt. Hier wurden ihm die skurrilsten Ereignisse vorgeführt, in die viele Menschen teils ungewollt, oftmals aber auch mit Absicht geraten waren. Hier konnte er ungestört ihre zuweilen schwierigen Charaktere studieren, die Motivationen für die teils schrägen aber auch kriminellen Machenschaften erfahren und tiefen Einblick in katastrophale Familien- und Lebensverhältnisse gewinnen. Da gab es Ereignisse, Verhalten und Reaktionen, die man sich in dieser Vielfalt auch als noch so guter Schriftsteller einfach nicht ausdenken konnte. Für Jonas waren viele dieser Menschen die wirklichen Philosophen der Gegenwart, die unter widrigsten Umständen und unglaublichen Bedingungen ihr Leben meisterten. Ein paar Tage zuvor hatte er sich in seine ältesten Klamotten gezwängt, um möglichst heruntergekommen auszusehen und war eine ganz Nacht im Bereich des Bahnhofs Zoologischer Garten unterwegs gewesen. Hier prallten die Licht- und Schattenwelten Berlins mit voller Wucht gegeneinander. Auf der einen Seite gibt es Nobelhotels und teure Boutiquen. Geht man aber hinüber auf die andere Seite zum Tiergarten, sind unter Mauervorsprüngen die Zeltstädte der Obdachlosen, in denen es muffig und modrig riecht, zu finden. Diese Stadt war schon immer ein übergroßer Schauplatz aufregendster und vielfältigster Orte für derartige Sozialstudien, die Jonas für die Geschichten in seinen Romanen inspirierten. Auch wenn er die beobachteten Ereignisse veränderte, inhaltlich verfremdete oder miteinander vermischte, aber auch die Namen der Personen durch eigene Wortfindungen ersetzte, wollte er insbesondere den benachteiligten, gestrandeten Menschen und Opfern, also jenen, die im Krebsgang durchs Leben zu gehen haben, eine Stimme geben. Damit erreichte er bislang eine gewaltige Lesegemeinde, denn die Auflagen seiner Bücher steigerten sich besonders in den letzten Jahren enorm. Jonas selbst, aber auch sein Verleger, war der festen Überzeugung, dass die neue Story eine weitere Erfolgsgeschichte sein würde. Da die Veröffentlichung bereits auf Hochbetrieb lief und der Roman in allen Buchhandlungen auslagen, standen für Jonas in den kommenden Wochen zunächst in Berlin einige Lesungen an, die bereits ausverkauft waren.

Als er aus dem Fenster der U-Bahn schaute, hallte auch in ihm das Gespräch vom Imbiss durch den Kopf. Es hatte ihm gefallen, dass eine so schick gekleidete Frau zumindest an diesem Tag nicht in irgendwelchen teuren Restaurants Muscheln und Champagner bestellte, sondern im »Konnopke« Currywurst und Pommes im Stehen verputzte. Der Duft ihres angenehm sparsam aufgetragenen Parfüms hing ihm noch immer in der Nase und passte wunderbar zu ihrer geschmackvollen Kleidung. Insbesondere aber hatte er das Bild ihrer gepflegten Hände vor Augen und ihre wohlklingende Stimme in den Ohren. Da er nichts anderes zu überlegen hatte, gab er sich seinen Eindrücken hin und ließ die Bilder dieser Begegnung kommen und gehen. Als Jonas bald durch seine Wohnungstür trat, setzte er sich unvermittelt an seinen schicken alten Biedermeier Schreibtisch, um die vielfältigen Beobachtungen des Vormittags aufzuschreiben. Spätestens, als wenig später sein Verleger anrief, war Julias Bild aus seinen Gedanken verschwunden und sollte auch in den nächsten Tagen von selbst nicht wieder auftauchen.

Julia hatte inzwischen ihren neuen Job angetreten. Sie wurde von den vielen neuen Kollegen sehr zuvorkommend und freundlich aufgenommen. Alle kannten ihre früheren Arbeiten. Seitens des Verlages war man sehr erfreut, sie im eigenen Hause zu wissen und als Mitarbeiterin engagiert zu haben. Viel Zeit zum Eingewöhnen blieb ihr jedoch nicht, denn es wartete eine Menge Arbeit auf dem Tisch ihres schicken Büros. Nach einem kleinen Willkommenstrunk stellte man ihr alle Kollegen vor, führte sie durch das moderne, gläserne Verlagsgebäude und wies sie in die wichtigsten organisatorischen und verwaltungstechnischen Gepflogenheiten ein, sodass sie bereits am Nachmittag ihres ersten Tages tief in der Arbeit steckte, was ihr auch ganz recht war. Kurz vor Feierabend legte man ihr den neuen Roman des Schriftstellers Peter Steinberg auf den Tisch. Sie wurde gebeten, das Buch zu lesen und den Autor im Anschluss an seine zwei Tage später stattfindende Lesung in der »Alten Kantine« der Kulturbrauerei zu interviewen. Für die nächste Ausgabe des verlagseigenen Literaturmagazins erwartete man von ihr einen ausführlichen Artikel über das Buch und den Schriftsteller selbst. Das war für die Leser nicht nur aufgrund seiner bisherigen Erfolge interessant, sondern weil ihn niemand kannte. Weder auf seinen Büchern noch sonst irgendwo gab es bislang ein Foto von ihm. Niemand wusste, wer er wirklich war und diese Lesung sollte sein erster Auftritt in der Öffentlichkeit sein. Dazu hatte man Julia einen entsprechenden Platz reserviert und auch ein Interview mit Peter Steinberg nach der Lesung vereinbart. Da es inzwischen später Nachmittag war, nahm sie das Buch mit nach Hause und begann noch am Abend zu lesen. Sie kannte alle Bücher dieses Schriftstellers und fühlte sich geehrt, ihn persönlich kennenlernen und interviewen zu dürfen. Seine Geschichten aus dem Leben, deren wunderbar und natürlich gezeichneten Figuren, aber auch die sehr sorgfältig recherchierten Handlungsstränge und -orte haben sie bereits seit seinem ersten Roman tief beeindruckt. Sie hatte sich oft gefragt, wer dieser Mann wohl sein konnte, der das Leben mit derartigem Tiefgang zu sehen und zu beschreiben in der Lage war.

Zwei Tage später. Die »Alte Kantine« war gerammelt voll. Auf der kleinen Bühne stand etwas verlassen ein großer, roter Sessel und bis auf einen Scheinwerfer mit warm schimmerndem Licht waren sämtliche Lampen im Saal erloschen. Alle Zuhörer rätselten sehr gespannt, wer sich gleich in diesen Sessel setzen würde. An diesem Abend sollte sich das in der Lesegemeinde viel diskutierte Geheimnis um seine Identität lüften. Nach einer ausführlichen Ankündigung betrat Peter Steinberg, alias Jonas von Herborn mit freundlichem Lächeln und ruhigem Schritt die Bühne. Julia hatte nicht ihn sofort sehen können, da sich das gesamte Publikum applaudierend erhob. Als sie jedoch Sekunden später erkannte, wer da in ausgewaschener Jeans, diesmal aber mit halb offenem, hellblauem Hemd und etwas eleganterem Sakko Platz genommen hatte, fiel ihr die Kinnlade herunter. Zumindest hatte es sich so angefühlt. Sie mochte nicht glauben, wen sie da erblickte, freute sich aber in warmer Erinnerung an die Begegnung wenige Tage zuvor im »Konnopke«, ihren freundlichen, sehr sympathischen und bis zu diesem Zeitpunkt unbekannten Gesprächspartner wieder zu sehen.

»Darauf wäre ich nie im Leben gekommen. Was für eine schöne Überraschung. Wer mir beim Mittagessen auf der Schönhauser Allee gesagt hätte, dass ich mich gerade mit Peter Steinberg unterhalten hatte, würde ich lügen strafen«, gingen ihr mit einem Grinsen im Gesicht die unvollendeten Gedanken durch den Kopf.

Sie atmete ein paar mal tief durch, beruhigte sich wieder, schmunzelte still vor sich hin, setzte ein wissendes Lächeln auf und war auf sein Gesicht gespannt, wenn sie ihn später zum Interview treffen würde. Sie lehnte sich zurück, hörte dieser schönen, tiefen Stimme zu, lauschte den Worten der erzählten Geschichte und wünschte sich, dass er einfach nicht zu lesen aufhörte. Für sie verschwamm langsam alles zu einem harmonischen Bild, während sie den Autor aus sicherer Entfernung betrachtete. Die tiefsinnigen, doppelbödigen Geschichten, die sie bislang von ihm kannte, die Story, die jetzt zu hören war, die Art seines entspannten Auftretens, die Stimmlage, die Betonung beim Lesen, seine Kleidung. Irgendwie fühlte sie sich wie in einem heftigen Malstrom, in dessen Sog sie geraten war und der alles, was sich ihm näherte, vollends zu verschlingen drohte. Während der Lesung gab niemand auch nur einen Laut von sich. Um so beeindruckender wirkte die gesamte Szenerie, mit nur einem Scheinwerfer auf der Bühne, dessen Licht den Autor in warmes Licht hüllte. Die Ereignisse der von einer sehr warmen, samtigen Stimme vorgelesenen Kapitel zogen jeden in den Bann.

Darin ging es unter anderem um einen dem Anschein nach ziemlich verwahrlosten Obdachlosen namens Willi, der mit seinem gesamten Hab und Gut, das er in einem Handwagen hinter sich herzog, einer Brücke näherte, auf deren Geländer ein verzweifelter junger Mann stand und in die Tiefe zu springen drohte. Besagtem Willi gelang es, den lebensmüden in ein Gespräch zu verwickeln, erfuhr von der Furcht, die dessen Seele so unendlich quälte und erinnerte sich noch sehr gut daran, dass es ihm vor einigen Jahren ähnlich gegangen war, auch er dem Ganzen ein Ende machen und alle Türen hinter sich schließen wollte. Er erzählte dem verzweifelten Jungen davon, spürte, dass dieser wie so viele andere auch in seiner scheinbaren Ausweglosigkeit eigentlich nur Anlehnung oder Mitgefühl suchte und brachte ihn zuletzt von seinem Vorhaben ab.

Niemand wollte auch nur ein Wort verpassen. Julia blickte hin und wieder in die Zuschauerreihen neben sich und sah äußerst konzentrierte Zuhörer mit teilweise weit aufgerissenen Augen und offen stehenden Mündern.

»Es ist erstaunlich, was man für eine Atmosphäre mit einer Stimme, einer spannenden Geschichte und etwas Licht in einer dazu passenden Umgebung erzeugen konnte«, sagte sie zu sich.

»Aber genau darauf reflektiert der Mensch offensichtlich seit Anbeginn des Seins. In grauer Vorzeit und nicht erst bei den Kelten, Römern oder den Vandalen, wurden an den nächtlichen Lagerfeuern der Krieger und bei anderen Gelegenheiten spannende Geschichten von der Jagd oder von göttlichen Prophezeiungen erzählt. Bereits im antiken Griechenland gab es die sogenannten Rhapsoden. Das waren wandernde Sänger, die einerseits bei Festen und anderen feierlichen Anlässen erzählende Literatur vortrugen, aber auch der ländlichen Bevölkerung vor allem die Dichtkunst näher brachten. Von den Rhapsoden wurde der Begriff einer »Rhapsodie« abgeleitet. In unserer modernen Zeit wurde das Lagerfeuer inzwischen durch den Fernseher ersetzt, um den man sich am Abend scharrt. Doch auch die Filme und Theaterstücke, die man sich darin ansieht, sind nichts anderes, als Geschichten. Und welches Kind mochte nicht vor dem Einschlafen ein Märchen oder etwas Schönes vorgelesen bekommen!«

Julia riss sich aus ihren Gedanken, um selbst nichts zu verpassen und sog die angenehme Zeit in sich auf. Nach knapp zwei Stunden schloss Peter Steinberg sein Buch und beendete die Lesung. Das Publikum bedankte sich mit anhaltendem Applaus, der erst nach zwei bis drei Minuten zögerlich abebbte. Anschließend gab es noch ausreichend Zeit, sich eines der Bücher zu kaufen und vom Autor signieren zu lassen. Es verging eine ganze Zeit, bis sich die langen Reihen auflösten und der Saal zusehends leerte. Julia hatte sich als letzte eingereiht und entlockte Jonas ein verblüfftes Erstaunen, als auch sie schließlich um eine Unterschrift bat und dabei nicht vergaß, ihr Lachen aufzusetzen.

»Das ist ja wohl eine Überraschung. Ich hätte kaum geglaubt, Sie noch einmal wiederzusehen«, sagte er freudig und stand auf, um ihr die Hand zu geben.

»Da können Sie mal sehen. Unverhofft kommt oft. Sie kennen doch dieses Sprichwort«, gab Julia zurück.

»Ich habe jetzt noch ein Interview mit einer Journalistin. Das wird sicherlich nicht sehr lange dauern. Wenn Sie möchten, könnten wir anschließend auf einen Drink um die Ecke gehen. Da gibt es eine sehr nette Kneipe. Ich würde unser Gespräch von neulich gern fortsetzen wollen!«

»Aber warum führen wir das Interview nicht gleich dort. Da wären wir sicherlich ungestört«, fragte Julia und freute sich über das erneute Staunen in seinen Augen.

»Ich verstehe nicht?«

»Nun. Die Journalistin mit dem Interview bin ich!«

»Was für ein wunderbarer Zufall. Wer mir vor zehn Minuten gesagt hätte, welche Wendung der heutige Abend nehmen würde, ich hätte es nicht geglaubt. Nichts wäre mir lieber als das. Warten Sie bitte ein paar Sekunden. Ich hole nur schnell meine Klamotten und dann machen wir uns hier aus dem Staub. Aber nicht weglaufen!«

»Bleiben Sie entspannt. Ich will Sie doch interviewen. Weglaufen brächte mich da nicht wirklich weiter!«

Es vergingen tatsächlich nur wenige Momente, als Jonas hinter der Bühne unauffällig nach ihr winkte, sie abseits der letzten Fans zum Nebeneingang führte und mit ihr die »Alte Kantine« unbemerkt verließ. Er hatte seine Kragen hochgeschlagen und einen Hut aufgesetzt, sodass er auch auf der Straße von niemandem erkannt werden konnte. Wenige Augenblicke später saßen sie sich in einer wirklich gemütlichen Spelunke gegenüber. Hier war es für Jonas kein Problem mehr, seine Tarnung abzulegen. Hier kannte ihn absolut niemand. Sie fanden einen abgelegenen Tisch im hinteren Bereich des Lokals unmittelbar am Fenster, an dem sie sich in Ruhe unterhalten konnten.

»Möchten Sie etwas essen oder was darf ich Ihnen zu trinken bestellen«, wollte Jonas wissen.

»Ich möchte nur ein Glas Wasser«, sagte Julia.

»Die haben aber leckere Sachen hier!«

»Das will ich gern glauben. Aber nein, danke. Ich möchte nur etwas trinken«, gab sie zurück und mahnte sich innerlich, dass sie das Essen nicht vergessen darf.

Seit zwei Tagen war es nicht wirklich sehr weit her mit der Nahrungsaufnahme. Im Moment war sie aber doch etwas zu aufgeregt, um einen Bissen zu sich nehmen zu können.

»Sie sind also Journalistin?«

»Nicht mehr. Das habe ich einige Jahre gemacht. Fortan werde ich als Literaturkritikerin arbeiten.«

»Dann hoffe ich, dass Sie nicht zu kritisch mit meinen Büchern umgehen und mir noch ein wenig Luft zum Atmen lassen!«

»Keine Sorge. Meine Aufgabe ist mehr, Sie und ihr Schaffen aus literarischer Sicht zu betrachten, ohne eine Wertung abzugeben. Das sollen ja Ihre Leser selbst tun. Jeder für sich!«

»Also gut. Schießen Sie los. Was wollen Sie von mir wissen!«

»Sie haben bislang ausschließlich unter dem Pseudonym Peter Steinberg veröffentlicht und Ihre wahre Identität nicht preisgegeben. Niemand wusste etwas über Sie. Nicht einmal Ihr Aussehen war irgendjemandem bekannt. Absolut anonym. Warum das alles und worin liegt der Grund, dass Sie jetzt doch öffentlich auftreten?«

»Das ist schnell erzählt. Zunächst einmal meinen richtigen Namen. Ich heiße Jonas von Herborn. Ein etwas bekannterer Name, wie Sie vielleicht wissen. Das war einer der Gründe für eine gewisse Anonymität, obwohl mich niemand dazu verpflichtete. Es war mein alleiniger Wunsch. Ich wollte in meiner Arbeit objektiv bewertet werden und nicht, weil ich diesen oder jenen Namen trage. Dieses Phänomen machte schon vielen Künstlern mit bekanntem Namen oder populären Eltern zu schaffen. Betrachten Sie beispielsweise einmal die Karriere von Enrique Iglesias. Auch er hat seinen Erfolg erst unter anderem Namen erarbeitet, bevor er seine wahre Identität bekannt gab. Außerdem werden Sie als Schriftsteller sehr schnell einem speziellen Genre zugeordnet. Betrachten wir einfach Stephen King. Seinen Namen verbindet man sofort mit unglaublich spannenden und nervenaufreibenden Horrorgeschichten. Wenn er sich künftig aber aufmachte, vielleicht auch mal einen Reisebericht oder einen Liebesroman zu schreiben, würde man ihm das kaum abnehmen. Genau dafür verwenden Schriftsteller sehr häufig auch mehrere Pseudonyme und schreiben unter verschiedenen Namen ganz unterschiedliche Bücher. Sie würden sich wundern, welche bekannten Kriminalautoren nebenbei tatsächlich auch Artikel in der Regenbogenpresse über Herzschmerz und Alpenglühen schreiben. Ich habe jetzt also meinen Weg gefunden und werde immer das zu Papier bringen, was Sie von mir kennen. Nämlich, mit einer Lampe hinter die dunklen Vorhänge unserer Gesellschaft zu leuchten, aufdecken, dass viele Menschen auch auf den Schattenseiten unterwegs sind und was sie so alles verschuldet oder unverschuldet zu meistern haben. In Form einer lesbaren Geschichte, die hier und da mit Ironie, Sarkasmus oder Witz angereichert wird, erreiche ich ein sehr großes Publikum. Nun ist der mediale Hype bei Schriftstellern nicht annähernd so verrückt wie bei Popstars oder Leinwandhelden. Von daher gehe ich ab sofort diesen Schritt nach vorn und denke, dass meine Fans langsam den Menschen kennenlernen sollten, dessen Storys sie schon so lange lesen.«

»Wie werden Sie in Zukunft mit Ihren Büchern umgehen. Erscheinen diese unter dem bekannten Pseudonym oder Ihrem richtigen Namen?«

»Das aktuelle Werk wurde erst einmal wie alle anderen gedruckt, also unter dem Namen Peter Steinberg. Den Entschluss, auf die Öffentlichkeit zuzugehen, fassten wir, mein Manager und ich, erst nach dem Druck. Letztendlich vermag ich die Frage zu diesem Zeitpunkt nicht zu beantworten. Wir werden zu gegebener Zeit sehen, wie sich alles entwickelt!«

Julia war beeindruckt, wie offen und direkt ihr Gesprächspartner antwortete. Dabei stellte sie fest, dass er sie die ganze Zeit mit konzentriertem Blick ansah. Da war keine ausweichende Geste oder ablenkendes Herumnesteln an irgendwelchen Gegenständen wie den auf dem Tisch stehenden Gläsern oder an seiner Kleidung. Nachdem er geantwortet hatte, wartete er geduldig auf die nächste Frage, hörte genau zu und überlegte sich die Antwort, die er anschließend wohlformuliert zum Ausdruck brachte. Sie konnte sich nicht erinnern, jemals mit einem derart aufmerksamen Menschen gesprochen zu haben und hatte das unbedingte Gefühl, dass Jonas von Herborn größten Wert darauf legte, umfänglich und richtig verstanden zu werden.

»Ich würde gern noch etwas über Ihre Person erfahren. Niemand weiß, wie alt Sie sind, ob Sie Familie haben, welchen Hobbys Sie nachgehen und was Sie zum Beispiel gern Essen?«

»Das verstehe ich, aber sehen Sie es mir nach, dass ich an dieser Stelle nur das Wichtigste beantworten möchte. Über den Stammsitz meiner Familie gibt es im Internet genug zu lesen. Da bekommen Sie alles, was Sie wissen möchten. Dort bin ich auch aufgewachsen, habe die Schule besucht, danach Literaturwissenschaften und Germanistik studiert, um mich anschließend der Schriftstellerei zuzuwenden. Inzwischen bin ich fünfundvierzig Jahre alt geworden, verheiratet, ein Kind, lebe aber seit Jahren von Frau und Tochter getrennt. Die Gründe dafür möchte ich im Moment noch nicht bekannt geben. Das soll einstweilen privat bleiben. Sofern ich einmal nicht schreibe oder mich zu gesellschaftlichen Studien irgendwo herumtreibe, habe ich wie jeder andere auch so einige Freunde, mit denen ich Sport treibe, Golf spiele oder verreise. Am Ende bin ich ein ganz normaler, hoffentlich unauffälliger Mensch mit all seinen Ängsten und Nöten, Hoffnungen, Träumen und Wünschen. Lediglich meine Herkunft, der Beruf und die einigermaßen erfolgreichen Romane sind da etwas außerhalb der Norm!«

»Von wegen, ein ganz normaler Mensch. Unauffällig mag schon sein, denn ein Modefetisch ist er gerade nicht« dachte Julia für sich und gestand sich ein, dass hinter der Fassade eines optischen Durchschnittsmenschen ein äußerst nachdenklicher Mann mit vielen interessanten Facetten erkennbar wurde.

Jedenfalls hatte sie noch einen ganzen Fragenkatalog vorbereitet und freute sich auf den weiteren Verlauf des Abends. Auch die nächsten zwei Stunden verliefen, wie bisher als sie irgendwann, es war inzwischen nach Mitternacht, zu ihrer letzten Frage kam.

»Warum haben Sie lediglich einen Verlag für dieses Interview ausgewählt. Es wäre doch ein größeres Publikum zu erreichen, wenn Sie sich in einem größeren Kreis äußerten?«

»Na ja. Ein Blick in Ihre Notizen offenbart so manches doch recht persönliche. Es ist nun überhaupt nicht meine Art, so etwas über das Internet zu verbreiten. Das könnten die Leser durchaus und auch als unhöflich betrachten. Eine Pressekonferenz kam überhaupt nicht infrage. Wer geht schon einen solchen Weg und plaudert seine Angelegenheiten vor einer Meute mehr oder weniger guter Journalisten aus, die tags darauf in ihren Zeitschriften das wiedergeben, was sie meinen, gehört zu haben. Sicherlich wird es bei künftig anstehenden Lesungen auch solche Veranstaltungen geben. Den ersten Schritt wollte ich unbedingt bei Ihrem Verlag machen. Das habe ich mir reiflich überlegt und genau Ihren Arbeitgeber ausgesucht. Dass ich das Interview mit Ihnen hatte, freut mich um so mehr. Es gibt halt immer wieder äußerst angenehme Zufälle. Sie haben jetzt also alles Wissenswerte für einen umfangreichen Artikel, auf den ich mich auch schon sehr freue. Danach könnten andere Verlage Schreiben, was sie wollten. Sie müssten sich jedoch an Ihren Zeilen und Ihrem Artikel orientieren, da Sie allein die Informationen von mir bekommen haben. Von daher wird es für andere Verlage schwer etwas zu schreiben, das nicht der Wahrheit entspricht, ohne sich auf dünnes Eis zu begeben!«

Julia war wie geplättet von diesen Überlegungen und der großen Verantwortung, die Jonas von Herborn ihr anvertraute.

»Ich werde mir beim Schreiben die größte Mühe geben und könnte Ihnen meinen Artikel vor der Veröffentlichung zukommen lassen. Dann wäre immer noch die Möglichkeit für Korrekturen.«

»Nein. Das ist überhaupt nicht erforderlich. Ich vertraue ganz auf Sie«, sagte Jonas, nachdem er Julia einen Moment lang ruhig angesehen hatte.

»So. Jetzt ist aber Schluss mit den formellen Angelegenheiten. Da ich so viel von mir berichtet habe, müssen Sie mir auch etwas von sich erzählen«, brachte Jonas hervor.

Ohne es zu ahnen, erwischte er Julia dabei auf dem falschen Fuß, denn es lag ihr fern, überhaupt etwas Persönliches von sich zu offenbaren. Auf der anderen Seite wollte sie aber keinesfalls, dass der Abend jetzt schon vorüber sein sollte, obwohl es inzwischen ein ganzes Stück nach Mitternacht war. Sie überlegte einen Moment, wie sie sich aus dieser Situation herausmanövrieren konnte.

»Also gut«, sagte sie nach einigem Zögern.

»Ich bin jetzt achtunddreißig, habe nach meinem Studium in London, Paris und zuletzt in New York gearbeitet, wollte aber zurück nach Berlin. Ich bin hier aufgewachsen und habe meine Eltern und Freunde über viele Jahre viel zu selten gesehen!«

»Und? Ist da ein Ehemann und Kinder?«

»Nein«, war Julias kurze, fast schroffe Antwort, denn insgeheim hatte sie sich immer eine kleine Familie gewünscht und Jonas kratzte mit seiner Frage den Schorf von dieser Wunde.

Sie meinte in diesem Augenblick, ihn erstaunlich leicht und recht geschickt von seinem Wissensdurst abgelenkt zu haben, als sie »ihre Tür« einigermaßen kurz angebunden einfach zugemacht hatte und er von ganz anderen Dingen zu erzählen begann. Allerdings unterschätzte sie die ausgeprägte Beobachtungsgabe ihres Gegenübers völlig. Jonas hatte die unangenehme Wirkung seiner Fragen sofort gespürt. Julia wirkte auf ihn schon die ganze Zeit leicht nervös und unsicher, ja, geradezu verängstigt. Sie kam ihm von Anfang an sehr fragil und introvertiert vor. Als ob sie sich verstecken und irgendwo einschließen wollte. Er war allerdings vorsichtig und rücksichtsvoll genug, um an dieser Stelle nicht weiter zu bohren.

»Seltsam. So eine hübsche Frau, die vermutlich sehr talentiert ist. Ihr muss die Welt doch zu Füssen liegen«, ging es ihm durch den

Kopf und er gestand sich ein, dass sein Interesse, mehr von ihr zu erfahren, mit jeder Minute zunahm.

Gekonnt lockte er sie auf andere, eher banale und alltägliche Themen, kramte seine charmant witzige Seite aus und begann, irgendwelche lustigen Geschichten zu erzählen, die Julia sehr schnell auf andere Gedanken und genauso schnell zum Lachen brachten. Er fuchtelte mit Händen und Füßen herum und hauchte so seinen vielen aberwitzigen Pointen Leben ein. Julia stellte darauf betont dusselige Fragen, die wiederum lautes Prusten und Lachen bei Jonas verursachten. So verging die halbe Nacht, als es draußen langsam hell wurde.

»Was macht ein allein lebender Schriftsteller eigentlich am Wochenende?«, fragte Julia ganz beiläufig, in dem sie sich die Tränen der letzten Lachattacke aus den Augen wischte.

»Er geht mit einer attraktiven jungen Dame essen«, antwortete Jonas ohne weitere Erklärung.

Er ließ Julia etwas Zeit, die Worte aufzunehmen und für sich zusammenzubasteln. Im ersten Moment glaubte sie, er spräche von einer anderen Frau, begriff aber bald, dass sie gemeint war.

»Wenn Sie mögen«, ergänzte Jonas seine Worte, als er sah, dass sie ihn verstanden hatte.

»Vielleicht am Samstag, um zwölf Uhr mittags«, schlug er vor.

»Vermutlich im »Konnopke«, wenn ich es richtig errate!«

»Wäre eine tolle Möglichkeit mit Stil, Charme und günstigen Preisen«, witzelte er.

Beide konnten sich daraufhin vor Lachen kaum halten und ignorierten fast den Wirt, der schon vor einigen Sekunden an ihren Tisch gekommen war und sie darauf aufmerksam machte, dass er bald schließen wollte.

Es hatte zu regnen begonnen, als Julia und Jonas wenige Minuten später vor die Tür traten. Die Spätsommernacht war angenehm mild und auf den nassen Straßen spiegelten sich die Scheinwerfer der Autos, die um diese Zeit noch oder schon wieder unterwegs waren. Die Leuchtreklamen der Geschäfte tauchten die nasse Fahrbahn und die Gehwege in eigentümlich bunte Lichter und ließen die jetzt grell schimmernden Pfützen aussehen wie lebende Kaleidoskop. Beide standen nebeneinander auf dem Gehweg und sogen schweigend den Moment in sich auf.

»Ich liebe Berlin um diese Stunde und zu dieser Jahreszeit. Alles wirkt so verlassen, geradezu vereinsamt«, sagte Jonas.

»Ja. Es ist herrlich. Wollen wir noch ein Stück spazieren gehen?«, fragte Julia und sah ihn aufmunternd an.

»Wäre doch eine Sünde, wenn wir das nicht täten«, gab Jonas zur Antwort und bot ihr seinen Arm an.

»Also los«, sagte sie, hakte sich unter und machte einen Schwenk nach links.

Gemütlichen Schrittes schlenderten die zwei durch den Regen, ohne sich um das Nass vom Himmel zu scheren. Im Gespräch versunken quasselten sie miteinander, als würden sie sich schon Ewigkeiten kennen. Jeder, der die beiden aus der Entfernung sehen könnte, würde sie mit Recht für ein verliebtes Pärchen halten, das die lange Nacht durchgemacht hatte und nun langsam nach Hause trödelte. Jeder andere, nur nicht die gemeinten selbst. Mag sein, dass sie im Unterbewusstsein schon etwas in dieser Richtung fühlten. Es würde aber noch immer ein wenig Zeit brauchen, bis es ihnen klar wurde. Julia ergriff nach einigen Metern die Gelegenheit, auf der Umrandung eines Blumenbeetes zu balancieren, was sie schon als kleines Mädel gern gemacht hatte. Allerdings waren ihre Schuhe mit den erhöhten Absätzen reichlich ungeeignet, sodass sie diese auszog, in die Hand nahm und anschließend wie eine Primaballerina auf der halbhohen, schmalen Einfriedung zu tänzeln. Jonas bot ihr seine Hand zur Unterstützung an, die sie jedoch energisch ablehnte.

»Ich bin schon groß und kann bereits ganz allein gehen«, spottete sie ihm entgegen.

»Wie! Schon groß! Verstehe ich nicht. Und allein gehen? Sieht für mich ganz anders aus«, neckte er frech.

»Wenn das nicht elegant ist, weiß ich aber wirklich nichts mehr. Wollen wir doch mal sehen, wenn ältere Schriftsteller, womit ich nicht Sie meine, das Balancieren versuchten!«

»Das ich nicht lache. Ich bin schon so oft balanciert, dass ich es gar nicht mehr machen muss. Ich bin nämlich schon auf einem ganz anderen Level!«

»Und der wäre?«

»Dabei stehen und dusselige Sprüche machen!«

»Männer! Die haben immer dann die verrücktesten Ideen, wenn sie jemand anderen fragen, ob er einen Moment ihr Bierglas halten könnte!«

»Das stimmt«, gab Jonas laut lachend zurück.

Julia war schon immer so gewesen, dass sie alles ganz allein bewerkstelligen wollte. Davon wich sie so gut wie nie ab und sprang fast in Ballettschritten vorwärts. Jonas schaute zunächst etwas besorgt, gab dann aber lauten Beifall. Mit einem Grinsen im Gesicht machte Julia bald einen eleganten Satz auf den Gehweg und landete in einer Pfütze, die knöcheltief Regenwasser führte. Erschrocken starrte sie ein Moment mit weit aufgerissenen Augen an ihren Beinen hinunter und hörte, wie Jonas' Beifall durch ein freches Gelächter aus seinem ebenfalls grinsenden Gesicht abgelöst wurde.

»Das gibt Saures«, schnaufte sie gestellt wütend, überlegte, wie sie ihm eins auswischen konnte und sah, dass er auf dem Kopf und seinen Schultern zwar auch vom Regen durchnässt, aber sonst noch fast ausgehfertig trocken war. Das sollte sich sofort ändern. Energisch trat sie mit einem Fuß in die Pfütze, sodass er von ein paar heftigen Spritzern getroffen wurde und überrascht aus der Wäsche schaute.

»Was für ein feiger Angriff«, gab er zur Antwort.

Wenig später strampelten die Zwei unter lautem Gejohle in der Wasserlache und kannten keine Gnade füreinander, bis beide aussahen, als hätten sie soeben samt Kleidung darin gebadet. Bald saßen sie triefend nass und erschöpft nebeneinander auf einer Bank und konnten mit ihrem Lachen kaum aufhören.

»Gewonnen«, sagte Julia, als sie langsam wieder Luft bekam.

»Wie man sich doch irren kann«, neckte Jonas.

»War die Jacke nicht ehemals beige und hübsch«, frotzelte er weiter.

»Wie ich neulich an der Currywurstbude schon einmal sagte, als mir ein gewisser Herr Wasser darüber gekleckert hatte, kann man so etwas auch waschen!«

»Ist auch bitter nötig, wenn ich das aus männlicher Sicht einmal bewerten dürfte!«

»Männer«, sagte Julia schnippisch mit zwinkernden Augen und einem kleinen Ellenbogenhieb in die Flanke des Schriftstellers.

So redeten sie noch eine kleine Zeit lang miteinander, bis sie wieder auf normalem Pegel angekommen waren und Julia erwähnte, dass sie jetzt langsam nach Hause musste.

»Soll ich Sie nach Hause bringen? Wir könnten aber auch zusammen mit der U-Bahn fahren!«

»Ist nicht nötig. Da drüben ist ein Taxenplatz. Ich werde mich schön nach Hause chauffieren lassen und dann in die Heia fallen«, sagte sie.

Normalerweise fand sie es gut, dass Jonas sie begleiten wollte, um sie sicher vor ihrer Wohnung abzuliefern. Aber normalerweise war jetzt nicht mehr. Sie wollte nicht einmal, dass er wusste, wo sie zu Hause war. Für wenige Sekunden bohrten sich wieder ihre bedrückenden Gedanken, die sie den ganzen Abend mühelos ausblenden konnte, wieder in den Vordergrund, wurden aber sofort verdrängt, damit die wunderbar bunte Färbung dieser Nacht nicht von tristem Grau übertüncht wurde.

»Es wäre lieb, wenn Sie Ihr Hinterteil liften und mich noch bis zum Taxi begleiten würden«, sagte sie frech, um sich erneut bei ihm unterzuhaken.

»Los. Nicht so träge«, sagte Julia, als sie Jonas an den Händen fasste und hochzog.

»Der Herr ist ein Schwergewicht, oder irre ich mich!«

»Als Schriftsteller schon, will ich meinen«, war seine prompte Antwort.

»Die blanke Selbstüberschätzung. Nur, weil sich ein paar Haupt- und Nebensätze mehr zufällig als gewollt richtig aneinanderfügten, bekommt niemand den »Pulitzer Preis« überreicht!«

»Hört, hört. Kaum ist sie durch einen glücklichen Zufall und sicherlich etwas Mitleid in einem großen Verlag untergekommen, meint sie, das literarische Verständnis mit Löffeln gefuttert zu haben!«

»Hab ich auch, ätsch!«

Beide trödelten langsam weiter und hörten nicht auf, einander mit solchen kleinen Frechheiten zu sticheln.

»Es war ein wirklich schöner Abend. Ich kann nicht sagen, was mir mehr gefallen hat. Das Interview oder unser Spaziergang«, sagte Julia, als sie bald vor einem Taxi standen.

»Es war alles toll. Wo wir jetzt aufhören, machen wir am Samstag weiter. Wäre das OK für Sie«, wollte Jonas wissen.

»Konnopke«, zwölf Uhr. Ich werde zuerst dort sein«, bekam er zur Antwort.

Aus dem Taxi winkte sie ihm noch einmal freundlich zu und verlor ihn aus den Augen, als das Fahrzeug nach wenigen Metern an der Kreuzung um die Ecke abbog. Jonas stand noch einen Moment da und blickte gedankenversunken dorthin, wo Julia aus seinem Sichtfeld verschwunden war. Er mochte sich noch nicht recht von dem vergangenen Abend und der zu Ende gehenden Nacht lösen, ließ verschiedene Momente der unterhaltsamen Stunden noch einmal Revue passieren und grinste dabei schweigend vor sich hin. In der Nase meinte er, noch immer den wunderbaren Duft Julias' frischen, nur dezent aufgetragenen Parfüms wahrnehmen zu können und sog erneut die warme, regenfeuchte Luft dieses frühen Septembermorgens tief ein. Bald aber erwachte er aus seiner Träumerei, ging langsam dahinschlendernd, die Hände tief in den Hosentaschen vergraben, zur nächsten U-Bahn und trat den Heimweg an. Wie benebelt schaute er während der Fahrt aus dem Fenster, derweil der Zug laut rappelnd und schaukelnd unter der Stadt dahinrollte. Immer wieder tauchte Julias hübsches Gesicht vor ihm auf und ihr Bild begleitete ihn bis in seine Wohnung, die er etwa zwanzig Minuten später erreichte. Ein Sprung unter die Dusche und dann lag er auch schon im Bett. Da es draußen bereits hell geworden war, hatte er die Vorhänge schließen müssen, um einschlafen zu können. Das Letzte, woran er dabei dachte, war die Verabredung am Samstag und freute sich jetzt schon auf das baldige Wiedersehen.

Julia war es auf dem Rücksitz des Taxis nicht anders gegangen. Sie blieb an dem Moment hängen, als sie beide klitschnass auf der Bank gesessen und miteinander laut gelacht hatten. Sie konnte sich nicht erinnern, wann sie das letzte Mal so entspannt und fröhlich gewesen war. Jetzt aber, da das Fahrzeug leise brummend durch die fast leeren, einsamen Straßen dahin schnurrte und nur leise Musik aus dem Radio zu hören war, kehrte Ruhe in ihrem Inneren ein. Den ganzen Abend hatte Julia das belastende der vergangenen Tage total verdrängen können und nicht eine Sekunde daran gedacht. Nun aber tauchten die dunklen, bedrückenden Gedanken wieder auf, verselbstständigten sich und raubten ihr die Sorglosigkeit der vergangenen Nacht. Die dunklen Wolken zu verdrängen, gelang ihr überhaupt nicht. Bald war auch sie zu Hause, kroch müde in ihr Bett, versuchte noch einmal, sich Jonas' Gesicht in Erinnerung zu rufen und fiel unversehens in einen tiefen Schlaf.

Es war bereits Mittag, als Julia erwachte und sich noch etwas verschlafen die Augen rieb. Nach dem Duschen und einem Blick in den Spiegel mahnte sich eindringlich, fortan wieder etwas mehr zu essen. In den zurückliegenden Tagen hatte sie sehr schlecht geschlafen und fast nichts zu sich genommen, weil ihr das Hungergefühl gänzlich abhandengekommen war. Inzwischen wurden die ersten Veränderungen sichtbar und wenn sie verhindern wollte, dass andere darauf aufmerksam würden, musste sie mehr essen, als nur ein paar Salatblätter. Minuten später schaute sie bei einer Tasse Kaffee aus dem Fenster, rief bei ihrer Sekretärin im Verlag an, teilte mit, dass das Interview am Abend länger gedauert hatte und die Arbeit noch einen Moment warten müsse. Der Artikel über Peter Steinberg würde noch bis zum späten Nachmittag fertiggestellt, damit er in der neuen Ausgabe der am nächsten Tag erscheinenden Verlagszeitung gedruckt werden konnte. Anschließend machte sich Julia auf, stürzte sich sogleich in die Arbeit und begann sofort mit dem Schreiben. Nach etwa drei Stunden war das Interview in gekonntem Stil fehlerfrei zu Papier gebracht und wurde Klaus Meerburg, dem Redakteur der Zeitschrift, vorgelegt. Dieser war von dem, was er da las, mehr als begeistert und beglückwünschte Julia zu ihrer Arbeit.

»Das geht genau so, und zwar ohne Änderungen in den Druck. Da müssen und werden wir überhaupt nichts mehr ändern. Du hast ja keine Ahnung, was ein solch perfekter Artikel an Arbeit spart. Da gab es zu anderen Beiträgen in der Vergangenheit schon endlose Sitzungen, bis sich die Autoren und die Redaktion endlich auf eine Fassung geeinigt hatten. Dein Artikel liest sich wirklich gut und offenbart sehr persönliches. Wie bist Du überhaupt an diese Informationen gekommen? Peter Steinberg oder sollte ich jetzt besser Jonas von Herborn sagen, hatte sicherlich einen Narren an Dir gefressen. Andere Schriftsteller sind bei solchen Interviews in der Regel eher zurückhaltend«, sagte er anerkennend zu Julia, die ihm noch ein tolles Foto für die Titelseite übergab, das sie während der Lesung aufgenommen hatte.

»Das lag wohl eher daran, dass es gestern außer mit unserem Verlag kein weiteres Interview gab. Tatsächlich hatte ich einen sehr geduldigen und wirklich entspannten Gesprächspartner, der mir ausreichend Zeit gab, alle meine Fragen stellen zu können«, antwortete Julia und verschwieg natürlich, dass sie anschließend die ganze Nacht mit Jonas unterwegs war.

Dass er an ihr einen Narren gefressen haben könnte, wie es Klaus gerade bezeichnet hatte, ging ihr in diesem Moment das erste Mal bewusst durch Kopf. Der Gedanke gefiel ihr. Jonas war in ihren Augen ein wirklich netter Kerl, mit dem sie gut hatte quatschen können. Ein Schmunzeln stand in ihrem Gesicht, als sie wenig später ihr Büro betrat und noch immer dieser Vorstellung nachhing. Sie warf sich im Vorbeigehen eine Jacke über und verließ das Verlagsgebäude in Begleitung einiger Mitarbeiter, mit denen sie auf einen Feierabenddrink mit anschließendem Imbiss verabredet war. Bei anhaltend schönem Septemberwetter saß die ganze Bande bald in einem nahen Café und plapperte, was das Zeug hielt. Nichts war es mit irgendwelchen lästigen Arbeitsthemen, von denen jetzt auch niemand mehr etwas hören wollte. Da gab es mindestens eintausend andere Dinge, über die es sich zu reden lohnte. Inmitten der entspannt heiteren Stimmung verging der Nachmittag wie im Flug. Spät am Abend, als Julia sich verabschiedet hatte und allein auf dem Heimweg war, holte sie der Gedanke an den nächsten Tag ein. Am späten Vormittag bereits hatte sie einen vielleicht alles entscheidenden Termin bei Dr. Breitenbach. Auf jeden Fall würde sie erfahren, wie es insgesamt um ihre Gesundheit stand. Sie fürchtete sich vor dem, was auf sie zukommen könnte und hatte so allein niemanden, bei dem sie Anlehnung und Trost finden konnte. Julia Andresen war eigentlich ein sehr logisch denkender Mensch, der sich geistig zu disziplinieren wusste. In diesem Moment aber wollte die Logik nicht recht greifen. Die Emotionen und ihre Furcht wühlten sich in den Vordergrund, bis es ihr endlich gelang, den lustigen Abend mit Jonas gedanklich erneut zu beleben. Daran hielt sie fest, bis sie in ihrem Bett lag und bald in einen aufgewühlten, unruhigen Schlaf fiel.

Jonas war erst am frühen Nachmittag aus den Federn gekrochen. Zunächst öffnete er die Jalousien und wurde für den Bruchteil einer Sekunde von strahlendem Sonnenschein geblendet. Da er am heutigen Tage keine weiteren Termine hatte, ließ er sich mit allem viel Zeit, schlurfte langsam in die Küche, kochte sich einen Kaffee, setzte sich auf den Balkon und genoss die entspannte Ruhe. Schweigend beobachtete er die kleinen Kinder der Nachbarn, die unter einem schattigen Baum in einer Sandkiste spielten. Nach einigen Minuten wurde es etwas lauter in der kleinen Meute und eines der Mädchen schlug einem Jungen, der gerade noch ihr Spiel-kamerad gewesen war, mit einer Plastikschaufel auf den Kopf. Irgendetwas hatte dieser wohl angestellt und das Mädel sichtlich verärgert. Er setzte sich zur Wehr, indem er sie nicht gerade zaghaft mit einer Fuhre Sand bewarf. Zwei andere Kinder sahen diesem Treiben neugierig zu, traten dann aber als Schiedsrichter auf und nur Sekunden später herrschte wieder eitel Sonnenschein. Insbesondere die zwei Streithähne spielten zusammen, als wäre nie etwas gewesen. So plötzlich, wie der Krawall gekommen war, hatten sich die Wogen auch wieder geglättet. Jonas dachte, dass sie sich vielleicht um ein Spielzeug gestritten hatten und jeder, sowohl das Mädel als auch der Junge, seine Position mit Vehemenz zum Ausdruck brachte und verteidigte.

»Hier könnten die Erwachsenen etwas über Emanzipation lernen«, ging es ihm durch Kopf, in dem er dieser witzigen Situation leise lachte.

Er machte sich ein paar Notizen zu seinen Beobachtungen und nahm sich vor, diese kleine Szene in einem seiner nächsten Romane zu verarbeiten und etwas eingehender zu beleuchten. Jetzt warf er einen Blick in die Zeitung und blätterte durch die Tagesnachrichten, die ihm reichlich uninteressant vorkamen, da er sicher war, dass die Informationen vorgekaut und für die Leser zurechtgestutzt von den Medien weitergegeben waren. Der Wahrheitsgehalt schien seiner Meinung gegen null. Er war schon lange der Überzeugung, dass die wirklich wichtigen Informationen erst gar nicht oder nur bedingt an die Öffentlichkeit gelangten. Da machte er sich lieber im Internet schlau, obwohl ihm klar war, dass auch dort viel Unsinn stand. Im Feuilleton interessierte ihn der Beitrag zu seiner Lesung am Vortag und er freute sich, bei seinem Publikum gut angekommen zu sein. Es würde ihm unangenehm erscheinen, wenn sich die Leute zu seinen Veranstaltungen aufmachten, Eintritt bezahlten, um dann halbherzig und laienhaft unterhalten zu werden. Er war ein Profi, und das sollte jeder spüren. Er las den Artikel zu Ende, lehnte sich zurück und knüpfte mit seinen Gedanken dort an, wo die Lesung aufgehört hatte. Das Bild Julias' hübschen Gesichts drängte sich in ihm auf und ließ ihn lächeln. Die Erinnerungen an das Gespräch in der gemütlichen Kneipe, der Spaziergang im Regen, das geradezu kindlich lustige Herumschmaddern in der Pfütze, die Situationen mit den patschnassen Klamotten und dem gemeinsamen Lachen, als sie auf der Bank saßen, tauchten wieder vor ihm auf. Er hatte aber auch beobachtet, dass Julia eine sehr zerbrechlich wirkende Seele in sich trug. Da war etwas, was sie vor anderen nicht zeigen wollte, was sie ziemlich zu belasten schien. Jonas reagierte in Gesprächen mit anderen Menschen besonders darauf, was man eigentlich vor ihm verschwieg, ihm nicht sagen wollte. Er hatte ein extrem feines Gespür für dieses Verhalten entwickelt und festgestellt, dass die Menschen ihm in genau diesen Momenten der Verschwiegenheit am meisten von sich erzählten und sein ganzes Interesse weckten. Jetzt aber freute er sich auf Samstag und wollte sehen, was sich noch ereignen würde. Jonas erinnerte sich daran, als er noch ein junger Kerl war. Damals hatte er nie warten können, bis er die Mädels, denen er begegnet war, endlich wiedersehen konnte. Das hatte sich glücklicherweise mit den Jahren langsam geändert. Inzwischen war er durchaus geduldig und in der Lage, eine solche Verabredung gelassen abzuwarten und die Zeit zu nutzen, sich darauf zu freuen. Zumindest meinte er, dass es sich so verhielte. Bei einem kritischen Blick in sein Inneres, vor dem Jonas im Allgemeinen eigentlich nie zurückschreckte, hätte er in Bezug auf den kommenden Samstag erkennen können, dass sich zwischen ihm und Julia bereits viel mehr abspielte und dass er sich dessen im Unterbewusstsein schon sicher war. Allerdings sollte es noch einen Moment dauern, bis ihm das klar wurde.

Am Nachmittag erledigte er noch verschiedene Telefonate und machte sich daran, ein paar Überlegungen für seinen nächsten Roman zusammenzuschreiben. Sobald aber die ersten Worte geschrieben waren, sprudelten die Gedanken in seinem Kopf, produzierten unaufhörlich neue Ideen und ließen ihn für Stunden aus der Zeit fallen. Er versank wie so oft gänzlich im Schreiben, nahm von der Welt um sich herum nichts mehr wahr, erwachte am späten Abend wie aus einem tiefen Traum und sah etwas verwirrt um sich, als wollte er jemanden fragen, warum es draußen plötzlich dunkel geworden war. Sogleich lachte er aber über sich selbst, weil er in diesen Momenten immer wieder der gleichen Sinnes-täuschung unterlag, die glücklicherweise nur wenige Sekunden dauerte. Er rekelte sich in seinem Stuhl, streckte Arme und Beine von sich, bis in seinen Gelenken wieder Leben zu spüren war, und lehnte sich bequem zurück. Mit den Händen hinter dem Kopf verschränkt blickte er entspannt durch das Fenster nach draußen, beobachtete, wie der Wind durch die Bäume strich, an dem sich langsam verfärbenden Laub zuppelte um zu sehen, ob sich das eine oder andere Blatt schon abreißen ließ. Er spürte die aufkommende Müdigkeit, da das Schreiben über mehrere Stunden für ihn eine sehr anstrengende Angelegenheit war und bewunderte seinen Lieblingsschriftsteller Charles Dickens, der seine oftmals über sechshundert Seiten langen Romane fast immer in jeweils knapp drei Monaten geschrieben hatte. Dazu war er immer wieder in die Abgeschiedenheit der Schweiz gefahren und erstellte innerhalb eines kurzen Zeitraums von vielleicht drei Monaten ein weiteres Werk der Weltliteratur. Eine unvergleichliche Schaffenskraft, wie Jonas vor sich selbst neidlos zugab. Allerdings benötigte auch er absolute Ruhe, um seine Geschichten niederzuschreiben. Störungen waren da im höchsten Maße unwillkommen. Dazu noch die vielen Stunden und Tage der Recherchen, in denen er sich oft und wiederholt zu äußerst unterschiedlichen Zeiten an den vielen verschiedenen Schauplätzen seiner umfangreichen Romane herumtrieb, um sie möglichst genau und authentisch wiedergeben zu können. Das Leben eines Schriftstellers ist zu Zeiten des Schreibens eigentlich recht unspektakulär und findet zumeist im Verborgenen statt. Lediglich bei den Buchmessen, Lesungen, Radio- oder Fernsehinterviews tritt der Autor ins Rampenlicht, aus dem er allerdings sehr bald wieder verschwindet, weil das nächste Buch geschrieben werden musste. Er konnte seine Frau schon verstehen, dass sie das nicht länger mitmachen wollte. Sie hatte sich sehr um ihr gemeinsames Leben bemüht und enorm viel Rücksicht genommen, aber irgendwann konnte sie es einfach nicht mehr ertragen. Trotzdem hielt sie noch einige Monate durch, bis sie dann ihre und die Sachen der gemeinsamen Tochter zusammenpackte, um in ihre Heimat Australien zu fliegen. Jonas machte sich immer wieder heftige Vorwürfe, sich entschieden zu wenig um die beiden gekümmert zuhaben. Als er es bemerkte, was es längst zu spät. Aufgrund der Entfernung beschränkte sich der Kontakt vor allem zu seiner Tochter auf gelegentliche Telefonate. Jonas nahm sich vor, möglichst bald einmal auf die andere Seite der Welt zu reisen, um wenigstens seine kleine Prinzessin nicht ganz aus den Augen zu verlieren.

Er sollte viel später noch erfahren, wie wichtig dieser Flug und das Wiedersehen mit seiner Familie für ihn sein würden. Andere Ereignisse aber standen zunächst in den Startlöchern, um seinen Lebensweg zu kreuzen.

Julia hatte nicht sehr lange im Bett gelegen und erwachte noch viel müder, als sie eingeschlafen war. Das aber war ihr reichlich egal. Sie sprang eilig unter die Dusche, räumte noch etwas auf, machte sich sehr bald auf den Weg zu Dr. Breitenbach und saß gerade einmal zehn Minuten im Wartezimmer, als sie von der Sprechstundenhilfe ins Behandlungszimmer gebeten wurde. Der Doktor saß dort schon mit ernstem Gesicht und blätterte intensiv in ihrer Krankenakte. Erst, als er Julia bemerkte, hob er den Kopf und begrüßte sie mit routiniert höflichem Ton.

»Guten Morgen«, entgegnete er ihr freundlich, indem er sich von seinem Stuhl erhob.

»Wie geht es Ihnen. Haben Sie die Nacht schlafen können«, wollte er nun von Julia wissen und vermutete, dass seine Frage verneint würde.

Seine Patientin aber schaute ihn mit starrem Blick schweigend und hoch konzentriert an. Doktor Breitenbach erkannte daran ihre innere Spannung und verspürte ein tiefes Mitleid, denn nur er wusste, was er seiner Patientin gleich mitteilen würde. Unmerklich holte er einmal tief Luft und begann zu sprechen.

»Die Untersuchungsergebnisse sind jetzt da«, sagte er sehr langsam und bedächtig.

»Und was haben sie ergeben«, versuchte ihm Julia mit etwas zitteriger Stimme zu entlocken.

Der Doktor überlegte einen Moment, um die richtigen Worte zu wählen. Derartige Gespräche würden ihm nie zur Routine werden. Von daher musste er sich an dieser Stelle immer wieder neu sortieren, was ihm jedes Mal aufs Neue recht schwerfiel.

»Bitte sagen Sie mir jetzt, was los ist«, sprach sie mutig weiter und unterbrach die für sie unerträgliche Gesprächspause.

»Entschuldigung, aber ich hatte noch zwei Überlegungen im Kopf, die es zu bedenken gab«, sagte der Arzt, sah sie für wenige Sekunden erneut prüfend an und überlegte, ober er ihr die Wahrheit einfach so sagen konnte. Er entschloss sich dafür, nahm auf dem Stuhl neben Julia Platz und setzt eine sachliche Miene auf.

»Der Tumor in Ihrer Brust allein wäre eigentlich kein großes Problem. Wie aber schon vermutet, hat sich die Krankheit in anderen Organen wie Lunge und Leber ausgebreitet, und genau das macht alles sehr viel schwieriger!«

»Was heißt das für mich?«, fragte Julia erschrocken nach und spürte die blanke Angst in sich aufsteigen, was Dr. Breitenbach sehr wohl beobachtet hatte. Er nahm ihre Hände, um ihr mit seinen nun folgenden Ausführungen Mut zu machen versuchte.

»Das heißt mit einfachen Worten, dass wir Sie allein mit einer die Brust erhaltenden Operation nicht gesund bekommen. Wir müssen nach einem möglichst zeitnah durchzuführenden Eingriff mit einer sogenannten systemischen Chemotherapie versuchen, das Fortschreiten der Krankheit in den Griff zu bekommen!«

»Ich muss also operiert werden«, hörte Julia sich sagen und war froh, auf dem Stuhl zu sitzen. Sie mochte nicht glauben, was sie gerade gehört hatte und hoffte inständig, bald aus diesem bösen Alptraum erwachen zu dürfen.

»Ja. Und zwar ziemlich schnell. Ich habe bereits einen Termin am Dienstag in der kommenden Woche vereinbart. Dieser Eingriff ist nicht so dramatisch und Sie sind nach ein paar Tagen wieder zu Hause. Anschließend besprechen zeitnah alles Weitere!«

Unfähig, sich zu konzentrieren, hörte sie jetzt die folgenden Worte nur noch mit halber Aufmerksamkeit. Am Ende dieses Gespräches erhielt sie ein paar Unterlagen für das Krankenhaus, verließ, ohne es bewusst wahrzunehmen, die Praxis und stand wenig später wie betäubt auf dem Gehweg vor dem Haus. Man hatte ihr zwar ein Taxi rufen wollen, um sie nicht allein gehen zu lassen, das aber hatte Julia entschieden abgelehnt, denn in dieser Situation wollte sie nichts anderes, als sich ungestört mit dem auseinanderzusetzen, was jetzt auf sie zu kam. Langsam und ziellos ging sie die Straße entlang. Bald liefen ein paar große Tränen übers Gesicht. Die nächsten Stunden erschienen wie zäher Brei. Nebel, dumpfes Gedröhne und Taubheit hatten sich ihrer bemächtigt. Trotzdem tat der Weg durch die frische Luft gut und zum Abend hin gelang es ihr, sich mit dem Bevorstehenden auseinanderzusetzen.

Nach schlafloser Nacht hatte sie sich am darauffolgenden Tag einigermaßen gefangen und begann mit den Vorbereitungen für den Krankenhausaufenthalt. Auf keinen Fall sollte jetzt oder später jemand etwas davon erfahren. Auf Mitleid konnte sie schon immer sehr gut verzichten. Emotionales Gejammere anderer würde die

Situation nur noch schwerer machen. Wer Julia sah, würde sie vielleicht für zart und zerbrechlich halten. Trotzdem aber konnte sie sehr stark und energisch vor allem zu sich selbst aber auch gegenüber anderen Menschen sein. Nicht grundlos hatte sie eine geradezu sensationelle Karriere hingelegt und ihr Leben auch ohne Partner gut gemeistert. Also nahm sie sich vor, bis auf ihren Eltern zu niemandem auch nur ein Wort zu sagen. Julia beantragte also im Verlag einige Tage Urlaub und begründete das mit der Regelung wichtiger persönlicher Angelegenheiten, was noch nicht einmal die Unwahrheit war. Auch wenn sie erst kurze Zeit im Verlag arbeitete, kam man dem Wunsch ohne Zögern und selbstverständlich nach. Noch am selben Tage besuchte sie die in Potsdam wohnenden Eltern, um ihnen von den Untersuchungen und den anstehenden Maßnahmen zu erzählen. Geschockt hörte ihre Mutter zu und hatte keine Kraft, die Tränen zu unterdrücken. Also ließ sie ihnen freien Lauf, was die ohnehin beklemmende Situation noch zusätzlich schwerer machte. Der Vater in seiner ruhigen und wissenden Art hielt Julias Hände, sprach seiner Tochter Mut zu und versprach zu helfen, wo immer es erforderlich würde. Er war schon seit ihrer Kindheit ein sehr verlässlicher Anker in ihrem Leben. Wann immer sie etwas wissen wollte, kleine oder große Probleme hatte, er Vater fing sie auf, gab die richtigen Ratschläge und half über jede Hürde. Dafür liebte sie ihn. Da auch ihre fürsorgliche Mutter immer für sie da war, vertraute sie ihren Eltern als einzige Menschen auf der Welt blind. Von ihnen war sie im Vergleich zu einigen anderen Menschen nie enttäuscht worden. Den Rest der Woche verbrachte sie mit langen, einsamen Spaziergängen, las viele Abhandlungen über die Krankheit im Internet, versuchte, einigermaßen regelmäßig zu essen und fand langsam wieder zu sich selbst, denn medizinisch boten sich doch einige Möglichkeiten einer Behandlung mit guten Heilungsaussichten. Trotzdem aber fühlte sie sich allein und verlassen, obwohl Ihr bewusst war, dass der Preis der Freiheit oftmals das Alleinsein war. Jedoch hatte niemand anderes als sie selbst sich für dieses Leben entschieden und würde es auch kaum aufgeben wollen. Dafür gab es selbstverständlich triftige Gründe.

Jeder, der sie kennenlernte, war erstaunt, dass eine derart attraktive junge Frau wie Julia keine Familie hatte oder wenigstens in einer festen Beziehung lebte. Das hatte es in der Vergangenheit natürlich gegeben, allerdings waren es viel zu oft nur irgendwelche oberflächlichen Blender, die ihr den Hof gemacht hatten. Darauf konnte sie gut und gern verzichten. Diese lackierten Versuchsstreber mit gegelten Haaren und Nadelstreifenanzug, dafür aber ohne Tiefgang, waren nicht das, wofür in ihrem Leben Platz war. Es gab zwar ein paar längere Beziehungen, die ihr zuletzt aber auch nicht das gaben, was sie wirklich suchte. Sie erinnerte sich mit Abscheu an so manchen Telefonterror und andere Belästigungen, nach dem Ende der ein oder anderen Episode und nahm sich vor, ihre Wohnung künftig zu verschweigen. Es war für Julia genau wie für so viele Menschen eben nicht leicht, einen seelenverwandten Menschen zu finden. Bei den stetig steigenden Scheidungsraten fragte sie sich ohnehin, wonach so mancher den Lebenspartner oder die Lebenspartnerin auswählte, um mit ihm oder ihr Kinder in die Welt zu setzen, die am Ende die bittere Zeche für die vielen Trennungen zu zahlen hatten. Sie brachte kein Verständnis für diese Verantwortungslosigkeiten auf. Julia hätte auch sehr gern eine kleine Familie mit Kindern gehabt, aber nicht um jeden Preis.

Auf der Suche nach Normalität musste sie sich schon ordentlich zusammennehmen, um sich auf andere Dinge konzentrieren zu können. Bald kam ihr Jonas wieder in den Sinn, an den sie seit Tagen kaum gedacht hatte. Inzwischen aber war es Freitagabend und die Gedanken an das gemeinsame Treffen am nächsten Tag entlockten ihr endlich wieder ein vorsichtiges Lächeln.

Die Sonne schien aus allen Knopflöchern, als ginge es um das letzte Leuchten auf der Erde. Während der Mittagszeit war es noch immer angenehm mild und man konnte durchaus ohne Jacke umherlaufen. Am Morgen und auch, als sich der Tag zum Nachmittag neigte, wurde es langsam frisch. Der Herbst würde nicht mehr lang auf sich warten, doch bis dahin blieb noch einen etwas Zeit. Jonas war natürlich schon etwas vor zwölf Uhr am »Konnopke«, weil er es unbedingt vermeiden wollte, dass Julia auf ihn warten musste. Er stand am selben Tisch, wie wenige Tage zuvor, hielt eine Tasse Kaffee in den Händen und freute sich ebenfalls auf ein Wieder-sehen. Bald bog diese hübsche Frau um die Ecke und winkte ihm aus der Entfernung freudig zu, als sie ihn erkannte. Jonas sah ihr zu, als Julia über die Straße kam und beobachtete, wie sie unweigerlich die Blicke anderer Männer auf sich zog. Es dauerte nur Sekunden, bis sie vor ihm stand, lächelte und ihm zur Begrüßung die Hand reichte, während einige der anwesenden Gäste nur mühsam die Augen von dieser Schönheit lösen konnten.

Vielleicht sollte das, was mit beiden noch geschehen würde, seinen Ursprung in den folgenden Augenblicken finden. Möglich aber, dass die Saat dazu bereits Tage zuvor in ihren Seelen ausgelegt wurde und nun aufkeimte. Es war dieser kurze Moment, in dem sich ihre Blicke begegneten und beide für den Bruchteil einer Sekunde einander stumm ansehend innehielten.

»Ich freue mich wirklich sehr, Sie wieder zusehen«, unterbrach Jonas die seltsame Stille.

»Das gebe ich genauso gern zurück!«

»Sie haben sich aber wirklich schick gemacht. Da kann ich nicht im Ansatz mithalten«, sagte Jonas, sah an sich hinunter und betrachtete seine alte Jeans, machte sich aber über solche Sachen wie »underdressed« oder »zu dicke auftragen« so überhaupt keine ernsthaften Gedanken. Seine Klamotten mussten einfach nur praktisch und bequem sein, obwohl er sich gerade daran erinnerte, mit dieser Kleidung neulich im Fernsehen interviewt worden zu sein. Das konnte natürlich nicht heißen, dass ihm die Mode anderer nicht auffiel. Ganz im Gegenteil. Insbesondere bei Julia gefiel ihm ihr äußerst eleganter Geschmack. Er verschwieg vorsichtshalber, dass ihr Parfüm, es war dasselbe, das sie bereits während des Interviews angelegt hatte, wunderbar zur ihr passte.

»Dankeschön«, antwortete Julia und fand es richtig belustigend, wie sich Jonas für Sekunden mit seiner Kleidung beschäftigte.

»Endlich mal jemand, der zumindest in Hinblick auf seine Klamotten entspannt uneitel ist«, überlegte sie und wusste nur zu genau, dass Jonas in anderen Dingen wie Sprache und Denken genau das Maß an Eitelkeit in sich trug, was sie bei anderen immer so sehr vermisst hatte.

»Was wollen wir uns denn in unsere Bäuche stopfen? Sie haben die Auswahl zwischen Pommes, Pommes oder Pommes«, bot Jonas an.

»Oh. Da fällt es mir richtig schwer, mich festzulegen. Aber ich glaube, ich entscheide mich für Pommes«, erwiderte Julia.

»Sehr gute Wahl. Das wäre auch meine Empfehlung«, meinte Jonas, sah auf und suchte den Blickkontakt zur ihr. Erneut trat eine Sekunde des Schweigens ein.

»Ich hatte ja schon erwähnt, dass Sie eingeladen sind!«

»Das ist sehr nett, aber ich möchte als bekennender Vielfraß keinen Schriftsteller in den Ruin treiben ... äh, fressen!«

»Das wird nicht passieren, denn ich habe anlässlich unseres Treffens meine dickste Sparsau, in der sich tatsächlich ein paar Münzen versteckt hatten, geschlachtet. Es reicht sogar noch für eine Boulette zum Nachtisch!«

»Was für ein Aufwand. Und alles nur meinetwegen?«

»Na ja, nicht ganz. Ich habe ja auch Kohldampf!«

Beide mussten herzlich über ihre Art der Konversation lachen und freuten sich, dass sie sich mit dem gleichen Witz begegneten. Bald aßen sie mit Plastikbesteck von Plastiktellern, tranken aus Pappbechern und schwatzten, was das Zeug hielt.

»Haben Sie schon meinen Artikel über einen gewissen Schriftsteller namens Peter Steinberg gelesen?«

»Ja, aber nur einen Artikel in einer Tageszeitung. Der konnte jedoch kaum mehr als meinen richtigen Namen offenbaren, denn das Wichtige habe ich ja nur Ihnen gesagt!«

»Das hatte ich erwartet. Aus diesem Grund habe ich selbstverständlich ein Exemplar mitgebracht und hoffe, dass ich alles korrekt wiedergegeben habe!«

»Es wird schon passen. Ich lese ihn mir später durch und sage Ihnen, wie er mir gefällt. Steht da auch etwas von der verrückten Schmadderei in der Pfütze und dem kindlichen Gekicher auf der Bank drin?«

»Wer hat dort kindlich gekichert?«

»Also ich nicht. Ich rasiere mich ja schon und von daher kann das auf mich keinesfalls zutreffen!«

»Wer es glaubt, wird selig«, antwortete Julia und musste gehörig aufpassen, dass ihr vor Lachen keine Pommes von der Gabel fielen.

»Jetzt aber mal ernsthaft. Wie kommen Sie überhaupt an ihre so einfühlsam beschriebenen Romanfiguren. Denken Sie sich so etwas aus?«

»Nein. Absolut nicht. Das Recherchieren und die Informationsbeschaffung sind mehr als aufwendig, extrem zeitraubend und bildet praktisch die Basis, auf der ich alles aufbaue. Die Handlungsstränge sind schon eine Mélange aus Fiktion und Wahrheit. Das aber zu einer lesbaren Geschichte zusammenzuschreiben, kann einen untalentierten Schriftsteller wie mich ordentlich fordern. Was mir aber wirklich wichtig ist, sind die handelnden Personen, ihre Charaktere, die Lebensumstände, Hoffnungen und Wünsche. Das erarbeite ich an real existierenden Menschen, deren Identität jedoch für andere zu keinem Zeitpunkt erkennbar sein wird. Ich erfinde in meinen Büchern völlig neue Namensgebungen und Biografien. Sie werden es kaum glauben, aber ich bin so manchen Abend bis oftmals spät in die Nacht in der Stadt unterwegs und beobachte die Menschen, die mir begegnen. Tagsüber treibe ich mich beispielsweise häufig in den Gerichtssälen herum, sitze auf einer Bank im Bahnhof oder durchstreife die Cafés der Stadt!«

»Das klingt sehr spannend. Und wo sind Sie in der Regel des Nachts unterwegs?«

»Wie ich schon sagte. Sehr oft auf den Bahnhöfen. Das ist unglaublich interessant. Vielleicht möchten Sie mich einmal begleiten«, bot Jonas an, nachdem er beobachtet hatte, wie aufmerksam Julia zuhörte.

»Ich weiß nicht recht«, gab sie zögerlich und nachdenklich aber doch interessiert zurück.

»Heute Abend gäbe es zum Beispiel eine Möglichkeit. Ich will mich wieder einmal aufmachen. Sie sind herzlich eingeladen«, sagte Jonas.

»Ist das nicht zu gefährlich?«

»Nein, absolut nicht. Ich gehe nirgendwo hin, wo es nicht sicher ist. Ich möchte auch heil nach Hause kommen und habe vor, noch den einen oder anderen Roman zu schreiben. Sie müssen sich nur darauf vorbereiten, eine völlig andere Welt zu erleben und in vielleicht skurrile Situationen einzutauchen!«

»Und wo würden wir hinfahren?«

»Überraschung. Wenn es Ihnen unheimlich wird oder Sie nicht mehr mögen, setzen wir uns ins nächste Taxi und ich bringe Sie nach Hause!«

»Also gut. Ich komme mit«, sagte sie nach einigen Überlegungen, hielt ihren Enthusiasmus aber doch spürbar zurück.

»Da wäre noch ein Problem!«

»Nämlich welches?«

»Ich habe für manch anderen Anlass durchaus die passende Garderobe, für diese Veranstaltung aber definitiv nicht!«

»Dann gehen wir noch schnell etwas kaufen!«

»Und wo?«

»Auf dem Flohmarkt!«

»Ist nicht wahr!«

»Und ob. Dort gibt es auch neue Kleidung. Wird vielleicht nicht so toll passen oder aussehen, das wäre aber auch nicht erforderlich für die Gegenden, in denen wir uns später herumtreiben werden!«

»Ich denke, das Geld aus dem Sparschwein hatte gerade mal für das königliche Dinner gereicht«, zog Julia das Gespräch wieder auf die witzige Seite und versuchte, das mulmige Gefühl hinsichtlich des anstehenden Nachtausflugs zu kaschieren.

»War 'ne ziemlich dicke Sau«, sagte Jonas, der ihre Bedenken durchaus erkannte und frech grinste.

Bald saßen die zwei in der S-Bahn und fuhren gemeinsam zum Kunst - & Trödelmarkt Fehrbelliner Platz. Julia konnte sich kaum erinnern, wann sie letztmalig in einer S-Bahn gefahren war. Wie ein kleines Mädchen sah sie aus dem Fenster und beobachtete die draußen vorbeirauschende, im spätsommerlichen Sonnenschein bunt leuchtende Stadt. Dabei stellte sie in ihrer aufgeregten Neugier laufend irgendwelche Fragen, die Jonas mit seiner unendlichen Geduld ausführlich beantwortete. Die Fahrt endete genauso schnell, wie sie begonnen hatte und bald schon schlenderten beide über den Trödelmarkt. Dort gab es eine Menge zu sehen und Julia blieb praktisch an jedem Stand stehen, stöberte in den Auslagen und hatte große Lust, so manchen interessanten und kuriosen Trödel mitzunehmen. Besonders vernarrt schien sie in die vielen Schmuckstände zu sein.

»Es ist unglaublich, welch schicke Sachen hier für ganz wenig Geld angeboten werden«, sagte sie zu Jonas und kramte einem Teenager gleich zwischen den vielen Arm- und Halskettchen, kunstvoll gestalteten Broschen und Ringen herum.

»Das Schöne ist, dass Du mit jedem Kauf auch einen talentierten Künstler oder eine Künstlerin, nicht aber irgendwelche großen Modehäuser oder Schmuckhersteller unterstützt, die ihre Waren großenteils nur noch industriell herstellen lassen«, reagierte Jonas auf ihre Worte.

Für einige Minuten war sie völlig abgelenkt und ging von einem Stand zu anderen. Jonas hatte sie die ganze Zeit sehr aufmerksam beobachtet und genau mitbekommen, dass sie ein mit vielen Granatsternchen verziertes, ausgesprochen hübsches Halskettchen auffällig lange angeschaute. Als sie es wieder zurückgelegt hatte und sich über einen anderen Tisch beugte, nutzte er die Chance, bezahlte die Kette und ließ sie sogleich unbemerkt in seiner Tasche verschwinden. Er hatte sie eine Weile gewähren lassen, erinnerte sie nach einer knappen Stunde aber daran, dass der Markt um 16 Uhr dichtmachen würde und lockte sie zu einem Bekleidungsstand, wo sie wenig später mit einer sensationell schräg aussehenden Kollektion, bestehend aus einer Jeans, einem Parka, einem Pullover und ein paar bequemen, aber wirklich nicht Laufsteg geeigneten Schuhen eingekleidet wurde. Zum Schluss verblieb noch eine halbe Stunde für eine weitere Stöberattacke, die Julia gnadenlos ausnutzte, bis die Stände langsam abgebaut wurden.

»Und wie komme ich in die Klamotten?«

»Einfach anziehen«, sagte Jonas neckend.

»Ach ja. Wäre ich allein gar nicht drauf gekommen!«

»Deshalb sag ich es ja!«

»Danke für den weisen Rat. Vielleicht sollte ich meine Frage doch etwas konkretisieren. Wo also kann ich mich umziehen, denn egal, ob schicke oder olle Sachen, Zuschauer brauche ich dabei nicht!«

»Vielleicht hier auf dem Damenklo!«

»Wie. Ich soll mich jetzt umziehen, und wie eine Vogelscheuche aussehend durch die Stadt fahren?«

»Wäre eine Möglichkeit. Ich hätte aber ein besseres Angebot. Wir fahren zu mir nach Hause. Dort schaut niemand zu!«

»Aha. So geht das also. So macht ihr Kerle das. Schier unlösbare Situationen konstruieren und dann den Ausweg aufzeigen. Männer! Besonders in diesen Dingen doch immer sehr ideenreich und zielstrebig«, gab Julia bissig witzelnd, aber lächelnd zurück.

»Nein. Es ist alles in Ordnung. Ein Stück weit sollten Sie mir ruhig vertrauen«, sagte Jonas jetzt etwas ernsthafter, um Julia zu verdeutlichen, dass sie in seiner Nähe zu jeder Zeit gut aufgehoben war.

»Na denn. Los geht es. Dann bekomme ich auch einen Einblick, wie so ein kauziger Schriftsteller haust und vor sich hin vegetiert!«

Das war der Moment, in dem Jonas ernsthaft überlegte, ob es Julia bei ihm wohl gefallen würde. Die Küche hatte er ja noch sauber gemacht, bevor er die Wohnung verließ. Das war OK. Aber der Rest, na ja, sie würde schon bald eine Antwort auf ihre Frage erhalten. An der Haltestelle Friedenau stiegen beide aus und machten schwatzend einen kleinen Spaziergang, bis sie wenig später in einer ruhigen Straße vor Jonas's Wohnung standen. Obwohl sie mitten in Berlin waren, herrschte hier unter schönen alten Bäumen eine erstaunliche Stille. Jonas Wohnung war die Hälfte eines wunderschönen Hauses, das im viktorianischen Baustil errichtet wurde. Bereits von der Straße aus war über den schmiedeeisernen Zaun ein herrlicher, vielleicht etwas verwilderter Garten zu sehen, in dem ein paar uralte Obstbäume standen.

»Es ist hier so still. Ich bin ganz erstaunt«, sagte Julia, als sie auf die Haustür zugingen.

»Ja. Das ist auch sehr wichtig. Ich schlafe gern bei offenem Fenster und da wäre Verkehrslärm sehr störend. Außerdem brauche ich die Ruhe beim Schreiben, ansonsten würde ich keinen ordentlichen Satz zustande bringen«, gab Jonas zur Antwort, als er den Schlüssel ins Schloss steckte und die Tür öffnete. Julia trat ein und nahm als Erstes den angenehmen Holzgeruch des schicken Parkettbodens wahr. Durch den geräumigen Flur, an dessen Wänden neben einigen tollen Fotografien äußerst interessante Kohlezeichnungen aufgehängt waren, gelangte sie sogleich ins Wohnzimmer, wie es Jonas zu nennen pflegte. Darunter mochte sich jeder vorstellen, was er oder sie wollte, doch so etwas würde wohl niemand wirklich unter einem Wohnzimmer verstehen. In diesem durchaus achtzig Quadratmeter großen Raum, dessen vier boden-tiefe Fenster einen unglaublichen Blick in den schönen Garten erlaubten, war nicht etwa mit Tischen und Stühlen eingerichtet. Nein. Es gab Halden und Berge von Büchern, die zwar ordentlich gestapelt waren, aber den gesamten Raum beherrschten. Jonas beobachte ihr Staunen mit einem verschmitzten Grinsen und freute sich über seine kuriose Einrichtung.

»Gibt es hier denn auch richtige Möbel?«, fragte Julia mit weit aufgerissenen Augen und staunendem Blick, während sie ihre rechte Hand vor den Mund hielt.

»Wieso. Da steht doch ein großer Schreibtisch, ein Stuhl davor und zwei bequeme Sessel zum Herumlümmeln. Der Fernseher sollte nicht unerwännt bleiben. Also, mir gefällt es!«

»Sieht es denn in allen Zimmern so aus?«

»Nein. In der Küche sind keine Bücher oder sagen wir mal, nicht ganz so viele, was praktisch das gleiche ist wie keine!«

»Darf ich mal eine Wohnungsbesichtigung machen?«

»Nur zu und keine Furcht!«

Was Julia während der nächsten zehn Minuten zu sehen bekam, verschlug ihr fast den Atem. Selbst im Bad sah es aus, wie in einer Bibliothek.

»Haben Sie die alle gelesen?«

»Nicht alle. Aber sehr viele davon. Ich meine, in fast allen zumindest einmal geblättert und etwas nachgeschlagen zu haben. Im Keller hätte ich da auch noch ein paar Exemplare anzubieten!«

»Um Himmels willen. Was ich hier sehe, reicht mir völlig«, sagte Julia und nahm sich den ein oder anderen Schmöker in die Hände, um einen Blick auf den Titel, den Autor oder die Autorin zu werfen.

»Also gut. Wir machen ein Spiel. So viel Lesestoff zu haben, ist das eine. Sich in der Menge auszukennen und zurechtzufinden, wäre das andere. Ich möchte jetzt bitte ein Buch von Antoine de Saint-Exupéry haben!«

Jonas brauchte ein paar Sekunden, kratzte sich dabei am Kopf, überlegte, tat einen Moment so, als müsste er bereits beim ersten Versuch kapitulieren, ging dann aber unversehens ins sogenannte Wohnzimmer, räumte einen Stapel zur Seite und zauberte »Der kleine Prinz« hervor.

»Das war Zufall. Das gilt nicht. Jetzt bitte Ernest Hemingway!«

Sie brauchte auch diesmal nur wenige Momente zu warten, als Jonas mit »Tage in Paris« zurückkehrte und breit grinste.

»Und jetzt bitte etwas von T. C. Boyle.« »Der Samurai von Savannah« wäre gut, verlangte Julia und gab diesmal nicht nur den Autor, sondern auch einen bestimmten Titel vor.

Jetzt überraschte Jonas die staunende Julia wirklich, denn er benötigte gerade mal zehn Sekunden, um ihr das Exemplar auszuhändigen. Die Frage war eine leichte, denn er hatte das Buch tags zuvor erst ausgelesen und auf dem Küchentisch abgelegt. Davon sagte er ihr aber nichts.

»Ich glaube es ja nicht. Sie sind besser sortiert als eine gute Bücherei!«

»Die Unmenge Literatur würde vermutlich jeden Leser in Staunen versetzen. Für einen Autor aber ist das eine prinzipielle Geschichte. Ein Buch zu schreiben erfordert enorm viel Arbeit, wenn man einigermaßen glaubwürdig sein will. Aus diesem Grund muss man sich in der Welt der Schriftstellerei auskennen, viel lesen, lesen und nochmals lesen. Dann sind komplexe Recherchen wichtig, aber diese Übung schauen wir uns heute Abend gemeinsam an. Sobald das und verschiedenes andere sitzt, beginnt das Schreiben. Und genau das dauert am längsten. Ist ein Buch erst veröffentlicht, ein paar Interviews und – für mich ganz neu – Lesungen gegeben, stürzt man sich nach einer kurzen Pause auf das nächste Buch und die Show beginnt von vorn«, erklärte Jonas.

»Das ist kaum zu glauben. Der Leser setzt sich dann einfach nur hin und beginnt zu lesen. Am Ende entscheidet er für sich, ob es ihm gefallen hat oder nicht«, stellte Julia fest.

»Genau so ist es. Manch einer glaubt, ein bekannter Schriftsteller führt ein Leben wie ein Rockstar. Tatsächlich aber ist das alles sehr unspektakulär, weil man zurückgezogen und im Stillen schreibt, recherchiert und sich Notizen macht«, gab Jonas zurück.

»Und ist denn dabei überhaupt kein Platz für Familie«, wollte Julia wissen.

»Doch. Schon. Aber wie überall im Leben ist vieles eine Frage der Toleranz. Ich hatte nie eine geregelte Arbeitszeit und war wie ein normaler Arbeitnehmer ab dem Nachmittag und am Wochenende für die Familie da. Man sitzt als Bücherwurm beispielsweise beim gemeinsamen Abendessen, hängt mit seinen Gedanken noch den letzten geschriebenen Seiten nach und hat plötzlich eine Idee für das nächste Kapitel. Das war bei mir recht häufig so. Dann sprang ich auf, ging in mein Schreibzimmer, lies Frau und Kind am Tisch allein zurück und notierte den Einfall. Das sorgte dafür, dass ich erneut aus der Zeit fiel, alles um mich herum vergaß und bis in die Nacht schrieb. Gelegentlich brach ich zu unmöglichen Zeiten auf, um bestimmte Handlungsstätten meiner Bücher vor Ort genauer zu untersuchen. Irgendwann und nach unendlich viel Rücksichtnahme konnte meine Frau das alles nicht mehr aushalten, obwohl damals noch keine Bücherberge das Mobiliar versperrten. Sie gab mir wirklich ausreichend Signale, die ich in meiner Arbeitswut einfach nicht wahrgenommen hatte. Irgendwann waren sie und meine Tochter fort. Beide sind zurück nach Australien, wie ich es in unserem Interview bereits erwähnte und es sieht keinesfalls danach aus, dass sie wieder zurückkommen würden. Damals habe ich wirklich vieles falsch gemacht!«

»Da kommt mir so einiges ziemlich bekannt vor«, deutete Julia ähnlich gelagerte Ereignisse aus ihrem Leben an, die Jonas aber nicht direkt hinterfragte.

Er wollte, dass sie von sich aus darüber erzählte und nicht durch seine Fragen dazu gedrängt würde. Trotzdem beobachtete er sie genau und wartete, was sie als Nächstes tun würde. Es trat ein Moment des Schweigens ein. Jonas lockte Julia aus ihrer Nachdenklichkeit, in dem er dieses Thema verließ und eine ganz andere Frage stellte.

»Warum haben Sie eigentlich als Erstes nach dem kleinen Prinzen gefragt«, wollte er wissen und war sehr gespannt auf ihre Antwort.

»Es ist eines der schönsten Bücher, die ich jemals in meinen Händen hielt. Einerseits so leicht lesbar geschrieben, andererseits so tief in seiner Philosophie. Ich habe es zu meiner Konfirmation bekommen und seit meiner Kindheit so oft darin gelesen. Es ist gar nicht mal sehr dick, aber bei jeder Lesung kann man immer wieder etwas Neues finden, was zuvor überlesen wurde. Egal, ob Kind oder erwachsener, traurig oder glücklich. Mich überkam so oft das Gefühl, mich in Teilen der Erzählungen selbst wiedererkannt zu haben. Als ich erwachsen wurde, mich in meiner Persönlichkeit und meinen Ansichten, wie jeder andere Mensch gegenüber meiner Kindheit verändert hatte, las ich dann an ganz andere Stelle in dem Buch über mich. Ein unglaubliches Werk. Es hatte mir in meinen verschiedenen Lebensphasen immer einen klugen Rat geben können oder zumindest ein paar tröstende Worte, wie ich ganz bestimmte Situation betrachten könnte!«

»Wie meinen Sie das?«, fragte Jonas vorgetäuscht unwissend, denn er kannte das Buch nur zu genau und wollte lediglich sehen, was Julia daran so mochte.

»Da sind überall kleine philosophische Lebensweisheiten versteckt, die so wunderbar zu den Geschichten passen. Das Schöne an derartigen Aphorismen ist, dass mit wenigen Worten große Themenbereiche erfasst werden, über die ich immer und immer wieder lange nachdenken musste, aber nie zum Ende kam. Saint-Exupery schreibt zum Beispiel über die Beziehung zweier Menschen, dass Liebe nicht darin bestünde, sich gegenseitig anzuschauen, sondern gemeinsam in dieselbe Richtung zu blicken. Ich hatte damals an diesen Worten erkennen und mir erklären können, warum das ein oder andere auch bei mir nicht funktioniert hatte. Danach war eine Trennung nicht mehr so schwer. Ich hatte einfach verstanden, was falsch gelaufen war!«

Jonas sah sie schweigend und ruhig an. Langsam spürte er die Seelenverwandtschaft zwischen ihnen und er fragte sich, ob es Julia ähnlich ginge.

Was er nicht ahnen konnte, war, dass ihm eine der Aphorismen aus dem Buch Saint-Exupery's in naher Zukunft fast das Herz zerreißen, ihn zumindest in seinem tiefsten Inneren schwer treffen würde. Aber was wissen wir denn schon von dem, was uns wann, aus welchem Anlass und wo begegnen wird, wie wir schon zu Beginn der Geschichte erfahren haben. Im Grunde ist es auch besser so. Vielleicht sollten wir um des Lebens willen an jedem Tag einfach nur den Moment genießen. So, wie es Jonas gerade tat, als er die sich in ihm aufkeimende herzliche Zuneigung für Julia eingestand.

»Zwischen welchen Stapeln kann ich denn bitte meine neuen Plünnen anprobieren«, unterbrach Julia die Stille.

»Sind ja genug da. Sollte nicht so schwer sein, ein Versteck zu finden!«

»Einer von uns macht sich jetzt schick und der andere, ich betone *der* andere, kocht einen Kaffee«, konterte Julia.

»Ich wusste doch, dass die Sache einen Haken hat«, meckerte Jonas grummelnd aber lächelnd vor sich hin, während er in die Küche ging. Im Hintergrund hörte er Julia herumkramen, wie sie leise vor sich hin fluchte, weil sie einen Bücherturm umgerissen hatte.

»Soll ich helfen kommen«, rief er durch die Wohnung.

»Nein, danke. Bin schon groß und anziehen kann ich mich allein.«

»Ich meine ja nur!«

»Alle Männer meinen immer nur und meistens in solchen Momenten. Nicht aber, wenn sie wirklich gebraucht werden!«

»Hört, hört. Wenn das nicht weise ist!«

Nach wenigen Minuten kam Julia in die Küche und wartete auf einen Kommentar, der keinesfalls in die falsche Richtung gehen durfte. Sie hatte sich vorgenommen, gegebenenfalls ein Massaker mit viel Blut und Schmerzen zu veranstalten, würde sich dieser Schreiberling mit seinen verbalen Fehlgriffen zu weit aus dem Fenster lehnen. Dazu kam es aber nicht. Jonas hatte zwar gewusst, was von ihm erwartet wurde, jedoch verschlug es ihm den Atem, als Julia in einer erstaunlich gut sitzenden Jeans, einem recht hübschen Sweatshirt und offenen Haaren vor sich sah. Auf seiner Suche nach den passenden Worten ließ er einen kleinen Moment zu viel verstreichen, der Julia in ihrer Ungeduld fast auf die Palme brachte. Sie hatte so etwas seit gefühlt einhundert Jahren nicht mehr getragen, war sich nicht sicher, ob es ihr gefallen sollte, und machte diese Entscheidung von Jonas abhängig, der sich noch immer Zeit ließ, auch nur einen Mucks von sich zu geben.

»Ich warte«, kam es ungeduldig und mit dem rechten Fuß auf den Boden tippelnd aus Julias Mund, die ihre Hände in die Hüften gestützt hielt.

»Ungelogen. Das ist wirklich hübsch. Sie können offensichtlich anziehen, was Sie wollen. Es steht Ihnen ausgezeichnet!«

Unschlüssig, ob sie ihm das so einfach abnehmen konnte, blieb Julia stehen, beobachtete ihn, fand aber keine Spur der Unsicherheit in seinem Gesicht.

»Ehrlich?«

»Ganz ehrlich. Wie ich es sage!«

»Na, dann wollen wir das einmal glauben«, sagte sie keck, drehte sich auf der Fußspitze um und verließ die Küche.

»Wo haben wir denn gerade unsere Augen?«, rief sie unvermittelt zurück, ohne wirklich zu wissen, ob Jonas überhaupt hinter ihr her starrte, und freute sich über seine lieben Worte.

»Nirgends«, kam das spontane Echo aus der Ferne.

»Männer haben ihre Augen immer nirgends!«

»Ich schon«, stachelte Jonas.

»Genau das meine ich«, spottete Julia schnippisch.

Bald saßen sie bei einer Tasse Kaffee und quatschen über Gott und die Welt. Auch Julia spürte zunehmend, wie Jonas mit jedem seiner Worte, seiner Geduld und seinem ganzen Verhalten am Mörtel der dicken Mauer kratzte, die sie schon vor langer Zeit zum

Schutz ihrer kleinen Welt um sich gezogen hatte. Dabei gab er sich ganz einfach, wie er war, ohne sie in irgendeiner Form zu bedrängen. Das war es auch, was Julia spürte. Keine Spur von Aufdringlichkeit. Insgeheim ließ sie ihn weiter kratzen, merkte bald, dass sich der erste Stein ihres Schutzwalls lockerte, und machte keinerlei Anstalten, ihn aufzuhalten.

»Wollen wir etwas zu Essen kochen«, sagte Jonas, als es bereits neunzehn Uhr war.

»Wann müssen wir denn los?«, wollte Julia wissen.

»Gegen neun wäre nicht verkehrt!«

»Und was sollten wir uns brutzeln oder schlägt der Herr wieder das »Konnopke« vor?«

»Der Imbiss kann immer nur die Ausnahme sein, hatten wir ja schon festgestellt. Ich schlage vor, dass wir den Kühlschrank entern und sehen, was sich machen lässt!«

Bald stand eine Schüssel frischen Salates auf dem Tisch, den sie sich zusammen geschnippelt hatten. Jonas vermochte und mit nur wenigen Handgriffen ein tolles Dressing zu zaubern und freute sich, dass Julia ob dieser Fertigkeit abermals verwundert und doch anerkennend dreinschaute. Ein Teig war wenig später in seinen Händen schnell geknetet und wurde bald als knuspriges, wohlduftendes Brot aus dem Herd gezogen. Gekonnt zauberte Jonas zuletzt ein leckeres Dessert, für das Julia das Obst klein schneiden musste. Ein leichter Weißwein rundete die Sache ab und beide futterten bald, als gäbe es am nächsten Tag nichts mehr zu essen.

»Schmeckt sehr gut«, nuschelte Julia mit vollem Mund.

»Besonders die nicht verwelkten Salatblätter«, frotzelte Jonas und sorgte dafür, dass die Zwei sich vor Lachen ausschütteten.

»Hat einer von uns beiden zu Weihnachten mal einen Kochkursgutschein bekommen, oder?«

»Nein, nein. Manchmal muss ich schon von meinen Büchern weg und mich ernähren, sonst wird es nichts mehr mit meinem nächsten Buch. Verhungern ist nämlich die Hauptodesursache bei Schriftstellern. Also habe ich mich aufgemacht und ein wenig kochen gelernt. Macht Spaß und entspannt!«

»Und schmeckt wirklich gut«, wiederholte Julia.

Gegen einundzwanzig Uhr machten sie sich ausgehfertig. Julia warf ihren grünen Parka über und einen prüfenden Blick in den Spiegel. Sie fühlte sich sofort in ihre schöne Jugend- und Studienzeit zurückversetzt. Flüchtige Bilder und Erinnerungen aus diesen Jahren drängten sich auf und zogen binnen Sekunden an ihr vorbei.

»Kann es losgehen«, rief Jonas und holte sie aus ihren Gedanken. »Es muss jetzt losgehen. Bin gespannt, was mich erwartet!«

Von Jonas' Wohnung waren es nur wenige Schritte bis zur nächsten U-Bahn-Station. Draußen wurde es inzwischen spürbar kühler und Julia kuschelte sich in ihren warmen Parka. Insgesamt fühlte sie sich recht wohl in ihrem neuen Outfit.

»Wann sind Sie denn das letzte Mal um diese Zeit U-Bahn gefahren«, wollte Jonas wissen.

»Keine Ahnung. Das muss Jahre her sein! Aber wohin geht es jetzt?«

»Zuerst fahren wir heute kreuz und quer durch die Stadt. Wollen doch mal sehen, was für Menschen um diese Zeit unterwegs sind und was sie so machen«, erklärte Jonas.

Zunächst konnte sich Julia nichts wirklich Interessantes darunter vorstellen, wurde aber bald eines Besseren belehrt. Tagsüber traf man in den Zügen ganz normale Leute an, die vielleicht zur Arbeit oder zum Einkaufen fuhren. Am Abend aber sah das so ganz anders aus. Da krakelten lautstark reichlich angetrunkene Fußballfans, ein paar bunt frisierte Überbleibsel aus der Punkszene waren in der Unterzahl und wagten es nicht, sich gegen den Krach der johlenden Fangemeinde aufzulehnen, obwohl sie ihnen immer wieder mürrische Blicke zuwarfen, durch die sie wohl ihr Missfallen ausdrücken wollten. In einem anderen Zug beobachtete Julia eine Gruppe schrill gekleideter junger Mädchen, die vermutlich auf den Weg in einen angesagten Klub waren. Sie spielten permanent mit ihren Telefonen, auf denen es offensichtlich das ultrawichtige Video eines ihrer Musikidole zu sehen gab. Das zumindest konnte man ihrer kindlich überdrehten Begeisterung entnehmen. Ein paar aufdringliche Jungs südländischer Herkunft versuchten mit extrem angeberischem Gehabe, bei den reichlich aufgedrehten Gören zu landen, wurden aber kollektiv mit völlig verdrehten Beschimpfungen zurückgewiesen. Es war erstaunlich zu beobachten, wie wenig sich diese Kerle davon beeindrucken ließen. Die Anmache nahm erst ein Ende, als die Mädels ihre Haltestelle erreicht hatten und ausstiegen. Bald waren da zwei alte Damen, die nur ein paar Sitzplätze von Julia und Jonas entfernt nebeneinander saßen. Schlecht gekleidet, wenig gepflegt, in alten Mänteln, mit blasser Haut und traurigem Blick erweckten sie Julias Mitleid. Sie sah ihnen eine ganze Zeit zu, fragte sich, wie beider Leben wohl gelaufen war und was dazu führte, dass sie sich an diesem Tage in dieser U-Bahn aufhielten. Sie sah zu Jonas und beobachtete, wie auch er mit seinem Blick an den beiden Frauen hing. Sie hakte sich bei ihm unter, zog am Ärmel seiner Jacke, beugte sich zu ihm und flüsterte ihm ins Ohr, dass die beiden Damen wenigstens nicht allein waren, denn sie hatten zumindest einander. Jonas nickte zustimmend und sagte, dass sie auch ihn etwas bedrückt machten. Er bemerkte, dass Julia ihren Arm nicht mehr zurückzog und sich weiter an ihm festhielt. Ein warmes Gefühl der Nähe, das er schon lang nicht mehr gespürt hatte, machte sich in ihm breit. Er warf ihr ein kleines Lächeln zu, das sie mit einem kaum merklichen Augenzwinkern erwiderte. In diesem Moment stand ein ziemlich heruntergekommener Typ vor ihnen, der in schnödem Ton nach etwas Geld oder ein paar Zigaretten fragte. Julia zog sich etwas erschrocken und verängstigt dichter an Jonas heran.

»Du brauchst Dich nicht zu fürchten. Er hat doch lediglich etwas gefragt. Vermutlich hat er viel mehr Angst, dass ihm jemand ans Fell geht«, sagte er aus der Situation heraus zu ihr, griff in seine Tasche und gab dem Unbekannten einen Zwanzigeuroschein. Als sich der Fremde aus dem Staub machte, bemerkte Jonas, dass er Julia unbewusst geduzt hatte.

Sie fing sich wieder, bewertete die Situation zuvor als tatsächlich ungefährlich und schien jetzt Jonas' Gedanken lesen zu können.

»Das ist mir sehr recht«, kam sie ihm zuvor, als er zu sprechen beginnen wollte, um sich zu entschuldigen, wie Julia vermutete.

»Und mir erst«, gab Jonas zurück, lächelte sie abermals an und hielt ihren Arm unter dem seinen fest.

Es ging langsam auf Mitternacht zu, als die zwei ihre U-Bahn-reise durch Berlin beendeten und auf dem Bahnhof Zoo ausstiegen. Hier konnte man tatsächlich ein flaues Gefühl bekommen, denn um diese Zeit trieben sich eine Menge schräger Typen aller Altersklassen herum. Zwischen Jungen und Mädels, Männer und Frauen gab es da keinen Unterschied. Scheinbar hatten sich sämtliche lichtscheuen Gestalten der Stadt hier verabredet und es war von anderen Teilen der Gesellschaft absolut nichts zu sehen. Julia hatte schon viel über diesen Ort gelesen und auch den Film »Christiane F. – Wir Kinder vom Bahnhof Zoo« aus dem Jahr 1981 gesehen, konnte sich aber beim besten Willen nicht vorstellen, dass die Szene so lang überlebt hatte. Zwischen ziemlich übel heruntergekommenen offensichtlichen Drogenkonsumenten, die in restlos schmutzigen Klamotten völlig benebelt in irgendwelchen Ecken auf dem Boden kauerten, saßen vereinzelt Männer und Frauen, die ihren gesamten Hausstand mit sich trugen, auf den Bänken und hatten hier für den Moment einen wetterfesten Unterschlupf gefunden. Sie mussten sich nicht vor Überfällen fürchten, denn sie hatten nichts, was man ihn stehlen könnte. Trotzdem überlegte Julia, ob diese gestrandeten Seelen hier auch übernachten würden. So richtig vorstellen konnte sie sich das allerdings nicht. Man hätte es verstehen können, wenn sich Julia an diesem Ort unsicher gefühlt hätte, allerdings ging sie untergehakt an Jonas' Seite und war so mit ihren Beobachtungen beschäftigt, dass sie über Dinge wie Furcht gar nicht mehr nachdachte. Als beide auf eine der Treppen zusteuerten, kam eine ältere Frau auf Jonas zu und grüßte ihn freundlich.

»Hallo, Jonas«, sagte sie in freundlichem Ton mit breitem Lächeln und zeigte dabei ihren weitestgehend zahnlosen Mund.

»Hallo, Lisa. Wir haben uns ja lang nicht mehr gesehen. Wie geht es Dir denn?«, wollte Jonas wissen.

»Na ja. So einigermaßen. Ich werde halt älter und die Gesundheit will nicht mehr so recht. Langsam werde ich zu alt für das Leben auf der Straße und sollte mich um eine feste Unterkunft bemühen!«

»Das solltest Du tatsächlich tun. Es wird bald kalt draußen. Du musst mir dann aber Deine Adresse geben, damit ich Dich besuchen kann!«

»Das würdest Du wirklich tun?«

»Versprochen!«

»Bringst Du Deine hübsche Begleitung dann auch mit«, sagte Lisa und lachte Julia an.

»Das ist Julia. Sie kommt bestimmt mit!«

»Das mache ich ganz bestimmt«, gab Julia zurück, als Lisa ihr die etwas zitterige Hand reichte.

»Was für ein schönes Gesicht Du hast. In jungen Jahren sah ich auch mal so hübsch aus. Damals haben die vielen Jungs Schlange gestanden, um mich zum Tanzen ausführen zu dürfen. Aber ich war sehr wählerisch und ließ sie ordentlich zappeln. Ist aber schon lange her«, erzählte Lisa und machte Julia ganz verlegen.

»Ihr seid ein hübsches Paar«, sagte sie zu den beiden, die sich grinsend ansahen. Jeder von ihnen hatte ein paar eigene Gedanken dazu.

»Bis Ihr mich besuchen könnt, wird es aber etwas dauern. Jetzt bin ich noch auf der Straße unterwegs!«

»Hast Du denn eine warme Jacke, Mütze und Handschuhe für den Winter«, wollte Jonas wissen.

»Es wird noch halten, glaube ich!«

»So kann ich Dich aber nicht gehen lassen«, sagte er, griff in die Tasche und gab ihr ein paar zusammengerollte Geldscheine.

»Du bist und bleibst ein guter Kerl«, sagte Lisa, bedankte sich, in dem sie beide herzlich in die Arme nahm, sich höflich bei ihnen verabschiedete, um kurz darauf eilig in der Frauentoilette zu verschwinden. Als sie die Eingangstür öffnete, drängelten aus dem Inneren fünf aufgekratzt wirkende junge Mädels heraus, die augenscheinlich der »Gothicszene« angehörten. Stark angetrunken nestelten sie noch an ihrer Kleidung, zogen Pullover und Jacken zurecht, wuselten in den Haaren herum und Julia mochte sich nicht vorstellen, was die Bande gerade angestellt hatte. Jonas wurde noch von zwei Obdachlosen angesprochen, denen er ebenfalls etwas Geld zusteckte. Mit den anderen Leuten hatte er glücklicherweise nichts zu tun. Das hätte Julia auch nicht verstanden, denn einem Trinker oder einem Junkie Geld zu geben, wäre sicherlich das falsche Signal.

»Wo laufen wir jetzt hin?«, wollte sie wissen, als sie sich über eine große Treppe dem Ausgang näherten.

»Wir gehen jetzt noch auf einen Sprung in die Bahnhofsmission. Die ist gleich da vorn um die Ecke. Da bekommen wir ganz sicher einen heißen Tee!«

»Und was machen wir da?«

»Auch dort treffen wir ein paar meiner alten Bekannten. Auch für sie kommt der Winter!«

»Ich finde es ja wirklich toll, dass Du den armen Leuten Geld zusteckst, aber wird das auf die Dauer nicht ein wenig teuer?«

»Nein. Keinesfalls. Diese Menschen bieten mir den Stoff für meine Romane. Sie erzählen mir aus ihrem Leben und erlauben, dass ich darüber schreibe, vorausgesetzt, sie sind in meinen Büchern nicht erkennbar. Außerdem verdiene ich durch sie meinen Lebensunterhalt und ich mache nichts anderes, als ein wenig davon abzugeben. Das bin ich ihnen und mir einfach schuldig!«

»Es ist wirklich schön, dass Du das so siehst und nach Deiner Überzeugung handelst«, erwiderte Julia und hing diesem Gedanken noch ein paar Momente schweigend nach.

Vom Bahnhof waren es nur ein paar Schritte bis zur Mission, in der sich um diese Zeit nicht sehr viele Menschen aufhielten, obwohl es draußen schon recht kühl geworden war. Jonas wurde vom Leiter der Einrichtung begrüßt, der ihn gut zu kennen schien und mit dem er sich eine ganze Zeit unterhielt. Julia stand daneben, hörte mit halbem Ohr zu und beobachtete währenddessen die an den Tischen verteilt sitzenden einsamen Menschen, die bald das Mitleid in ihr weckten. Jonas unterbrach sie vorsichtig in ihrer Nachdenklichkeit und reichte ihr eine Tasse heißen Tee, den Julia dankend entgegennahm. Nach einiger Zeit, es mochten vielleicht zwanzig Minuten vergangen sein, übergab Jonas seinem Gesprächspartner einen Briefumschlag, in dem sich vermutlich auch etwas Geld befand. Nachdem sich beide verabschiedet hatten, gingen sie auf die Eingangstür zu, als von einem der hinteren Tische eine raue Stimme zu hören war.

»Hallo, Jonas. Wie geht es Dir denn?«

»Das ist ja mal eine Überraschung«, gab Jonas lächelnd zurück.

»Wer ist das?«, fragte Julia, in dem sie auf einen in die Jahre gekommenen, vollbärtigen Mann mit ungepflegten langen Haaren zugingen.

»Das ist Bruno«, antwortete Jonas und schüttelte der seltsamen Erscheinung kräftig die Hand.

»Hinter der Geschichte, die ich neulich vorgelesen habe und in der es um einen Obdachlosen namens Willi ging, verbarg sich eine Episode aus Brunos Leben. Wir hatten uns hier vor etwa zwei Jahren kennengelernt und Willi erlaubte mir, seine Erlebnisse bei Bedarf in einem Roman verwenden zu dürfen«, erklärte er weiter, während Julia sich den Mann etwas genauer ansah.

»Da hast Du aber eine nette Begleitung«, kam es von Bruno, der sich Julia zuwandte, um ihr die Hand zu reichen.

»Das mag ich wirklich nicht abstreiten«, gab der Gefragte zurück.

»Hast Du denn Dein Buch schon fertig«, wollte Bruno wissen.

»Ja. Es ist bereits veröffentlicht und die Verkaufszahlen sind recht vielversprechend!«

»Du hast darin aber nicht meinen Namen erwähnt?«

»Nein. Das hatte ich ja versprochen. In der Geschichte heißt Du Willi. Niemand kann auch nur ahnen, dass Du damit gemeint bist!«

»Dann will ich ja zufrieden sein. Was macht ihr zwei um diese Zeit noch auf der Straße?«

»Ich sammle schon wieder neue Eindrücke für mein nächstes Buch und Julia hat mich begleitet. Wir sind unter anderem aber hier vorbeigekommen, um Dich zu treffen!«

»Mich. Aber warum das denn?«

»Weil wir Dir Deinen Anteil an dem Buch geben wollten!«

»Meinen Anteil an Deinem Buch?«

»Genau. Das ist mir eine unbedingte Pflicht, Dich daran teilhaben zu lassen.«

»Also, neee. Das ist wirklich nicht nötig!«

»Du willst mich doch nicht beleidigen und es ausschlagen«, sagte Jonas und zog einen weiteren Umschlag heraus, den er seinem Freund einfach in die Hände drückte.

»Da habe ich einen so berühmten Freund und der gibt mir jetzt auch noch Geld«, gab Bruno sichtlich verlegen von sich, konnte seine Freude über die sicherlich großzügige Spende aber kaum verbergen.

»Es wird Dir helfen, die kommenden Wochen und Monate angenehmer zu gestalten«, lenkte Jonas von Brunos Verlegenheit ab und verwickelte ihn in ganz andere Gesprächsthemen.

So redeten die drei noch eine kleine Weile und Julia erfuhr vieles aus dem Leben und den Alttag eines Obdachlosen, über das sie eigentlich nie richtig nachgedacht und jetzt, da sie unmittelbar damit konfrontiert wurde, so nicht erwartet hatte. Die tägliche Hygiene, regelmäßige Mahlzeiten, die Übernachtungen, ärztliche Versorgung. Es war alles mit erheblichen Problemen verbunden. Aussichten, dass sich für diese Menschen in Zukunft etwas ändern könnte, waren nicht zu erkennen, was sie zusätzlich betroffen machte. Jetzt verstand sie Jonas in seiner Großzügigkeit auch besser. Er musste für die in dieser Welt gestrandeten erscheinen, wie ein Samariter. Sie ließ sich von diesen Gedanken weitertragen und dachte an die vielen helfenden Menschen in Organisationen, die selbstlos rund um den gesamten Globus im Einsatz waren, ohne eine Gegenleistung zu erwarten. Fast wäre sie über oftmals viel zu leicht daher gesagte Begriffe wie Menschlichkeit und Hilfsbereitschaft gedanklich noch weiter entrückt, wenn Jonas sie nicht angesprochen hätte.

»Es ist schon spät. Wir sollten uns langsam auf den Heimweg machen!«

»Das wäre OK, denn ich bin schon ziemlich müde!«

Bruno war zwischenzeitlich aufgestanden, hatte seine Sachen zusammengepackt und begleitete die beiden zu Tür hinaus, wo sie sich voneinander verabschiedeten. Minuten später saßen Julia und Jonas erneut in der U-Bahn. Es waren kaum noch Fahrgäste in den Waggons und im grellen Neonlicht wirkte der Moment wie aus George Orwells Roman „1984" entsprungen.

»Warum ist Bruno eigentlich obdachlos?«, wollte Julia wissen. Sie hatte sich erneut untergehakt und lehnte an Jonas Arm.

»Das ist eine traurige Geschichte. Er war einmal Dolmetscher in einem großen Unternehmen. Sprach fünf Sprachen fließend. Seine beruflichen Aussichten waren mehr als blendend, genauso wie sein Verdienst. Aber manchmal im Leben passieren Dinge, an die Du vor drei Sekunden noch nicht einmal gedacht hattest. Man meint, so etwas trifft andere und schließt es für sein eigenes Leben einfach aus. Dem ist aber nicht so. Für Bruno hieß das, dass seine Frau ganz plötzlich und unerwartet starb. Damit ist er nicht fertig geworden. Er verlor den Halt in seinem Leben, es folgte der unausweichliche Absturz, der freie Fall ins Nichts und die harte Landung ganz unten. Inzwischen hat er sich wieder gefangen und sieht seine Aufgabe darin, in diesem eigenwilligen Mikrokosmos zu helfen. Von seinem früheren Leben hat sich Bruno inzwischen gänzlich verabschiedet. Er hätte durchaus die Möglichkeit gehabt, wieder Fuß zu fassen und sich erneut in der Geschäftswelt zu etablieren. Das aber wollte er einfach nicht. Er lebt tatsächlich auf der Straße, schläft unter Brücken und kämpft mit seinen Freunden täglich aufs Neue gegen die Widrigkeiten ihm Großstadtdschungel. Er kennt das Dasein in verschiedenen Welten, hat sich auf vielen verschiedenen Ebenen behauptet. Er kann Dir sagen, was und wie das Leben tatsächlich ist. Welcher andere Philosoph vermag das schon aus genau diesem Blickwinkel!«

Julia dachte über diese Worte nach und musste Jonas recht geben. Sie erinnerte sich an ihren Gesundheitszustand, der sich für sie auch von jetzt auf gleich so dramatisch geändert hatte und den sie den ganzen Tag schon verdrängt hatte. Julia spürte förmlich die tiefe Wahrheit in Jonas Worten. Sie war froh, dass er in diesem Moment neben ihr saß, und zog sich noch dichter an ihn heran.

»Das Geld, das ich ihm vorhin gab, wird er auch nicht für sich behalten. Er wird noch heute Nacht eine Rundreise bei seinen Leuten machen, lässt sich sagen, wo Hilfe benötigt wird und seinen kleinen Reichtum großzügig verteilen. Ich hoffe, er kauft sich wenigstens einen warmen Mantel und etwas Ordentliches zu essen. Vermutlich wird er in seiner großzügigen Selbstlosigkeit an sich zuletzt denken, aber erst dann, wenn ohnehin nichts mehr übrig ist. Er und seine Leidensgefährten halten fest zusammen. Bei ihnen kann man wirklich etwas über Solidarität, aufrichtiges Mitgefühl, herzlicher Anteilnahme und Menschlichkeit lernen!«

Eine kleine Weile des Schweigens machte sich breit. Der Zug rauschte durch die Unterwelt und beide sahen stumm aus dem Fenster.

»Hat Dir denn unser kleiner Ausflug gefallen«, wollte Jonas wissen und unterbrach die Gesprächsruhe.

»Fast hätte ich gesagt, dass es sehr aufregend war, doch fand ich es .... ach, mir fehlen die Worte. All diese Menschen und vor allem die Obdachlosen.....! Ich habe praktisch nie ernsthaft darüber nachgedacht und jetzt erfahre ich diese so ganz andere Welt derart intensiv. Ein Stück weit habe ich mich vor mir selbst schämen müssen. Sei mir nicht böse. Ich bin noch völlig durcheinander von den vielen berührenden Eindrücken. Deine Frage kann ich jetzt noch nicht beantworten. Ich hole es ganz bestimmt nach, wenn ich diese Erlebnisse sortiert habe. Was ich aber wirklich toll fand, war der gemeinsame Tag mit Dir. Wir können sehr gern noch andere Sachen unternehmen, wenn Du magst«, sagte Julia und sah ihn fragend an.

»Das machen wir. Versprochen«, gab Jonas lächelnd zurück und legte vorsichtig seinen linken Arm um ihre Schulter.

Spätestens in diesem Moment brachen zwischen ihnen alle Dämme und rissen mit Macht ein großes Loch in Julias inzwischen arg brüchigen inneren Schutzwall. Die Heimfahrt dauerte nicht sehr lang. Der kurze Weg von der U-Bahn-Station zu Jonas' Wohnung war ein willkommener und sehr schöner kleiner Spaziergang durch die verlassene, stille Straße. Minuten später öffnete sich die Tür zu Jonas' Wohnung.

»Möchtest Du, dass ich Dir ein Taxi rufe?«

»Glaubst Du ernsthaft, ich fahre so nach Hause. Nein. Ich möchte mich noch schnell umziehen. Zuerst aber werde ich noch Dein Bad besuchen!«

Diesen Augenblick nutzte Jonas, machte ein kleines, gedämpftes Licht an, holte zwei Weingläser aus dem Schrank und legte eine CD in den Player. Wenig später kam Julia zurück. Sie hatte ihren Parka abgelegt, stand nun in Jeans und Sweatshirt vor ihm, trug die zuvor hochgesteckten Haare jetzt offen und strahlte über das ganze Gesicht.

»Lass uns noch einen Absacker trinken«, sagte er leise und reichte ihr ein Glas.

»Aber nur ein klein wenig. Mit dem Trinken von Alkohol ist es bei mir nicht weit her!«

Nach dem ersten Schluck trat für Sekunden ein etwas leerer Moment ein, in dem keiner von beiden so recht wusste, was jetzt getan werden sollte. Jonas stellte jetzt plötzlich sein Glas auf einem Bücherstapel ab, ging auf Julia zu, fasste sie mit einer Hand um die Hüfte, griff mit der anderen nach ihrer Hand, zog sie vorsichtig zu sich und drehte sich mit ihr im Kreis. Auch sie stellte ihr Glas beiseite und schmiegte sich in seine Arme. Gerade lief »Come away with me« von Nora Jones. Beide sagten kein Wort und lauschten völlig im Moment versunken dem Text und dieser wunderbar samtigen Stimme der Sängerin.

»Geht es Dir gut?«, fragte Jonas ganz leise.

»Und wie«, hörte er sie leise sagen.

»Soll ich jetzt ein Taxi rufen?«, begann er sie schon wieder zu necken.

»Klappe halten«, gab sie zurück und unterstrich ihre Mahnung mit einem leichten Buffen auf seinen Bauch.

»Soll ich Dir was sagen?«, fragte Jonas.

»Nur, wenn es was Schönes ist!«

»Der Mondschein steht Dir gut!«

»Schleimer!«

Eine kleine Weile verging.

»Sollten wir mal zusammen frühstücken«, bohrte Jonas nach einer kleinen Pause weiter.

»Au ja. Das wäre eine prima Idee«, war ihre nächste leise, fast schon verschlafene Antwort.

»Und, soll ich Dich dafür anrufen oder anstupsen?«

»Der Kerl ist aufdringlich und frech«, sagte Julia halblaut eher zu sich selbst und lachte. Erneut gab es ein Knuff, diesmal aber in die Hüfte.

Letztendlich hatte das sonderbare Chaos aber doch eine gewisse Systematik, denn Jonas kannte sich in diesem Wirrwarr offensichtlich sehr gut aus. Wie sonst hätte er am Vortage auf Zuruf die von Julia geforderten Bücher so schnell finden können. Am Ende gefiel ihr die Wohnung, wie sie war. Sie wunderte sich selbst über ihre Toleranz, die sie früher niemals so in sich wahrgenommen hatte. Ihr neugieriger Blick fiel bald auf ein in mattgelbem Umschlag gebundenes Werk, dass ihr Interesse weckte und von ihr etwas unvorsichtig aus der Mitte des Stapels herausgezogen wurde, so den drüber befindlichen Bücherturm zunächst ins Wanken und sogleich zum Einsturz brachte.

»Aha. Stefan Zweig. Sternstunden der Menschheit. Eine sehr gute Wahl. Guten Morgen die Dame. Frühstück ist fertig«, sagte Jonas grinsend und lässig in der Tür stehend.

»Kannst Du noch mal so laut und schick pfeifen wie gerade eben«, konterte Julia, die den Titel noch nicht gelesen hatte und darüber staunte, wie Jonas das Buch sofort erkennen konnte.

»Ich bin fit im Schreiben, dann muss ich nicht noch musizieren können!«

»Och, es war recht ordentlich. Du solltest nur mehr auf Moll und Dur achten, dann könnte man es wirklich gut finden!«

»Für dieses Kompliment hast Du Dir was verdient!«

»Was denn?«, fragte Julia neugierig, wohl wissend, dass jetzt die nächste Frechheit anrollte.

»Den Abwasch«, kam es von Jonas, der sich vor Lachen auf die Schenkel schlug.

»Ich ahnte doch so etwas Gemeines«, gab Julia gespielt mürrisch aber grinsend zurück.

Ein kurzer Abstecher ins Bad, die Haare gebürstet und jetzt wieder bekleidet setzte sie sich zu Jonas an den Tisch. Dort standen ein paar Blümchen, die er zuvor im Garten gepflückt hatte. Es brannte eine kleine Kerze und das Geschirr machte es den vielen

Büchern gleich. Nichts gehörte zueinander. Eine rote Tasse, dann eine grüne, ein blauer Teller, der andere gelb und das Besteck wurde sicherlich an verschiedenen Orten zu unterschiedlichen Zeiten in Einzelteilen gekauft. Durch das den Raum flutende Sonnenlicht allerdings wirkte das farbenfrohe Arrangement geradezu künstlerisch gekonnt. Julia musste lächeln und freute sich über Jonas' sensible Art. Beide lümmelten bequem auf den Stühlen, knusperten fröhlich an frischen Croissants, hielten sich an ihren Kaffeetassen fest und plauschten über dieses und jenes. Sie ließen sich nicht eine Sekunde aus den Augen, hielten Händchen oder suchten anderswie nach einer Möglichkeit der Berührung und waren von innen heraus glücklich. Die Zeit schien allerdings vor sich selbst davonlaufen zu wollen, verging viel zu schnell und irgendwann war bereits früher Nachmittag.

»Wollen wir heute noch was zusammen machen?«, fragte Jonas, als er auf die Uhr sah.

»Ich würde viel zu gern, aber ich muss noch ein paar Sachen für den Verlag erledigen. Das kann ich leider nicht aufschieben. Aber Du kannst mir ja Deine Telefonnummer geben, dann können wir am Abend noch telefonieren!«

»Ich wollte eigentlich nicht so drängeln, aber ich fliege morgen für etwa vierzehn Tage nach London, da mein Buch sehr bald auch dort veröffentlicht werden soll. Das heißt, wir könnten uns dann erst in der übernächsten Woche wiedersehen«, erklärte Jonas und wirkte etwas enttäuscht.

»Bis in vierzehn Tagen wäre tatsächlich sehr lang. Lass uns doch noch zwei Stündchen durch die Sonne laufen. Danach muss ich dann aber. Ist das OK?«

Wenig später wussten beide die Handynummer des anderen und so hatten sie die beruhigende Gewissheit, einander jederzeit und sofort erreichen zu können. Mit jeder gemeinsam verbrachten Minute verstärkte sich die gegenseitige Zuneigung und Jonas hätte eine schreckliche Zeit in England verbringen müssen, wenn er Julia nicht anrufen könnte. Auf dem steinigen Weg, den sie in den kommenden Tagen zu gehen hatte, sollte Jonas' Anruf und seine

Stimme noch auf sie wirken, wie ein Licht in der Nacht. Doch davon hatte sie in diesem Moment keine Ahnung.

Sie waren in den Zoo gefahren und spazierten Hand in Hand an den vielen Tieren vorbei, quasselten erneut ohne Pause, aßen in einem Café noch ein kleines Eis und stellten am späten Nachmittag fest, dass es jetzt an der Zeit war, sich für den Moment voneinander zu verabschieden, obwohl das keiner von beiden wirklich wollte.

»Ich rufe Dich nachher noch an«, flüsterte Jonas ihr zu.

»Und wehe nicht, dann melde ich mich«, bekam er zur Antwort.

»Rufst Du mich auch aus London an?«, fragte Julia und zog das Gespräch noch etwas in die Länge.

»Jeden Tag. Ganz bestimmt!«

»Versprochen?«

»Großes Schriftstellerehrenwort!«

»Dann bin ich zufrieden«, sagte Julia, nahm Jonas fest in ihre Arme, gab ihm einen langen Kuss, strich mit ihrer Hand durch seine Haare, um zuletzt in ein Taxi zu steigen, aus dem sie noch winkend zu Jonas zurückschaute. Sie sah, wie er etwas verloren da stand, seine Hände wie immer in den Hosentaschen vergraben hatte und ihr verschmitzt zulächelte.

Zu Hause angekommen, hätte sie am liebsten gleich das Telefon aus der Tasche geholt, ließ es aber dort, wo es war und freute sich auf den Anruf am Abend. Jetzt, da sie allein war, packte sie langsam ihre Sachen für den Krankenhausaufenthalt und plante den nächsten Arbeitstag, den sie bereits früh beenden würde, da schon am frühen Nachmittag die Voruntersuchung in der Klinik terminiert war. Als sie das Packen erledigt hatte, rief sie bei ihren Eltern an, erzählte von ihrer Angst aber auch von Jonas, vom gestrigen Abend in der Stadt und dass sie ganz durcheinander war. Wie immer seit ihrer Kindheit waren Vater und Mutter geduldige Zuhörer, aber auch weise Ratgeber.

»Alle Dinge im Leben haben ihren Platz, mein kleines Mädchen, und alles hat seine Zeit. Nun freu' Dich über Deinen – wie heißt er – Jonas, bring die Operation hinter Dich und dann wird das Leben schon zeigen, was es von Dir will. Du hast bislang alles geschafft und wir sind uns sicher, das wird Dir auch jetzt gelingen«, hörte sie ihre Mutter sagen, die ihren Besuch im Krankenhaus gleich nach der Operation versprach.

Was ihre Mama gerade erzählt hatte, waren eigentlich die ihr nur zu gut bekannten Worte ihres immer nachdenklichen Vaters, der diesbezüglich eine gewisse Ähnlichkeit mit Jonas hatte. Er sagte nie viel und schaute fortwährend mit äußerst aufmerksamen Augen hinter seinen Brillengläsern hervor. Wenn er sich überhaupt einmal äußerte, waren die Worte wohlüberlegt, geschliffen, geradezu philosophisch. Sie legten immer den Kern der Probleme frei. Genauso war es mit seinen Ratschlägen, die er durchaus tiefsinnig formulierte und mit ruhigen Worten aussprach. Die Zeit mit dummem Geschwätz zu verbringen, war ihm zuwider. Sie wusste, dass sich Vater und Mutter sehr um ihre Tochter sorgten und nicht nur dafür liebte sie beide.

Jonas ging ein Stück zu Fuß durch die Stadt und ließ die letzten vierundzwanzig Stunden noch einmal Revue passieren. Er war gern in Bewegung, wenn er sich wichtige Dinge durch den Kopf gehen ließ. Das Denken kam ihm dann unendlich leichter vor. So manches Mal hatte er sich in seinen Geschichten in schwierige Situationen geschrieben und die Lösung der Knoten zumeist bei einem Spaziergang gefunden. Jetzt durchlebte er die verschiedenen Momente der vergangenen Stunden noch einmal und freute sich über alles, was zwischen Julia und ihm geschehen war. Er fragte sich, ob es ihr auch in den Pfoten juckte, bei ihm anzurufen und war sich dessen im selben Augenblick sicher. Wieder zu Hause räumte er noch etwas auf und machte sich daran, ein paar Seiten zu schreiben. Kaum hatte er zögerlich angefangen, war er unversehens hoch konzentriert, versank alsbald im Schreiben und dachte an nichts anderes mehr. So vergingen der späte Nachmittag und der frühe Abend, bis sein Manager anrief und ihn in diese Welt zurückholte. Das Gespräch dauerte glücklicherweise nur wenige Minuten, denn zum Plaudern war Jonas gerade nicht in Stimmung. Als er aufgelegt hatte, starrte er auf das schweigende Telefon in seinen Händen, fragte sich, ob es nicht zu ungeduldig wirkte, wenn er jetzt bei Julia anrief. Warum aber sollte es ihm in dieser Situation anderes gehen, als anderen verliebten. Seine zweifelnden Gedanken hätten außerdem keinerlei Bedeutung mehr, wenn er nur geahnt hätte, dass Julia in diesem Moment ihr Handy anstarrte, wie die Maus eine vor ihr lauernden Schlange und gespannt wie ein Flitzbogen auf das Klingeln wartete. Also wählte er nach nur kurzem Überlegen entschlossen ihre Nummer. Julia erschrak in ihrer Angespanntheit beim ersten Klingelton, sammelte sich sogleich und wartete noch einige endlose Sekunden, bis sie sich meldete.

»Hi«, sagte sie vorgetäuscht entspannt.

»Ist schon lange her seit Mittag. Meinst Du nicht auch?«,

»Ja, viel zu lang!«

»Was treibst Du gerade?«

»Ich telefoniere«, neckte Julia.

»Ach. Mit wem denn?«

»Och. So'n Typ halt!«

»Ach so. Ich dachte, es wäre jemand Interessantes!«

»Geht so«, bekam er zur Antwort.

»Woher kennst Du ihn denn?«

»Ist mir über den Weg gelaufen!«

»Und? Was macht er so?«

»Mädels durcheinanderbringen, glaube ich!«

»Welche denn?«

»Irgendwie alle!«

»Dich also auch!«

»Nein. Keinesfalls. Das schafft er nicht!«

»Ich habe Dich schon vermisst«, unterbrach Jonas die Stichelei.

»Geht mir auch so«, erwiderte Julia jetzt mit sanfter Stimme.

»Ist doch kurios, was alles so passiert, meinst Du nicht?«, fragte sie jetzt nach.

»Mir ist es ganz egal, wie es passiert ist. Hauptsache, unsere Wege haben sich gekreuzt!«

»Da gebe ich Dir recht. Mir geht es ganz genau so!«

Sie kamen schnell ins Klönen und ihre Stimmen schienen einander schon sehr vertraut. Jonas erzählte ausführlich von seinen geplanten Aktivitäten in London und versprach zuletzt, dass er sich jeden Tag melden würde. Er gestand ihr, dass er sich vor achtundvierzig Stunden noch auf den kleinen Trip in England gefreut hatte, jetzt aber am liebsten zu Hause bleiben würde. Julia hielt sich etwas zurück, denn was sie schon am nächsten Tag vorhatte, wollte sie nicht sagen, freute sich aber darauf, jeden Tag von Jonas hören zu können. Nach ungefähr zwei Stunden beendeten sie das Gespräch und vereinbarten, sich am nächsten Tag um die gleiche Zeit zu hören. Es vergingen allerdings noch ein paar Minuten, bis sie die Verbindung endlich trennten.

Es war inzwischen spät geworden und Julia kroch bald unter die Bettdecke. So allein und still in der großen Wohnung türmten sich langsam aber unaufhaltsam die zermürbenden Gedanken in ihr auf. Einerseits freute sich über ihre mit jeder Sekunde wachsende Zuneigung zu Jonas, anderseits war da der vor ihr liegende Pfad, dessen Ende zu diesem Zeitpunkt niemand abzuschätzen in der Lage war. Sie spürte die wachsende Liebe auch bei Jonas und haderte mit den Gedanken, ihm möglichst bald alles zu erzählen. Hatte er nicht das Recht zu wissen, worauf er sich einließ und dass es da etwas gab, das auch ihn erheblich belasten würde. Das hatte er sehr wohl, gestand sie sich selbstkritisch ein. Was aber, wenn ihre Krankheit ihrem noch so jungen Lebensweg in naher Zukunft abrupt beenden würde. Sollte sie aus diesem Grund die Hände von Jonas lassen? Das ging nicht mehr. Das wollte sie auf keinen Fall. Andererseits aber quälte sie der Gedanke ihrer Verantwortungslosigkeit ihm gegenüber. Wie soll er damit umgehen, sollte es das Schicksal nicht gut mit ihnen meinen. Alles drehte sich in ihr und sie fand einfach keine Lösung. Vielleicht sollte sie jeden Moment so nehmen, wie er ihr begegnete und so lange in sich aufsaugen, wie es ging. Diese Überlegung hatte sie sich bald schon zurechtgelegt, nachdem die Diagnose ihres Krankheitsbildes festgestanden hatte. Wie aus dem Nichts aber kreuzte nun dieser so liebenswerte, natürliche herrlich und schräg pfeifende Tintenkleckser ihren Weg und gab ihr nicht nur das sie ganz und gar überflutende Gefühl von Verständnis und Geborgenheit. In seiner reichlich verwaschenen, ausgebeulten Jeans, den eher bequemen Hemden und seinen zumeist vom Wind zerzausten Haaren unterschied er sich rein äußerlich so ganz und gar von ihren früheren Bekanntschaften, was sie aber überhaupt nicht störte. Wie er dachte, was er sagte, wie er redete, sich mitteilte und sie achtete stand für Julia im Mittelpunkt. Sie hatte keinen Zweifel, dass Jonas es wert war, sich aus seinem Schneckengehäuse hervorzuwagen. Aber hatte das Verschweigen ihrer Krankheit etwas von Aufrichtigkeit? Ihre Erinnerung lockte sie zurück in die Stunden in Jonas' Wohnung, als sie miteinander tanzten, er sich ihr auf eine wundervoll lieb freche Art näherte und kurze Zeit später ihr schicker neuer Flohmarktdress auf einem der Bücherstapel landete. Sie fühlte sich einfach abscheulich und überglücklich zugleich, wünschte, dass Jonas jetzt da wäre und sie im Arm hielt. Zuletzt wollte sie jedoch noch etwas vorsichtig sein, den bohrenden inneren Zweifeln und Drängen noch nicht nachzugeben. So entschied sie sich, den Krankenhausaufenthalt für den Moment weiterhin für sich zu behalten. Bald, wenn sich ihre Beziehung etwas gefestigt hätte, würde sie auf ihn zugehen und ihm alles erzählen. Jetzt aber wollte sie sich nur noch über das Neue und Schöne in ihrem Leben freuen. Julia würde künftig alles tun, um Jonas nicht damit zu belasten und die schöne Zeit so lang wie möglich mit ihm zu verbringen. Ein paar dicke Tränen waren ihr unbemerkt über das Gesicht gelaufen und man hätte bei genauem Hinsehen ihre Spuren auf den Wangen erkennen können. Bald aber siegte die Müdigkeit über die Unruhe in ihrer Gedankenwelt und entführte sie in einen tiefen Schlaf.

Sie ahnte nicht im geringsten, dass ihre Entscheidung, Jonas im Unklaren zu lassen, schmerzhafte Folgen haben würde, zumal ihr der kleine Schmierfink, wie sie ihn seit der vergangenen Nacht insgeheim liebevoll nannte, in seiner ausgleichenden, ruhigen Art bereits zu diesem Zeitpunkt, der für sie verständige Wegbegleiter, ihr Sicherheitsnetz und ihr Seelenheil hätte sein können.

Jonas hielt das Telefon eine kleine Weile in der Hand, als hoffte er, Julia würde gleich noch einmal zurückrufen. Es blieb aber stumm. Schweigend saß er eine ganze Weile reglos da. Mit seinen Gedanken hing er an ihrer weichen Stimme, hörte noch einmal ihre Worte, sah das Bild dieses überaus hübschen Gesichts vor sich und das Geräusch ihres hellen Lachens klang erneut immer in seinen Ohren. Zu arbeiten war er jetzt nicht mehr in der Lage. Da er tagsüber so manche Seite zu Papier bringen konnte, musste er sich jetzt auch nicht mehr von seinem schlechten Gewissen malträtieren lassen, sich vielleicht doch noch einmal an die Arbeit zu machen. Julias Stimme am Telefon zu hören hatte ihn auf sehr angenehme Weise ordentlich aufgewühlt, sodass er sich Minuten später erhob, um sich mit einem Glas Rotwein in seinen bequemen Sessel zu setzen. Er lehnte sich entspannt zurück, streckte die Beine aus, atmete einige Male tief ein und wurde langsam ruhig. Es war ganz leise in seiner Wohnung und er genoss diese Stille, die einem Nebel gleich alles um ihn herum einhüllte. Genauso liebte er die tiefrote Farbe des Weins und stellte wie immer eine Kerze hinter dem Glas auf den Tisch, deren Licht sich im Wein brach und dem Betrachter ein breit gefächertes, purpurnes Farbenspiel bot. Zu gern sah er dieses beruhigende, schweigende Spektakel an und ließ sich von diesem visuellen Schauspiel inspirieren. Wie so oft begann er in den Momenten seiner abendlichen Träumereien in Gedanken verschiedene Spektrale zusammenzusetzen und verwendete für die vielfältigen, unterschiedlichen Lebensempfindungen verschiedene Farben, die in seinem Geist nicht wie in einem Kaleidoskop erschienen, sondern sich einem Nebel gleich ineinander verwoben. Jonas hatte sich so einen Katalog umfangreicher Färbungen und Schattierungen erdacht, mit denen er immer wieder aufs Neue experimentierte. Rot verwendete er wie viele Menschen für die Liebe, grün für die Hoffnung und weiß für die Reinheit. Da gab es aber auch noch viele andere Farbnuancen aus komplex abgestuften Pastelltönen für sein vielschichtiges Weltbild. Je nach momentaner Stimmung gewannen ständig andere, vor allem aber warme, erdnahe Töne die Oberhand, sodass sein Gedächtnisgemälde einer stetigen, durchaus lebhaften Wandlung unterlag. Vor vielen Jahren hatte er damit begonnen und nie wieder davon abgelassen, denn es visualisierte ihm auf eine interessante Weise sein jeweiliges Lebensgefühl. An diesem Abend jonglierte er besonders intensiv und ausdauernd mit seinen Farben des Lebens.

Julia erwachte früh am Morgen und hatte erstaunlich gut geschlafen. In ihrer gewohnten täglichen Routine räumte sie noch etwas auf, machte sich zurecht, trank schnell einen Kaffee und wusste, dass sie die nächsten Tage nicht zurückkommen würde.

Bald schloss sie die Wohnungstür hinter sich zu, stellte die für den Krankenhausaufenthalt gepackte Tasche auf den Rücksitz ihres Minis und fuhr zur Arbeit. Im Büro sichtete sie auf die Schnelle noch letzte zu erledigende Arbeiten, verschob ein paar Termine und besprach mit dem Verlagsredakteur den geplanten Urlaub. Wie sie es sich zuvor überlegt hatte, verschwieg sie ihre wirklichen Beweggründe und schob dringende private Angelegenheiten vor. Als sie wenig später ihre Sekretärin über ihre zehntägige Abwesenheit informiert hatte und auf den Haupteingang des Gebäudes zuging, kam ihr die Verlagsfotografin Ellen Köhler winkend entgegen.

»Hallo, Ellen. Wie geht es Dir. Schön Dich zu treffen!«, rief ihr Julia zu.

»Gut geht es und Dir?«

»So einigermaßen. Habe mir gerade ein paar Tage Urlaub genommen, denn ich muss ein paar persönliche Dinge erledigen«, deutete Julia beiläufig an.

»Wer war denn der hübsche Kerl neulich«, wollte Ellen jetzt neugierig wissen.

»Ich verstehe nicht«, tat Julia erstaunt, denn sie hatte außer ihren Eltern niemandem etwas von Jonas erzählt.

»Aha. Verstehe schon. Das soll noch geheim bleiben«, neckte Ellen.

»Ich wollte auch nicht in Deinem Privatleben herumbohren. Das geht mich ja nichts an. Bleibt auch unter uns. Eigentlich wollte ich Dir nur etwas geben«, sagte Ellen und griff in ihre Handtasche, um ein Foto von Julia und Jonas hervorzuzaubern.

»Ich war am Samstag in der Stadt unterwegs, um ein paar Fotos zu machen. Als ich am »Konnopke« vorbeikam, habe ich Euch zwei gesehen und ganz schnell auf den Auslöser gedrückt. Ihr habt so intensiv miteinander geplaudert, sodass ich nicht »Hallo« gesagt habe, da ich nicht stören wollte. Aber sieh her. Es ist ein wirklich schönes Bild!«

Julia musste grinsen, als sie das Foto betrachtete. Tatsächlich schien Jonas mit Händen und Füßen die große weite Welt in all ihren bunten Facetten erklären zu wollen, derweil sie selbst höchst interessiert und aufmerksam zuzuhören schien.

»Eine lustige Situation, findest Du nicht auch«, sagte Julia.

»Ja, tatsächlich. Ist aber auch von den Farben und der Schärfe sehr gelungen. Lerne ich den Typen bald mal kennen. Scheint ja wirklich nett zu sein!«

»Bestimmt. Irgendwann ergibt sich schon eine Möglichkeit. Jetzt muss ich aber weiter. Die Zeit drängelt. Also. Vielen Dank für das schöne Foto. Da freue ich mich sehr drüber!«

Sie nahmen sich noch kurz in den Arm und gingen anschließend ihrer Wege. Julia aber hielt die Aufnahme fest, als wäre es der berühmte dünne Strohhalm oder der seidene Faden, an dem ihr ganzes Lebensglück hing. Ein gutes Stück weit war es auch so. Vorsichtig steckte sie das Bild in ein Buch in ihrer Handtasche und achtete sorgfältig darauf, dass es ja auf keinen Fall beschädigt werden konnte.

In den nächsten Tagen im Krankenhaus sollte sie noch mehr als genügend Zeit haben, sich die Aufnahme immer und immer wieder anzusehen.

Woher aber hätte sie wissen können, dass die Fotografie in nicht sehr weiter Zukunft Jonas' Innenleben völlig zerlegen und ihn selbst an den Rand des Erträglichen spülen sollte.

Das alles lag für Julia, die sich während dieser Stunden verständlicherweise um ihre Gesundheit sorgte, jedoch im Ungewissen. Sie fuhr also direkt ins Krankenhaus, bezog ihr Zimmer und brachte am frühen Nachmittag die Voruntersuchung hinter sich, bevor sie am nächsten Morgen operiert werden sollte. Abends rief Jonas aus London an und sorgte dafür, dass sich die Spannung, mit der sie das Telefonat erwartet hatte, von einer Sekunde auf die andere im Nichts auflöste. Sie redeten eine gute Stunde miteinander. Julia betrachte dabei unablässig das auf ihrem Nachttisch stehende Bild und lauschte seinen heiteren Erzählungen. Über ihren Tagesablauf erzählte sie nicht sehr viel und gab lediglich einige unbedeutende Dinge von sich, um Jonas geschickt abzulenken und mit neugierigen Fragen zu bombardieren. Ihr war klar, dass sie ihn nicht gerade fair behandelte, indem sie ihre Krankheit verschwieg und demzufolge auch nur erfundene Tagesaktivitäten berichtete. Mehr und mehr reihten sich ihre nicht böse gemeinten Unwahrheiten aneinander und mündeten darin, dass sie seine Frage, wo sie gerade steckte, damit beantwortete, in ihrem Wohnzimmer zu sitzen. Sie wollte ihm alles ausführlich erklären, wenn sie wieder gesund wäre, und redete sich ein, dass er sie schon verstehen würde. Trotzdem. Ein fahler Beigeschmack blieb zurück und das Gefühl der Unaufrichtigkeit bedrückte sie anhaltend, als Jonas das Gespräch beendete, nachdem sie das nächste Telefonat für den nächsten Tag um die gleiche Zeit verabredet hatten. Der Klang seiner Stimme und die lieben Worte schwangen noch lange in ihren Ohren, als sie mit einem letzten Blick auf das Foto einschlief.

Die nächsten Tage, so unangenehm sie auch waren, vergingen geradezu wie im Flug. Der Eingriff war nicht sehr gravierend und nach Auskunft des Arztes hatte man alles entfernen können, was nicht in die Brust gehörte. Nach guter Wundheilung konnte auch die Drainage bald entfernt werden und Julia verließ eine Woche später die Klinik. Die täglichen Telefonate mit Jonas gaben ihr dabei viel Kraft und das Verlangen ihn wiederzusehen, wuchs zusehends. Sie gestand sich nach jedem Gespräch mit ihm ein, wie sehr sie ihn inzwischen vermisste, und war sicher, dass es bei Jonas ähnlich war. Von ihrem Vorhaben, den Krankenhausaufenthalt zu verschweigen, wich sie in ihrer emotionalen Hilflosigkeit allerdings keinen Deut ab und erzählte Jonas', sie wäre im Verlag, zu Hause oder sonst wo. Am darauffolgenden Dienstag hatte sie einen frühen Termin bei Dr. Breitenbach, um die Weiterbehandlung zu besprechen. Der Arzt schlug ihr eine Rehabilitationsmaßnahme in einer angesehenen bayrischen Reha-Klinik vor, die sie allerdings ablehnte.

»Auf jeden Fall aber müssen wir unverzüglich die befallenen Organe medikamentös behandeln«, ergänzte Dr. Breitenbach.

»Also keine Bestrahlung?«

»Nein. Wir versuchen, ihren Körper so weit wie möglich zu schonen. Das heißt aber nicht, dass die Tabletten, die ich Ihnen verschreibe, ohne Nebenwirkung sind. Übelkeit und ähnliches werden Sie schon häufiger verspüren. Von daher ist es wichtig, dass

Sie viel Wasser trinken und auf jeglichen Alkohol in Zukunft verzichten!«

»Ich lebe ohnehin sehr gesund. Solche Laster wie Alkohol oder Zigaretten habe ich nicht und das gelegentliche Glas Wein kann ich durchaus weglassen. Hat die Behandlung deutlich sichtbare Auswirkungen?«, fragte Julia vorsichtig und fürchtete sich vor der Antwort.

»Wie ich schon sagte. Übelkeit aber auch Erschöpfung werden auftreten. Sicherlich werden Sie in diesen Momenten auch etwas kränklich aussehen. Sofern Sie sich aber vor Haarausfall oder Ähnlichem fürchten, kann ich Sie beruhigen. Wir werden diese Behandlung unmittelbar beginnen und hoffen, dass sie gut anschlägt. Von daher werden wir uns mindestens ein Mal die Woche sehen. Ich bin guter Hoffnung, dass wir sie sehr bald geheilt haben werden!«

Dadurch beruhigt verabschiedete sich Julia, besorgte in der Apotheke gegenüber der Praxis die Medikamente und fuhr direkt zu ihren Eltern, die sie täglich im Krankenhaus besucht hatten. Die letzten noch freien Tage wollte sie bei ihnen verbringen, um sich zu erholen. In Potsdam schlief sie viel, ging häufig spazieren und nahm pünktlich alle Tabletten, die Julia besser vertrug, als sie anfangs vermutet hatte. Tatsächlich wurde ihr immer wieder leicht übel, aber das beeinträchtigte sie nicht sonderlich. Auch die Operationswunde verheilte zügig, sodass sie lediglich noch ein Pflaster trug, das wenige Tage später ganz entfernt werden konnte.

Einige Tage später, Julia ging inzwischen wieder arbeiten, holte sie Jonas vom Flughafen ab und nahm ihn wegen ihrer Wunde vorsichtig drückend in die Arme, als er lächelnd vor ihr stand.

»Zwei Wochen können ganz schön lang sein«, sagte sie.

»Du hast mir auch sehr gefehlt«, flüsterte Jonas ihr ins Ohr.

»Wie war es in England?«

»Wäre schöner gewesen, wenn ich Dich dabei gehabt hätte. Aber erfolgreich war es schon«, erwiderte er und berichtete von seinen Erlebnissen, während Julia aufmerksam zuhörte.

»Und bei Dir?«

»Arbeit, sonst nichts. Ach ja, telefonieren, aber das hat mir sehr gut gefallen«, brachte sie grinsend hervor und lenkte das Gespräch mit frech neckenden Ton in eine andere Richtung, worüber sich Jonas freute.

»Da ging es mir nicht anderes. Neben all den Besprechungen war das Gequassel mit so einer hübschen Göre aus Berlin sehr unterhaltsam«, sagte Jonas, grinste Julia an und drückte sie noch einmal fest an sich.

Sie fuhren mit dem Auto durch die belebte Stadt in Jonas' Wohnung. Dort angekommen packte er seine Koffer aus, währenddessen Julia Tee kochte. Bald darauf saßen beide, schwatzend und Händchen haltend, in der Küche und sogen ihre ungestörte Zweisamkeit in sich auf. Sie waren mehr als glücklich, einander endlich wiederzuhaben. Am Abend gingen sie bei einem angesagten Chinesen Essen und sahen sich später im Kino noch einen unterhaltsamen Film an. Es ging bereits auf Mitternacht zu, als sie erneut zu Fuß durch die nächtlichen, inzwischen aber recht herbstlichen Straßen Berlins nach Hause schlenderten. Das mehr und mehr von den Bäumen fallende Laub verbreitete jetzt einen würzigen Duft und die aufkommende Abendkühle kroch spürbar unter die Kleidung. Bis zum ersten Frost und der grauen, kalten Jahreszeit würde es nicht mehr sehr lange dauern.

»Es war ein langer Tag. Es wäre schön, wenn wir bald schlafen gingen«, sagte Jonas, als er die Wohnungstür aufgeschlossen hatte.

»Das ist mir sehr recht«, erwiderte Julia, die in diesem Moment die Wirkung ihrer Medizin deutlich spürte, die Übelkeit vor Jonas aber zu verbergen wusste.

So dauerte es nur ein paar Minuten, bis sie zwischen einigen Büchertürmen nebeneinander lagen, den in fahlem Licht vor dem Fenster vorbeiziehenden Mond beobachteten und – wie konnte es anders sein – miteinander erzählten. Julia hatte sich in seinen Arm gekuschelt und vermisste in dieser Stunde, da es ihr jetzt wieder besser ging, absolut nichts. Ihre ewig kalten Füße wurden durch den Glutofen neben sich angenehm aufgeheizt und wenn sie es an ihr gewesen wäre, hätte sie die Zeit für immer angehalten.

»Als ich noch ein kleines Mädchen war, habe ich mich immer unter dem Bettdeck verkrochen, wenn ich Angst hatte!«

»Und, hat es geholfen?«

»Damals schon!«

»Hast Du jetzt auch Schiss«, neckte Jonas.

»Klar«, kicherte Julia und verschwand unter dem Plumeau.

»Ich bin der schwarze Mann und gekommen, um kleine Mädels zu fressen«, brummte Jonas wie ein Bär, in dem er ihr folgte und sanft nach ihren Haaren griff.

So alberten beide noch eine paar Augenblicke herum und waren alles andere, nur nicht mehr müde.

»Darf ich Dich einmal etwas fragen«, sagte Jonas bald eine Spur ernster.

»Klar. Nur zu!«

»Als wir uns trafen hätte ich niemals geglaubt, dass ein Mädel wie Du noch frei herumlaufen würde. Das erstaunte mich, denn ich war der festen Überzeugung, eine solche Frau wäre längst in festen Händen und hätte Kinder!«

»Das war auch immer mein Wunsch. Aber wenn man Kinder in die Welt setzen will, dann sollte es auch einen passenden Vater geben. Versteh mich richtig. Nicht irgendeinen Vater, sondern einen passenden, der dazu steht, verantwortungsvoll ist und auf den man sich verlassen kann«, antwortete Julia und erzählte von ihren bisherigen Bekanntschaften. Sie hatte erwartet, dass diese Frage einmal kommen würde. Da Jonas aber auch schon bereitwillig aus seinem Leben erzählt hatte, wollte sie keinesfalls ausweichen.

»Offen gesagt waren das alles nur Pfeifen, Großkotze oder Aufschneider, die mich als ein nettes Anhängsel zu betrachten schienen. Es hat immer etwas gedauert, bis ich dahinter kam und feststellte, dass sie mich immer und immer wieder auf unterschiedliche Arten ausgenutzt oder betrogen hatten. Ich litt sehr darunter und nahm irgendwann Abstand von meinen Plänen, verlor immer mehr die Zuversicht und begann, mich regelrecht einzuigeln. Am Ende dieser Erfahrungskette wollte ich immer ein neues Leben beginnen, von vorne anfangen, alles ganz anders machen!«

»Was Dir natürlich nicht gelang«, unterbrach Jonas.

»Das stimmt, aber was meinst Du mit natürlich? Ich denke schon, dass das möglich ist, wenn man es nur wirklich will. Vielleicht war ich noch nicht entschlossen genug!«

»Du kannst ganz sicher ein paar Dinge in Deinem Leben ändern, jedoch nicht das Leben neu beginnen. Das hieße nämlich, dass Du konsequenterweise auch alle bisherigen Erfahrungen, die guten und die schlechten, die schmerzhaften und erfüllenden, sämtliche Erlebnisse und Überlegungen zurückgeben müsstest. Das sind aber die Dinge, die Dich ausmachen, die dazu geführt haben, dass Du der heutige Mensch geworden bist. Schlussendlich müsstest Du auch Deine gesamte Persönlichkeit hergeben. Nein. Ich bleibe dabei. Es gibt kein besseres, anderes oder neues, es gibt nur dieses eine Leben. Zuletzt müssen wir zwangsläufig einsehen, dass wir die Welt nicht verändern können, sondern uns darin zurechtfinden müssen. Und das ist wirklich nicht leicht. Das gebe ich gern zu!«

»Was kann das aber bedeuten?«, fragte Julia wissbegierig.

»Ich liebe Dich. Gib uns einfach die Chance, unser gegenseitiges Vertrauen zu gewinnen und versuchen, diesen Weg vorbehaltlos gemeinsam zu gehen oder unhaltbare Versprechungen zu machen. Respekt und Aufrichtigkeit sollten wir auf jeden Fall füreinander voraussetzen. Sie sind nach meinem Dafürhalten die wichtigsten Zutaten. Ob es gut war oder schlecht, sehen wir erst hinterher!«

Julia schwieg. Diese Worte waren wie ein Spiegel. Was sie über Jahre hinweg in ihren Gedanken einigermaßen vergeblich zu sortieren versucht hatte, erzählt ihr dieser kleine Tintenkleckser so ganz nebenbei in zwei Sätzen. Sie spürte, dass seine Überzeugung kein angelesenes Wissen, sondern das Ergebnis manch bitterer Erfahrung und Überlegung war. Schweigend kuschelte sie sich dichter an ihn und spürte die warme Flut der Geborgenheit.

»Bis ich bereit bin, meine verriegelte Burg zu verlassen, brauche ich noch etwas Zeit. Sieh es mit bitte nach. Meine Haltung ist über Jahre gewachsen und lässt sich nicht einfach abstellen. Was ich mir wünsche ist, dass Du etwas Geduld mit mir hast, denn in das Schneckenhaus hineinzukriechen ist genauso schwierig, wie es wieder zu verlassen«, flüsterte Julia.

»Das verspreche ich Dir. Ich frage also nicht und warte einfach auf Dein Signal, wenn es für Dich OK ist«, hörte sie Jonas sagen und spürte, wie sich unter der warmen Daunendecke Sekunden der nachdenklichen Stille ausbreiteten und nur beider Atmung zu hören war.

Jonas erinnerte sich noch genau, dass er bereits während des Kennenlernens eine undefinierbare Zurückhaltung bei Julia gespürt hatte, die sich ihm jetzt ein Stück weit erklärte, ohne jedoch zu ahnen, dass ihm weiterhin etwas ganz entscheidendes vorenthalten wurde. Das sollte er jedoch erst viel später erfahren.

»So, so. Du liebst mich also«, stichelte Julia die Stille unterbrechend.

»Na ja, ein wenig«, hörte sie Jonas antworten.

»Das hörte sich aber gerade noch ganz anders an!«

»Wie denn?«

»Etwa so, als wärst Du völlig von den Socken!«

»So habe ich das nie ausgedrückt!«

»Gib es zu. Du kannst ohne mich kaum noch geradeaus gehen!«

»Also, auf ein paar Pommes zum »Konnopke« würde ich es schon noch schaffen!«

»Dass ich nicht lache. Du bist mir ganz und gar verfallen. Ich bin die Spinne und Du die Beute in meinem Netz. Ich allein entscheide, ob ich Dich jetzt gleich auffresse oder am Leben lasse!«

»Klar. So wird es sein. Träume ruhig weiter«, gab Jonas zurück.

»Aha. Da habe ich einen kleinen Chauvi abgeschleppt. Jetzt wird mir so einiges klar«, tönte Julia frech lachend.

»Genau. Du hast recht und ich meine Ruhe«, frotzelte Jonas, spürte ihre Arme um seinen Hals und den warmen Kuss auf seiner Wange.

»Wie hast Du eigentlich gemerkt, dass ich Dich toll fand«, wollte Julia jetzt wissen.

»War ganz einfach. Deine Augen sind fast herausgefallen, als Du mich in meinen schicken Klamotten gesehen hast. Die Zunge hing Dir geradezu lechzend aus dem Mund. Es war so, als könnte ich Deine Gedanken lesen!«

»Ha, ha. Und die waren?«

»Du toller Hecht. Du Hero. Sei nicht schüchtern. Sprich mich einfach nur an. Ich werde immer für Dich kochen. Die Wäsche waschen und putzen natürlich auch!«

»Dass ich nicht lache. Und was ging Dir durch den Kopf, als Du diesen Quatsch zu Ende gedacht hattest?«

»Ich habe mich erbarmt.«

»Du hast was?«

»Mich erbarmt. Ich dachte, irgendwann muss man die Frauen doch von der Straße holen und so nahm ich Dich mit!«

»Von der Straße holen! Mitgenommen! Du bist ein Spinner! Und wie war das nun mit dem Eingeständnis, dass Du Dich verliebt hast?«

»Och, das war einfach so da und ich habe es nur ausgesprochen. Man soll ja immer frei heraussagen, was man denkt!«

»Und wann war das einfach so da?«

»Na, als Du Deine Pommes so gierig in den Mund gesteckt hast?«

»Hab ich gar nicht. Ich esse immer ordentlich«, verteidigte sich Julia und wollte gerade selbst zu hänseln anfangen, als sie plötzlich abgelenkt wurde.

»Jonas?«, fragte sie ganz leise in gespielt geheimnisvollem Ton.

»Hier, ganz dicht bei Dir«, erhielt sie zur Antwort.

Für einige Sekunden erfüllte Stille den Raum.

»Was ist das?«, flüsterte Julia ganz vorsichtig.

»Was?«

»Na, das!«

»Wovon redest Du?«

»Unter meinem T-Shirt meine ich!«

»Was ist da?«

»Das weiß ich ja gerade nicht!«

Wieder diese alles ausfüllende Stille.

»Vielleicht ist es gefährlich«, meine Julia nach einigen Momenten des stillen Hinhörens.

»Vieles ist ziemlich gefährlich«, vernahm sie vom benachbarten Kopfkissen.

Erneutes kurzes Schweigen.

»Ich weiß noch immer nicht, was Du meinst«, gab Jonas leise von sich.

»Da krabbelt doch etwas. Könnte eine Maus, vielleicht aber auch ein frecher Grottenolm sein!«

»Ach, das meinst Du?«

»Genau!«

»Das sind meine Hände«, gab Jonas schuldbewusst zu.

»Ich ahnte es. Und was suchen die da wohl?«

»Ooooooch. Eigentlich nichts!«

»Ach so. Na dann!«

Einige Sekunden später.

»Und jetzt!«

»Was meinst Du?«

»Was machen Deine Finger jetzt?«

»Das ist einfach zu erklären!«

»Nämlich?«

»Jugend forscht!«

»Die Forschung ist aber ganz schön intensiv!«

»Das stimmt. Du musst wissen, halbherzig geht auch in der Wissenschaft nicht. Man muss sich richtig ins Zeug legen!«

»Gut. Das will ich verstehen«, war das letzte, was Julia für den Moment sagte oder zu sagen in der Lage war -!

Einige Zeit später. Es war dunkel und still. Im schwachen Licht, das von der Straßenbeleuchtung ins Zimmer drang, ließ Julia ihren verwunderten Blick durch das seltsame Refugium wandern und bewunderte noch immer interessiert das aufgetürmte literarische Stillleben.

»Was für ein lustiger Chaot. Auf die Idee, sich so einzurichten, muss man erst mal kommen«, sagte sie schweigend zu sich, dachte aber weiter, dass dieses Kaleidoskop eher aus praktischen Gründen entstanden war. Wirkliche Wohnzwecke erfüllte es jedenfalls nicht. Dafür dienten die mit Bedacht ausgesuchten alten Sessel und auch der wunderschöne Schreibtisch, auf dem Jonas eine ganze eigene kleine Welt von Unordnung am Leben erhielt. Als Julia das erste Mal in dieser Wohnung gestanden hatte, war ihr sofort aufgefallen, dass die vielen Bücher für eine sehr angenehme Akustik sorgten. Alles, selbst das Klappern des Geschirrs in der Küche, klang angenehm gedämpft.

»Was für ein wunderbar leises und gemütliches Kleinod in dieser lauten, hektischen Stadt«, dachte sie.

Alles um sie herum verriet sehr viel über das Wesen des Mannes neben ihr, der ein stiller Denker war und einen äußerst wachen Verstand in sich beherbergte. An ihn traute sie sich anzulehnen, um Ruhe und Geborgenheit zu finden. Auf der anderen Seite war er auch ein frecher Kerl, mit dem sich so wunderbar herumalbern ließ, als hätte er es zeitlebens versäumt, seinen Fuß aus der Tür zu seiner Kindheit zu nehmen. Zuweilen wirkte er wie ein kleiner, großer Junge. Julia sog dieses farbenfrohe schöne Bild in sich auf. Jonas lag ruhig neben ihr. Sie hörte seinem gleichmäßig ruhigem Atem zu.

»Schläfst Du schon?«, fragte sie leise.

»Nein. Noch nicht!«

»Worüber denkst Du nach?«

»Ich denke eigentlich gar nicht. Ich lasse einfach den Moment an mir vorbeiziehen. Das beruhigt ungemein. Ich wünschte, das hätte ich häufiger so!«

»Geht mir ähnlich. Ein wunderbarer Moment gerade!«

Es vergingen weitere Sekunden, in denen beide schwiegen.

»Vielleicht liegt das an der Forschung«, begann Julia bald zu rätseln.

»Die Idee hatte ich auch schon!«

»Also ich glaube inzwischen, dass forschen eine gute Sache ist«, quasselte sie weiter.

»Hab ich Dir doch gesagt!«

»Weißt Du was?«

»Nö, weiß ich nicht!«

»Wir machen jetzt Folgendes. Ich schließe brav die Augen und Du erzählst mir eine schöne Geschichte zum Einschlafen«, forderte Julia bestimmend.

»Also doch noch ein kleines Mädchen!«

»Und wie. Aber nur in diesem Moment. Also los. Fang schon an. Sonst schlafe ich noch ein, ohne etwas gehört zu haben«, gab Julia gespielt energisch zurück.

Jonas kroch unter dem Bettzeug hervor, legte sich bequem auf den Rücken und spürte, wie sich Julia abermals anbuckte. Er erinnerte sich an eine Geschichte, die er irgendwann einmal gelesen hatte, sortierte sich und begann leise, aber ruhig zu erzählen.

»Also. Es war einmal an einem schönen Frühlingstag. Da saß ein Junge unter einem blühenden Kirschbaum in der warmen Frühlingssonne und wartete auf seine Freundin. Irgendwann sagte er halblaut zu sich selbst, wie schön es wäre, wenn sein Mädel schon bei ihm wäre, er nicht mehr warten müsste und sie beide etwas unternehmen könnten. Da erschien plötzlich ein kleiner, dicker Kobold, der in etwa einem Meter Entfernung vor seinem Gesicht schwebte und ihm riet, den obersten Knopf seiner Jacke einfach nach rechts zu drehen und zu staunen, was anschließend passieren würde. Der Junge wunderte sich über diesen seltsamen Knirps, woher er gekommen sein mochte und seine Gedanken wusste, tat aber, wie er ihm gesagt hatte und fand im selben Moment seine Freundin neben sich. Ungeduldig wollte es der Junge sogleich noch einmal probieren und dachte daran, dass es bis zur Hochzeit noch so weit war. Wieder erschien der kleine Kauz und riet ihm wie zuvor. Mit einer weiteren Drehung besagten Knopfes fand er sich mit seinem Mädel in der Dorfkirche vor dem Traualtar und hörte, wie sie ihm das Jawort gab. Kaum war die Hochzeit vorbei, wünschte er, seine eigenen Kinder zu sehen und träumte bald darauf von seinen Enkeln. Dabei drehte er fleißig an seinem Knopf und sah sich nach einigen weiteren Wünschen als viel zu schnell gealterter Greis vor einem Fenster sitzen. Sein Leben war von nichts anderem erfüllt, als von tiefer Traurigkeit über die viel zu schnell vergangenen Jahre. In diesem Moment erschien der Kobold in seinem abgewetzten, grünen Mantel, dem verbeulten Hut, der großen Warze auf der Nase und riet ihm zuletzt, den untersten Knopf seiner Jacke einmal nach links herumzudrehen. Der müde Greis folgte in seiner Verzweiflung auch diesem Rat. In derselben Sekunde, als er den Knopf berührt hatte und zu drehen begann, fand er sich wieder als junger Mann im Frühling unter dem Kirschbaum. Wie aus einem fiebrig schlechten Traum erwacht, bewunderte er die jetzt mit ganz anderen, weit offenen Augen die blühende Natur, wartete geduldig auf sein Mädel und freute sich, als er sie bald die Kirchgasse entlangkommen sah - !«

Jonas hielt Julia im Arm, hörte ihren leisen Atem und schwieg.

»Das war sehr schön. Ich liebe Geschichten mit glücklichem Ausgang«, war das Letzte, was er aus ihrem Mund von ganz weit weg hörte, bevor sie einschlief.

In den folgenden Wochen nahm Julia nach und nach die ein oder andere noch unbesetzte Nische zwischen den Büchertürmen in Jonas' Wohnung in Beschlag, um einige ihrer Sachen zu verstauen. Immer häufiger übernachtete sie bei ihm, sodass die Aufenthalte in der eigenen Wohnung deutlich seltener wurden. Jonas' Angebot, etwas Platz schaffen zu wollen, lehnte sie strikt ab, denn es gefiel ihr ausgesprochen gut, an seinem geordneten Chaos teilhaben zu dürfen. Diese Art zu leben erinnerte sie an ihre Studentenbude, als sie kaum Geld hatte und das Improvisieren eine täglich neue Herausforderung war. Bald stellte sich so etwas wie Routine ein, denn Jonas hatte zeitlich festgelegte Verträge für sein nächstes Buch und war viel mit Schreiben beschäftigt. Seine nächtlichen Exkursionen durch die Stadt blieben in dieser Zeit aus, denn er hatte in der Vergangenheit genug Material gesammelt, das in den kommenden Monaten in einer Geschichte lesbar umgesetzt werden musste. Julia war oft bis spät abends im Verlag tätig. Einige Male musste sie für ein bis zwei Tage verreisen, sodass sich auch die gemeinsame Zeit etwas begrenzte. Wenn dann aber Freiraum war, alberten sie miteinander wie in den ersten Tagen, trafen sich mit Freunden, unternahmen zu zweit etwas Schönes oder verreisten. Zum Weihnachtsfest und über den Jahreswechsel waren sie in die Schweiz gefahren. Am Heiligen Abend zauberte Jonas die Halskette vom Flohmarkt aus der Tasche und erwischte Julia damit auf dem linken Fuß. Er hatte es mit viel Sorgfalt in eine bunte Serviette aus dem »Konnopke« verpackt und Julia schien zunächst reichlich verwundert über dieses äußerst geschmackvolle Weihnachtspapier,, vermutete aber dahinter zurecht und nicht ohne Grund wieder eine seiner kleinen Frechheiten. Als sie es auf der Stelle eilig und so ungeduldig wie ein kleines Kind ausgepackt hatte, holte es sie geradezu von den Socken.

»Ist das schön. Ich habe mich schon so oft geärgert, dass ich die Kette damals nicht mitgenommen habe«, freute sie sich nicht nur über das Geschenk, sondern auch über die besondere Aufmerksamkeit ihres kleinen Schmierfinken.

Sie erlebten in den tief verschneiten Bergen eine äußerst entspannte Zeit und Jonas schlug vor, sich in Zukunft vielleicht eine Wohnung zu kaufen und sich dort ganz niederzulassen. Julia nickte zustimmend, sagte aber nichts dazu, denn mit ihren Zukunftsplanungen war sie inzwischen vorsichtig geworden. So vergingen die verschneiten Tage in den Bergen und Julia freute sich bei jedem Blick in den Spiegel über ihr schickes Weihnachtsgeschenk, das sie immer wieder an ihre ersten gemeinsamen Tage erinnern würde. Jeder Stein trug ein Stück Erinnerung in sich und so betrachtete sie das Kleinod als das geheime rote Band zwischen Jonas und Ihr. Es sollte genau diese Bestimmung der Grund dafür sein, warum wir später von den so wunderbar eingefassten Steinen noch einmal etwas hören werden.

Julia machte ihre Therapie exakt so, wie es ihr Dr. Breitenbach in den wöchentlichen Besprechungen vorgab. Sie versäumte nicht ein einziges Mal die pünktliche und richtige Einnahme der Tabletten, was ihr zuweilen recht schwerfiel, denn die Übelkeit quälte sie immer häufiger. Es fiel ihr auch nicht immer leicht, ihr zeitweiliges Unwohlsein vor Jonas zu verbergen. Sie hätte sich deutlich besser gefühlt, wenn sie ihm alles erzählt hatte, jedoch wich sie aus vielleicht unverständlichen Grünen nicht einen Millimeter von ihrer starren Haltung ab, diese Erkrankung allein durchzustehen. Sie wollte einfach niemanden damit belasten. An dieser grundsätzlichen Haltung erkannte Julia aber auch, dass die aus ihren früheren Erfahrungen erwachsene Vorsicht noch nicht ganz gewichen war und sie ihr Schneckenhaus noch nicht ganz verlassen hatte, obwohl sie Jonas über alles liebte. Auch wenn Julia der irrigen Ansicht war, sie würde alles vor ihm verheimlichen können, hatte er sehr wohl mitbekommen, dass es ihr gelegentlich nicht gut ging und sie erneut etwas an Gewicht verloren hatte. Das waren aber nur vereinzelte, kurze Momente, denen er nicht zu viel Bedeutung beimessen wollte und die sehr schnell in Vergessenheit gerieten, sobald sie wieder frech wurde, um irgendwelchen Blödsinn anzuzetteln. Er hatte versprochen, Geduld mit ihr zu haben und bohrte aus diesem Grund auch nicht weiter nach, zumal Julia ein äußerst liebenswerter Mensch war und ihm bei allen erdenklichen Gelegenheiten ihre Zuneigung offenbarte. Er hatte sich fest vorgenommen, noch mehr auf sie zu achten und einfach nur da zu sein, bis sie ihm eines Tages erzählen würde, was sie mit sich herumschleppte.

Alles änderte sich, als Julia zum Ende des Winters während der Arbeitszeit einen heftigen Fieberschub bekam, der ihr fast das Bewusstsein raubte. Es war ein Freitagmorgen und sie steckte bis über beide Ohren in Terminplanungen, als sich in ihr wie aus dem Nichts eine heftige Attacke aus Schwindel und Übelkeit ausbreitete, die sich allerdings nach wenigen Minuten wieder legte. Sie hatte es gerade noch bis zur Toilette geschafft und sich dort eingeschlossen, um den Anfall vor den Mitarbeitern zu verbergen. Auch wenn sie bald wieder hergestellt war, wusste sie, dass sie dieses Signal nicht ignorieren durfte. Furcht breitete sich in ihr aus. Vorgetäuscht fröhlich nahm sie sich den Nachmittag frei und tat, als wäre nichts geschehen, während sie sich in ihrem Sekretariat verabschiedete. Auf direktem Weg fuhr sie zu Dr. Breitenbach und erzählte von dem Vorfall.

»Ich habe es mir fast gedacht«, sagte der Arzt, als ihm Julia alles erklärt hatte und horchte genaustens in sie hinein, denn was er ihr gleich sagen musste, würde sie möglicherweise aus der Bahn werfen.

»Wieso?«, fragte sie etwas eingeschüchtert nach.

»Die letzte Blutuntersuchung deutete bereits darauf hin, dass wir mit der oralen Therapie nicht recht vorankommen. Es ist uns offensichtlich nicht einmal gelungen, die Ausbreitung der Krankheit zu verhindern. Allenfalls haben wir es verlangsamt!«

»Und was heißt das«, wollte Julia eigentlich gar nicht wissen.

»Wir werden mit Infusionen und Bestrahlungen arbeiten müssen. Das geht aber nur unter ärztlicher Aufsicht und nicht mehr zu Hause. Dazu müssen Sie täglich zu mir in die Praxis kommen!«

»Das geht nicht. Ich muss doch zur Arbeit und da kann ich nicht dauernd weg!«

Erneut beobachtete der Arzt seine Patientin und setzte ganz behutsam zu weiteren Erklärungen an.

»Arbeiten gehen könne Sie ab sofort nicht mehr«, sagte er und machte eine wohlüberlegte Pause, da er Julias ängstlichen Blick verstand.

»Aber ..... Ich ..... Warum?«, sagte sie und brachte den Satz nicht zu Ende, da ihr einfach die Worte fehlten.

»Die nun anstehende Behandlung wird sie spürbar schwächen. Sie brauchen fortan Ruhe und werden viel schlafen!«

»Sind die Nebenwirkungen so heftig?«

»Ja. Leider. Aber es geht um Ihr Leben!«

»Wird man Veränderungen sehen können?«

»Ja!«

»Wie genau?«

»Das gesamte Hautbild wird sich verändern und wir müssen davon ausgehen, dass Sie Ihre Haare verlieren«, antwortete der Doktor ruhig.

»Das ist aber nur vorübergehend. Das kommt alles wieder in Ordnung. Ich verspreche es«, erklärte er weiter.

Julia saß schweigend vor ihm, starrte ins Leere und brachte keinen Ton mehr heraus. Ein paar Tränen kullerten übers Gesicht. Der Arzt blieb still vor ihr sitzen und ließ sie weinen. Er kannte derartige Reaktionen und wusste nur zu genau, wie sehr das Weinen half. So vergingen einige Minuten, in denen es in Julias' Kopf nur so rauschte.

»Und wenn wir nichts mehr machen?«, fragte sie mit zittriger Stimme, sah ihn an, bekam aber keine Antwort. Nur einen stummen Blick.

»Ich möchte das jetzt wissen«, fragte Julia entschlossen nach.

»Sechs Monate, ein Jahr. Genau sagen kann das niemand. Wir könnten es mit der Oraltherapie vermutlich nicht mehr hinauszögern«, sagte er mit sanfter, aber fester Stimme.

Das Gespräch, im es unter anderem um das Aufrechterhalten der Lebensqualität aber auch um menschliche Selbstbestimmung ging, dauerte noch eine ganze Weile und genau so lange, bis Dr. Breitbach sicher war, dass sich seine Patientin wieder etwas gefangen hatte. Anschließend nahm er sie mit freundlichem Ton ernsthaft ins Gebet und machte ihr ohne Umschweife klar, welche Folgen jede ihrer Entscheidungen haben würde und bat sie, sich für den kommenden Montagmittag einen neuen Termin geben zu lassen, da die Therapie unmittelbar begonnen werden musste.

Julia verließ gesenkten Hauptes und gedankenverloren die Praxis. Sie musste sich sehr zusammennehmen, um nicht laut loszuheulen. Auch wenn sie Jonas gegenüber nichts gesagt hatte, so wünschte sie sich, er wäre jetzt da und könnte ihr Halt geben. Leider aber war er übers Wochenende in München und so blieb nur das für den Abend verabredete Telefonat. Sie konnte und wollte jetzt nicht allein bleiben. Also fuhr sie in ihre Wohnung, packte ein paar Sachen und plante, das Wochenende bei und mit ihren Eltern zu verbringen, denn Sie brauchte jetzt unbedingt ihren Rat und Hilfe. Als Julia in Potsdam eintraf, berichtete sie von der Diagnose des Arztes und was jetzt auf die Familie zukam. Ihre Eltern hörten still und geduldig zu. Das sich daraus ergebende Gespräch, in denen sie ihrer Tochter immer wieder Mut zusprachen, dauerte bis zum Abendessen. Später rief Jonas an und Julia war froh, endlich seine Stimme hören zu können. Nachdem sie sich ob des elterlichen Zuspruchs wieder etwas beruhigt hatte, fiel ihr das Schweigen vor ihm über das, was er nicht wissen sollte, zu diesem Zeitpunkt erstaunlicherweise gar nicht so schwer, obwohl es mehrfach in ihr drängte, sich ihm doch endlich zu öffnen und anzuvertrauen. Das Wochenende verging sehr rasch und sie hatte etwas Furcht vor der Fahrt nach Berlin. Telefonisch meldete sie sich am Montagmorgen im Verlag krank und wusste nicht so recht, was sie Dr. Breitenbach sagen sollte, als sie auf die Hauptstadt zufuhr, denn zu einem klaren Ergebnis, welche Behandlung tatsächlich durchgeführt werden sollte, war sie eigentlich nicht gekommen. Was Julia sich in dem einen Moment überlegt hatte, wurde wenig später durch andere Gedanken wieder überworfen. Auf jeden Fall aber würde sie nach dem Termin direkt zu Jonas fahren. Sie hatte sich inzwischen dazu durchgerungen, ihn nun doch einzuweihen, zumal sie keine Möglichkeit sah, die zu erwartenden körperlichen Veränderungen vor ihm verbergen zu können. Erstaunlicherweise fühlte sie sich nach ihrer Entscheidung sofort deutlich besser und fragte sich immer wieder, warum sie es sich es selbst so lange so schwer gemacht hatte. Jonas, das wusste sie genau, würde sie liebevoll in seine Arme nehmen, ihre Hände halten und die schwere Zeit mit ihr überstehen. Doch sollte alles schon sehr bald und unerwartet völlig anders kommen, als Julia es sich dachte, während sie allein auf der Autobahn unterwegs war.

Vertrauen ist eine stille Form von Mut, der Julia in sehr vielen Lebensbereichen viel zu häufig fehlte. Es heißt immer, die Zeit heile die Wunden, doch kann das zuweilen recht lang dauern und manche Kerbe des Lebens will erst gar nicht besser werden. Sie wusste natürlich schon in jungen Jahren, als sie mit den ersten Jungs ausging, dass die Gefahr, einem anderen Menschen sein wahres Ich zu offenbaren und dann vielleicht doch verlassen zu werden, immer bestand und bestehen wird. In der Liebe gibt es leider keine Garantie. Allerdings erfuhr sie durch wiederholte Enttäuschungen, was eine solche Erfahrungskette an Spuren in ihr hinterlassen hatte. Das Misstrauen war zusehends der Verbitterung gewichen, wodurch Julia am Ende der einen oder anderen glücklosen Beziehung einen sich von Mal zu Mal steigernden Gefühlscocktail aus Wut, Depressionen und Schlafstörungen zu ertragen hatte.

Sobald der Mensch etwas sieht, wird er oftmals von der optischen Wahrnehmung so sehr beeinflusst, dass er das Gesehene zuweilen nicht weiter hinterfragt, wenn es denn nur ausreichend Wirkung auf ihn hatte. So mag es auch Julia gegangen sein, als sie in Berlin angekommen war, ihr Auto abgestellt und sich vom Parkhaus zu Fuß zur Arztpraxis aufgemacht hatte. Nach wenigen Minuten des

Weges bog sie um eine Häuserzeile und musste nur noch die Straße überqueren, als sie erschrocken stehen blieb und etwas sah, was ihr auf der Stelle den Atem raubte. Sie ging einen Schritt zurück, weigerte sich, noch einmal hinzusehen und konnte im selben Moment genau diesem Drang nicht widerstehen. Sie musste sich geirrt haben. Das konnte nicht sein. Sie mochte auch nicht weiter denken, nahm sich zusammen und wagte doch einen zweiten Blick. Und tatsächlich. Auf dem Gehweg vor der Praxis von Dr. Breitenbach stand ihr Arzt und Jonas. Beide unterhielten sich und waren so aufeinander konzentriert, dass sie die unweit entfernt stehende Julia nicht wahrgenommen hatten. Schockiert ging sie einige Meter zurück und verbarg sich auf der anderen Straßenseite hinter einem parkenden Transporter, wo sie von den beiden keinesfalls erkannt werden konnte. Das Durcheinander in ihr ließ nur einen Gedanken zu. Sie fragte sich, warum Jonas ihr das angetan und hinterrücks in ihrem Leben herum geforscht hatte. Er gab ihr doch das Versprechen, geduldig zu sein und abwarten zu wollen. Falls er etwas vermutet hatte, wäre es doch besser gewesen, sie direkt anzusprechen, anstatt sich an ihren Arzt zu wenden. Es kam ihr dabei allerdings in keinem Moment der Gedanke, dass hinsichtlich ihrer Erkrankung schon längst der erste Schritt von ihr hätte getan werden müssen. Sie vermochte es sich in ihrem Versteck beim besten Willen nicht erklären, wie Jonas heraus-bekommen konnte, in welcher Praxis sie behandelt wurde. Sie fühlte aufkommende Wut und Enttäuschung, denn in ihr war tatsächliches Vertrauen zu ihm gewachsen und auf der Fahrt hierher hatte sie sich doch auch endgültig entschieden, auf ihn zuzugehen, um ihm alles zu erzählen. Was aber erlaubte sich dieser Dr. Breitenbach. Auch zwischen ihm und seinen Patienten musste es doch wohl so etwas wie Vertrauen geben. Übelkeit machte sich in ihrem Magen breit und dann, als sie sich wieder unter Kontrolle hatte, kam ihr eine Idee. Sie nahm ihr Handy und wählte Jonas' Nummer. Sekunden später beobachtete sie aus sicherer Entfernung, wie er sein Gespräch unterbrach, in seine Jackentasche griff und sich meldete.

»Hi. Schön Dich zu hören. Wie geht es Dir denn«, wollte er von Julia wissen.

»Ganz gut. Bist Du schon wieder zurück?«

»Klar. Heute in der Früh!«

»Wie war es denn in München?«

»Na ja. Ganz gut. Das wichtigste habe ich Dir ja gestern am Telefon erzählt!«

»Und was machst Du jetzt?«, fragte Julia, fürchtete sich aber vor der Antwort.

»Ich bin in der Stadt unterwegs und will etwas besorgen. Anschließend fahre ich nach Hause und warte auf Dich!«

»Von wegen, etwas besorgen. Warum sagst Du nicht, dass Du Dich mit meinem Arzt unterhältst. Nein. Das kann nicht infrage kommen, denn dann würdest Du Dich ja verraten«, sagte Julia leise vor sich hin.

»OK. Dann wünsche ich Dir noch viel Spaß und wir sehen uns später«, heuchelte sie, wusste aber zu genau, dass sie nicht zu ihm fahren würde.

Jonas steckte sein Telefon in die Tasche und unterhielt sich weiter mit Robert. Julia sah den beiden noch einen Moment zu, ärgerte sich über Jonas Kaltschnäuzigkeit, indem er ihr irgendeine Geschichte auftischte und so tat, als ob nichts gewesen wäre. Was sie aber nicht wissen konnte und niemals erfahren würde, war, dass die beiden Männer schon seit Jahren sehr eng befreundet waren und sich an diesem Tag nach langer Zeit rein zufällig getroffen hatten. Das aber erschien Jonas während des Telefonats eher nebensächlich, sodass er seinen »Small Talk« auf der Straße und seinen Gesprächspartner nicht extra erwähnt hatte. Tatsächlich war er, wie er es am Telefon gesagt hatte, in der Stadt unterwegs, um in einem Reisebüro einige Informationen für seine Urlaubsplanungen einzuholen. Er hatte vor, Julia am Abend mit der baldigen Buchung einer Karibikreise zu überraschen, die sie schon im nahen Frühling antreten würden.

Die sich zutiefst hintergangen und enttäuscht fühlende Julia aber fiel unversehens in ihr altes, nur zu gut bekanntes Verhaltensmuster zurück und schloss kurzerhand die Tür zu ihrem Inneren.

Jonas war in ihren Augen genau wie andere Männer, urteilte sie in ihrer Voreingenommenheit viel zu schnell und unüberlegt. Das hatte sie ihrer Meinung jetzt klar erkannt und konnte mit dieser Haltung sogar ihre Tränen unterdrücken. Auch am Abend und in der folgenden Zeit dachte sie nicht einmal daran, Jonas auf die Situation anzusprechen. Sie beschäftigte sich von diesem Moment an ausschließlich damit, ihn fortan aus ihrem Leben zu verbannen, fuhr in ihre Wohnung, schloss sich ein, stellte ihr Telefon aus und war für niemanden mehr zu sprechen. Auch den Arzttermin ließ sie einfach platzen und überlegte, was sie jetzt weiter machen sollte.

Jonas hingegen wurde am Nachmittag unruhig, weil Julia sich nicht meldete. Sein mehrmaliger Rückruf lief ins Leere. Da sie im örtlichen Telefonbuch nicht eingetragen war und er lediglich ihre Handynummer hatte, versuchte er immer und immer wieder, sie über ihr Mobiltelefon erreichen. Zu diesem Zeitpunkt konnte er nicht wissen, dass er ihre Stimme niemals wieder hören würde. Es verging die schlaflose Nacht, der fürchterlich unruhige nächste Tag, die übernächste Nacht und die folgenden Wochen, in denen er in Unwissenheit ihrer Beweggründe verzweifelt nach ihr suchte. Er hatte nach zwei Tagen in ihrem Verlag angerufen und erhielt dort die Auskunft, dass Frau Andresen derzeit dort nicht erreichbar wäre. Seine Nachfragen bei der Polizei, ob es einen Unfall oder ähnliches gegeben hatte, brachten ebenfalls keinen Erfolg. Auch in einem der Krankenhäuser war sie nicht eingeliefert worden. Julia hatte ihm nie gesagt, wo ihre Wohnung war. Außerdem benutzte sie für ihr Handy eine Prepaid-Card, sodass auch der Weg, ihre Adresse über die Telefonnummer zu erfahren, ebenfalls ins Leere lief. So vergingen die Wochen. Jonas, der für lange Zeit der Verzweiflung nahe und nicht arbeitsfähig war, litt unendlich unter der quälenden Ungewissheit. Julias Zurückhaltung, für die er so viel Geduld und Verständnis aufgebracht hatte, richtete sich jetzt gegen ihn und verhinderte zuletzt, dass er sie finden konnte.

Julia versteckte sich fortan hinter ihrer seelischen Verkrustung und fand, sobald sich innere Zweifel an ihrem Verhalten meldeten, sofort eine zumindest für sie verständliche Rechtfertigung, sodass sie alle emotionalen Regungen wie Vermissen oder Verlust geradezu unterdrückte. Da sie im Verlag noch in der Probezeit war, kündigte sie kurz entschlossen ihr Arbeitsverhältnis, zog zu ihren Eltern, löste ihre Wohnung in Berlin auf und ließ sich in Potsdam von einem Arzt, dem sie verschwieg, zuvor Patient von Dr. Breitenbach in Berlin gewesen zu sein, behandeln.

Sie blieb für Jonas und Dr. Breitenbach wie vom Erdboden verschwunden. Auch der Arzt hatte keine Ahnung, warum Julia sich nicht mehr meldete. Er hatte wie Jonas vergebens bei der Polizei und in den Krankernhäusern nachgefragt. Da die beiden Freunde zu diesem Zeitpunkt nicht wussten, dass jeder von ihnen Julia kannte, war sie zu diesem Zeitpunkt auch kein Gesprächsthema zwischen ihnen. Das würde sich erst einige Monate später ändern.

Der Frühling neigte sich dem Ende zu und ging nahtlos in den Sommer über. In Berlin war es in diesen Tagen sehr heiß und Jonas war inzwischen so weit, dass er für seinen nächsten Roman wieder auf den Straßen der Großstadt unterwegs war und recherchierte. Eines Nachts traf er auf den Obdachlosen Willi, der ihn nach der hübschen Begleitung des vergangenen Herbstes fragte. Das waren Momente, in den der Schriftsteller am liebsten sofort im Erdboden versunken wäre. Der Verlust traf ihn noch immer heftig, wenn er auf Julia angesprochen wurde. Er hatte ein Stück weit gelernt, ohne sie auszukommen aber nicht aufgehört, sie zu lieben. Er vermisste sie jeden Tag. Diese schmerzhaften Augenblicke waren jedoch nur die Vorbereitung auf das, was ihm widerfahren sollte, als er an einem dieser heißen Tage die Post aus seinem Briefkasten nahm und einen sandfarbenen Brief in den Händen hielt. Es traf ihn fast der Schlag, als er das Kuvert umdrehte, um den Absender zu erfahren und den Namen Julia las. Er rannte in seine Wohnung, legte den Brief auf den Tisch und traute sich nicht, ihn zu öffnen. Dieses Stück Papier zog ihn andererseits an wie ein Magnet. Er stand vor dem Tisch, starrte unbeweglich wie der Teufel auf eine verlorene Seele und öffnete schließlich den zwei Tage zuvor in Potsdam abgestempelten Brief.

Er hatte erklärende Zeilen erwartet, einen Hinweis, wo sie wäre und ganz vorsichtig gehofft, dass sie ihn wiedersehen wollte. Doch wurde er sehr viel mehr als bitter enttäuscht.

Er zog ein Foto heraus, dass ihn und Julia im vergangenen Spätsommer im »Konnopke« zeigte, als sie sich gerade kennen-ge-lernt und an diesem speziellen Samstag zu Currywurst und Pommes verabredet hatten. Es tat ihm weh, diese Aufnahme zu sehen. Wie gern würde er mit ihr sprechen und klären, was er nicht verstand, sich aber in ihr Glück gedrängt hatte. Doch dazu würde es nie mehr kommen. Jonas saß eine ganze Zeit auf seinem Stuhl und sah auf das Bild, bis er es irgendwann umdrehte und folgendes las:

»Ich habe immer versucht, das Leben mit dem Herzen zu sehen. Nur in den Wochen an Deiner Seite war es mir aber wirklich und im tiefsten Sinn dieser Worte gelungen. An diesen Tagen war ich ein glücklicher Mensch. Dafür will ich Dir von ganzem Herzen Danken. Julia!«

Die Worte warfen ihn völlig aus der Bahn. Tränen liefen ihm übers Gesicht. Die Wunden rissen auf und er fühlte nur noch Leere. Seelisch stürzte er in einen schwarzen Abgrund, in die absolute Leere, ins Nichts. Tage später, es war ein Samstag, fuhr er in der Praxis seines Freundes, um nach Rat zu suchen. Robert sortierte gerade ein paar Akten, als Jonas leise und reichlich niedergeschlagen durch die Tür kam.

»Guten Morgen. Da bist Du ja. Nimm doch bitte Platz. Ich bin sofort fertig. Dann habe ich genug Zeit für Dich und Du erzählst mir, was eigentlich mit Dir los ist!«

Beide sprachen einigermaßen belangloses Zeug, als Jonas seinem Freund half und einen Arm voll Akten reichte. Etwas unkonzentriert, wie er war, fiel ihm der Stapel aus den Händen und zu Boden. Als er sie wieder aufsammelte, erblickte er auf einem der Aktendeckel Julias Bild. Versteinert betrachtete er das Bild.

»Sie war Deine Patientin«, wollte Jonas wissen und zeigte auf das Bild.

»Ja. Eine sehr seltsame Geschichte. Eine bildhübsche Frau in mittleren Jahren. Sie war einige Zeit bei mir in Behandlung, blieb dann aber von heute auf morgen ohne irgendeine Mitteilung weg.

Wir hatten einen sehr wichtigen Termin, zu dem sie nicht mehr gekommen war. Einfach verschwunden und nirgends aufzufinden!«

»Dann weißt Du auch nicht, was aus ihr geworden ist?«

»Doch, doch. Sie war sehr schwer, nein, sie war lebensbedrohlich erkrankt. Ihre Rettung war kaum mehr möglich. Warum fragst Du«, wunderte sich Robert, drehte sich um und sah Jonas wie zu einer Salzsäule erstarrt, mit aufgerissene Augen und völlig entgeistertem Blick.

Jonas erzählte seinem Freund die ganze, zu Beginn romantische, zuletzt aber traurige Geschichte. Robert wurde mit jedem Satz leiser und nachdenklicher. Er begann, sich langsam ernsthafte Sorgen um seinen Freund Sorgen zu machen.

»Das kann doch kein Mensch ertragen. Ist denn irgend etwas Schlimmes vorgefallen, dass sie sich nicht mehr gemeldet hatte?«, fragte er bald.

»Wenn es denn so wäre, wüsste ich, warum alles so kam. Ich grübele genau darüber unaufhörlich nach. Mir ist absolut nicht bewusst, dass ich etwas Falsches gesagt oder getan habe. Auf jeden Fall ist nichts passiert, dass ihr irgendeinen Grund gab, einfach davon zu laufen. Ich weiß ehrlich gesagt auch nicht, wie ich die letzte Zeit überstanden habe. Das letzte Mal habe ich mit ihr am Telefon gesprochen. Vielleicht erinnerst Du Dich, als wir uns einmal vor Deiner Praxis begegnet sind und uns unterhielten!«

»Aber ja. Das weiß ich noch genau!«

»Und jetzt, da ich sicher bin, dass Julia nicht mehr lebt, ist es ganz aus. Ich bekomme überhaupt nichts mehr auf die Reihe. Zumindest habe ich jetzt die Gewissheit, dass es keine Hoffnung mehr gibt!«

Die zwei sollten nie erfahren, dass sie bei ihrem Gespräch auf der Straße von Julia beobachtet wurden und dass dieser Moment der Auslöser für alles gewesen war.

»Das hilft doch aber auch nicht wirklich. Vielleicht solltest Du herausbekommen, wo sie begraben liegt!«

»Wie soll ich das anstellen?«

»Du sagst, der Brief wurde in Potsdam abgestempelt. Wenn sie dort die letzte Zeit ihres Lebens verbracht hatte, wird das dortige

Friedhofsamt sicher helfen können. Ich denke auch, es wäre gut für Dich, sie dort zu besuchen!«

»Vielleicht hast Du wirklich recht, obwohl ich mich etwas fürchte«, erwiderte Jonas nach einigem Überlegen.

»Das musst Du nicht. Sie hat Dich bis zu ihrem letzten Moment geliebt und das weißt Du. Wenn es so etwas wie ein Jenseits geben sollte, sieht sie Dir jetzt zu. Ich bin mir sicher, dass sie sich freuen würde!«

»Meinst Du?«

»Nein, ich weiß es!«

Jonas brauchte etwas Zeit für diesen Schritt und schob eine Entscheidung vor sich her. In einer der folgenden Nächte, als er wie so häufig in letzter Zeit nicht schlafen konnte und in der Dunkelheit am »Konnopke« spazieren ging, traf er auf seinen alten Freund Willi, der recht geschäftig aussah und zielstrebig auf ihn zukam.

»Jonas! Was machst Du denn um diese Zeit auf der Straße. Es drei Uhr nachts«, sagte er, als sie einander gegenüber standen.

Auch Willi hörte sich die Geschichte lange an, obwohl Jonas eigentlich nichts erzählen wollte. Der weise Obdachlose allerdings wusste nur zu gut, an welchen Ventilen er zu drehen hatte, um Jonas zum Reden zu bringen, damit er seine Seelenlast zumindest für einen Moment ablegen konnte. Er hatte sofort erkannt, dass es seinem Freund überhaupt nicht gut ging.

»Weißt Du. Die Dinge geschehen, ohne dass wir sie beeinflussen können. Ist das alles Zufall oder Bestimmung. Wer kann das schon sagen. Es ist schlussendlich, wie es ist. Ich weiß, dass Dir das nicht, hilft, aber das Leben ist so und Du musst jetzt lernen, diesen Verlust zu akzeptieren, damit zu leben und Deinen Weg weiterzugehen. Besuche sie an Ihr Grab und rede mit ihr. Das wäre ganz sicher der erste richtige Schritt und wenn Du mich brauchst, werde ich da sein!«

»Das hat mir ein anderer Freund auch schon geraten!«

»Weil es richtig ist. Du kannst einem alten Mann wie mir ruhig vertrauen«, gab Willi zurück.

Jonas tat diese Zustimmung gut und er dankte ihm, als sie sich bald die Hände reichten und ihrer Wege gingen. Schon am nächsten

Morgen rief er in Potsdam an. Tatsächlich hatte man Julia dort beigesetzt und Jonas erfuhr problemlos, wo man er sie finden konnte. Es dauerte trotzdem noch zwei lange Tage, bis er all seinen Mut zusammennahm und zum Friedhof fuhr.

Er zitterte wie trockenes Espenlaub, als er durch das Portal des Haupteingangs ging. Er war ganz allein auf dem Friedhof. Kein Mensch war zu sehen. Das Sonnenlicht durchflute die Natur und eine fast greifbare Stille umgab ihn. Es war ein milder Vormittag und Jonas dachte an ihre erste Begegnung am Imbiss, wie sie sich an seinen Tisch stellte, das erste Gespräch, ihr hübsches Gesicht und der Duft ihres frischen Parfüms. Eine Bilderflut zog durch seine Gedanken und löste ein angenehm warmes Gefühl aus, als er nach zehn Minuten des Weges etwas abseits unter einer großen Lerche Julias Grabstätte fand. Die innere Unruhe und auch seine Angst verloren sich unversehens im Nichts. Jonas fühlte sofort, dass es richtig gewesen war, auf Robert und Willi gehört zu haben. Ruhig stand jetzt er eine ganze Weile schweigend da. Ganz leise begann er dann zu reden, erzählte, was er Julia alles noch so gern hätte sagen wollen und hoffte, dass sie ihn hören konnte, dort, wo sie jetzt war. Dann schwieg er. Stumm ließ er die zermürbenden, aber auch beruhigenden und gleichzeitig befreienden Gedanken kommen und gehen, hielt keine Emotionen zurück, ließ seinen Tränen freien Lauf und freute sich zugleich, vor ihr zu stehen und doch zu wissen, dass sie unerreichbar weit fort war. Es verging eine ganze Stunde, als Jonas irgendwann und ganz langsam wie aus einem tiefen, aufwühlenden Traum erwachte.

»Ich muss jetzt leider wieder gehen, aber ich verspreche Dir, dass ich bald wieder vorbeikommen werde. Jetzt wirst Du mich auch nicht mehr los. Kannst mir ja nicht mehr davonlaufen«, sagte er leise und wusste, dass ihr diese Art von Humor gefallen hätte.

Als er sich verabschieden wollte, betrachtete der den Grabstein, einen roten Granitfindling, jetzt das erste Mal bewusster. In sehr schönen, wunderbar geschwungenen schwarzen Buchstaben war lediglich der Schriftzug »Julia« zu lesen. Er ging langsam um die Ruhestätte und wollte den Stein zum Abschied berühren. Als er sich vorsichtig bückte, bemerkte er, dass man unter dem Namen ein kleines Herz aus Glas äußerst kunstvoll in den Granit eingearbeitet hatte. Dann dauerte es noch einen Moment, bis er etwas genauer hinsah. Am Boden des Herzens befand sich, vor dem roten Stein nur schwer erkennbar, die hübsche Kette, die er für Julia auf dem Flohmarkt gekauft und am Weihnachtsabend geschenkt hatte.

»Ich weiß, was Du mir damit sagen willst und dafür danke ich Dir«, waren seine letzten, nachdenklichen Worte, als er seine Hand behutsam auf den Namenszug legte, einige Momente andächtig verharrte, sich erhob und langsam davonging. Als Jonas einige Meter gegangen war, drehte er sich noch einmal um, überlegte einen Moment und hatte eine Idee, die ihm ein vorsichtiges Lächeln über sein Gesicht gleiten ließ. An diesem Gedanken hängend drehte er sich eine kleine Weile später ab und verschwand zwischen den Bäumen. Auf dem Heimweg dachte er darüber nach, wie recht Robert und Willi mit ihren Ratschlägen hatten. Der Verlust Julias schmerzte zwar noch immer heftig, doch unmerklich begann er nach diesem Vormittag, die Situation zu akzeptieren. Er hatte jetzt einen Ort, an dem er sie zu jederzeit besuchen, um sie trauern und zu ihr sprechen konnte. In den folgenden Wochen und Monaten erholte er sich von seinem Schock, fühlte sich nach und nach besser, ging in kürzeren Zeitabständen immer wieder zum Essen ins »Konnopke«, stellte sich dann an »ihren« Tisch und folgte bei ausgedehnten Spaziergängen in der Stadt den Pfaden, die er mit Julia so häufig gemeinsam gegangen war. Das Schreiben brauchte allerdings etwas mehr Zeit. Von seiner kreativen, inneren Entspanntheit schien er noch weit entfernt. Doch war er sicher, dass das irgendwann wieder möglich sein würde.

Der Frühling ging dahin und ein sonnenreicher, warmer Sommer zog ins Land. Jonas war seit geraumer Zeit damit beschäftigt, in seinem Leben etwas Ordnung zu schaffen und hatte neben vielen anderen zu erledigenden Dingen auch einen Flug nach Australien gebucht. Julia hatte ihm einmal eindringlich geraten, den weniger schönen Dingen im Leben nicht immer auszuweichen. Das würde niemandem helfen. Außerdem hatte seine Tochter ein Recht, ihren Vater zu sehen. Die zeitweiligen Telefonate um den halben Globus konnten keinesfalls ausreichender Ersatz sein. Nachdem er diese

Worten für sich angenommen und seinen Besuch in »Down Under« angekündigt hatte, machte er sich Ende August auf, stieg in den Flieger und ließ Berlin für einige Wochen hinter sich.

Der lange Flug war sehr schön, aber doch anstrengend und schien einfach nicht enden zu wollen, als der Flieger doch endlich auf der Landebahn in Sydney aufsetzte. Es herrschte draußen eine Hitze wie in einem Backofen. Im Flughafengebäude war es jedoch angenehm kühl und Jonas freute sich seit langer Zeit wieder und aus tiefstem Herzen, als er seine inzwischen recht groß gewordene Tochter Ellen lachend auf sich zulaufen sah.

»Mein Gott. Du bist ja schon richtig erwachsen geworden!«

»Das ist so schön, dass Du endlich mal gekommen bist«, sagte das Mädchen und hielt ihren Vater fest umschlungen.

»Bist Du denn allein hier?«

»Nein. Mama steht da hinten. Sie freut sich auch schon auf Dich!«

Jonas wusste seit einiger Zeit, dass ihre Ehe nicht mehr zu reparieren war. Er würde sich in den kommenden Wochen auch über seine Scheidung unterhalten müssen, um seine Frau freizugeben und ihr ein neues Leben zu ermöglichen.

»Hallo, Jonas«, sagte sie, als sich beide gegenüberstanden und umarmte ihn zur Begrüßung.

Da war weder arg noch etwas Vorwurfsvolles und Ihre Freude wirkte aufrichtig.

»Hi, Anna. Ich habe Euch beide sehr vermisst und mich den ganzen Flug auf diesen Moment gefreut. Wie ich sehe, geht es Euch gut!«

»Soweit schon. Und wie ist es bei Dir?«

»Einigermaßen durchwachsen«, gab Jonas zur Antwort und blieb für den Moment im Ungefähren.

Nach einigen Worten verließen sie das riesige, angenehm temperierte Flughafengebäude, stiegen in den von der prallen Sonne aufgeheizten Pickup und fuhren auf den Highway Richtung Süden. Mutter und Tochter wohnten in einem schicken kleinen Haus außerhalb Sydneys. Die Fahrt dorthin dauerte aber fast zwei Stunden, denn die Entfernungen hier sind schon gewaltig. Nach ein paar Tagen hatte sich Jonas akklimatisiert, vor allem mit seiner

Tochter ein paar Ausflüge gemacht und wartete auf den passenden Augenblick, ausführlich mit seiner Frau allein sprechen zu können.

»Wir müssen uns unbedingt über das Ende unserer Ehe unterhalten«, sagte Anna, als beide eines Abends auf der Terrasse saßen und aufs Meer hinaussahen.

»Ich weiß. Das ist einer der Gründe, warum ich hier bin!«

Während der Telefonate mit seiner Tochter hatte Jonas kaum ein Wort mir Anna gesprochen, obwohl sie nicht im Streit auseinandergegangen waren. Ohne es auszusprechen, hatten beide gewusst, dass sie nicht mehr zusammengehörten. Von daher kamen sie auch an diesem Abend überein, die Scheidung anzugehen aber nach Möglichkeit und in Annas Interesse ein vielleicht sogar freundschaftliches Miteinander zu pflegen.

»Hast Du inzwischen jemand anderen kennengelernt?«, fragte Jonas nach einer Weile.

»Schon, aber ich denke, dass ich das langsam angehen sollte. Ellen kennt ihn bereits, mag ihn auch, aber Du wirst immer ihr Vater sein. Da lässt sie vor niemandem einen Zweifel aufkommen!«

Wieder trat ein kleiner Moment des Schweigens ein.

»Und wie ist es bei Dir?«, fragte Anna.

Das Vertrauen zu seiner Frau war noch immer ungebrochen und Jonas hatte keine Scheu, ihr die Geschichte zu erzählen. Allerdings schon viel entspannter, als noch vor einem halben Jahr. Nachdem er zu reden aufgehört hatte, sah sie ihn mit sehr traurigem Blick verständnisvoll an, strich ihm mit der Hand schweigend durchs Haar, sagte aber kein Wort. Sie saßen bis tief in die Nacht draußen, bewunderten den wunderbaren Sternenhimmel, hörten dem Rauschen der Wellen zu und redeten wie früher miteinander.

Die folgenden Wochen flogen nur so dahin und der Tag des Rückfluges stand viel zu schnell wieder vor der Tür. Anna und Ellen brachten Jonas zum Flughafen. Als man seinen Flug aufrief, fiel ihm seine geliebte Tochter in die Arme und drückte ihn so sehr, dass er kaum noch Luft bekam.

»Also gut. Du kommst bald einmal nach Berlin. Dann bin ich die ganze Zeit nur für Dich da!«

»Versprichst Du mir das?«

»Ja. Das ist versprochen. Mein großes Ehrenwort!«

»Gut, dann lasse ich Dich jetzt wieder los«, scherzte Ellen und gab ihm einen dicken Kuss auf die Wange.

»Bleib gesund und lass Dich nicht unterkriegen. Du bist hier auch in Zukunft jederzeit willkommen«, flüsterte ihm Anna ins Ohr und küsste ihn sanft ein letztes Mal als seine Ehefrau.

»Lieben Dank für die Jahre an Deiner Seite und für unsere Tochter. Sie und die vielen Erinnerungen werden immer das Band zwischen uns sein«, gab Jonas leise zurück, küsste sie ebenfalls und ging geradewegs zum Gateway, da das Boarding bereits vor einiger Zeit aufgerufen worden war.

Er lebte fortan im Pendelverkehr zwischen Berlin und Sydney, nahm die Arbeit bald wieder auf und gewann nach und nach sein normales Leben zurück. Dass er in recht kurzen Abständen Julia besuchte, behielt er für sich. Es war ein für ihn geradezu lebenswichtiges Ritual geworden, nach Potsdam zu fahren, auch wenn es immer einige Zeit in Anspruch nahm. Bei seinen Besuchen auf dem Friedhof erzählte er Julia all seine Erlebnisse, seine vielen Problemchen und von seiner Arbeit. Hätte sie ihn tatsächlich hören können, wüsste sie, dass er noch so manchen erfolgreichen Roman schrieb und aus diesem Grund sehr häufig in der weiten Welt unterwegs war. Es hätte ihr sicherlich nicht gefallen, dass er als erfolgreicher, alleinstehender Schriftsteller vor allem bei seinen weiblichen Fans oft mehr als sehr beliebt war. Jonas erzählte ihr aber auch sehr nachdrücklich, dass die Tür zu seinem Herzen für andere Frauen auf alle Zeit verschlossen blieb. Und tatsächlich. Er ging nie wieder eine Bindung ein.

Irgendwann, unerwartet und viel zu früh öffnete sich dann auch Jonas' letzte Tür. Er hatte es mit seinem Arbeitseifer lange Zeit übertrieben und sich kaum Pausen gegönnt. Seine Gesundheit war zusehends instabil geworden und irgendwann wollte sein Herz einfach nicht mehr schlagen. Für seine Familie, seine Freunde, seine Fans, aber auch in der Welt der Literatur war das ein herber Verlust, unter dem vor allem seine Tochter, die ihn doch einige Male besucht und mit ihm Julias Grab besucht hatte, leiden musste.

Jonas hatte sehr frühzeitig die Idee zum Leben erweckt, die ihm bei seinem ersten Besuch auf dem Friedhof spontan durch den Kopf gegangen war.

Die große Lerche legte ihren sanften Schatten nun auch über die Ruhestätte neben Julias Grab, in der man Jonas beigesetzt hatte.